KB231973

오후 4시의 기억

오후 4시의 기억

1쇄 발행일 | 2011년 3월 28일

지은이 | 유시연
펴낸이 | 정화숙
펴낸곳 | 개미

출판등록 | 제1999-3호 1992. 6. 11
주소 | (121-736) 서울시 마포구 마포동 136-1 한신빌딩 1412호
전화 | (02)704-2546, 704-2235
팩스 | (02)714-2365
E-mail | lily12140@hanmail.net

ⓒ 유시연, 2011
ISBN 978-89-94459-09-7 03810

값 10,000원

잘못된 책은 바꾸어 드립니다.
무단 전재 및 무단 복제를 금합니다.

오후 4시의 기억

유시연 소설집

개미

초봄의 햇살이 따갑다.

지난 해 장편소설에 이어 두 번째 소설집을 펴내면서 이른 봄마다 책을 펴내는 인연에 대해 생각해본다. 새순이 돋고 꽃들 피어 흩날리는 봄은 생명의 계절이기도 하지만 죽음을 딛고 피어나는 계절이기도 하다. 엄숙과 황홀, 탄생과 소멸이 번갈아가며 대지를 지나갈 때 다른 한쪽에서는 사랑 이별 슬픔을 삶이라는 인생에 수놓는다.

지난 섣달 초이튿날, 친정 아버지를 산에 묻고 돌아서면서 이제 내게 고향에 두 번 다시 갈 일이 없겠구나 싶었다. 부모와 어린시절을 보냈던 집과 들과 강가의 기억들은 잊혀진 존재로 남아 있을 것이다. 살아가면서 우리는 시간과 기억을 잃어버리며 세상에서의 나날을 지워간다. 부모와의 인연이나 대지와의 인연뿐만이 아니라 사람과의 관계도 잃어버리며 지상에서의 나날을 마모시켜 나간다. 요양원에 아버지를 모셔두고 온전히 하루를 내어주지 못한 게 회한으로 남는다.

첫 소설집이 글쓰기에 대한 강박이었다면 이번 소설집은 사람과의 관계에 대한 보고서이다. 어쩔 수 없이 관계의 틈바구니에서 헤어나지 못하는 약한 인간에 대한 연민이 조금이나마 독자에게 전달된다면 다행이다.

소설집이 나올 무렵 나는 또 일상과 나로부터 멀리 떠나 있을 것이다.

2011년 초봄
유시연

| 차례 |

004 __ 작가의 말

009 __ 들판의 적막

035 __ 달의 눈물

059 __ 바람 속으로

083 __ 오후 4시의 기억

107 __ 여름의 미행

129 __ 봄의 부케

155 __ 4월의 전설

179 __ 비, 쏟아지다

201 __ 수선화

227 __ 우회로

247 __ 시간의 저편

271 __ 해설 | 나소정 _ 폐허에서 길을 묻다

들판의 적막

꽃멀미

진홍색 부겐빌리아는 어디에나 깔려 있다. 커다란 나무에 달린 손바닥만한 꽃들은 그 선연한 색감으로 인해 종이꽃처럼 보였다. 아침에 호텔 창을 열자 정원에 가득한 남국의 꽃들은 잠시 내가 서 있는 곳을 잊게 만들었다.

7월 초순의 이곳 기후는 예고없이 장대비가 쏟아졌다. 우기가 길어지는 만큼 들판 가득 나락은 쑥쑥 자라서 삼모작을 하고도 일조량이 남아돌았다. 그런데 굳이 삼모작을 안 하는 이유가 궁금했다. 정책적으로 그렇게 한다니 더욱 의아했다. 수요와 공급 때문인지 어떤지 모르지만 무조건 대량생산 대량소비 패턴에 길들여진 내 자본주의적 경제개념으로서는 이해하기 어려웠다.

아침부터 덥다. 눅눅한 습기가 어디서나 들러붙어서 진을 빼게 했다. 영은은 의외로 더운 아열대기후와 습기가 자신에게 맞는 것 같다며 돌아가고 싶지 않다고 말했다. 영은은 여섯 살 어린 후배다. 동행을 요구했을 때 기꺼이 따라나섰다. 임용고시 사수생인 영은은 지친 목소리로 자기를 탈출시켜줘 고맙다고 몇 번이나 강조했다. 쏙은 아직 도착하지 않았다. 가이드 쏙은 낮에는 회사 영업용 택시를 몰고 밤에는 오토바이 자가용으로 개인영업을 한다. 오토바이에 네 사람이 앉을 만한 사각의 틀을 짜서 얹은 자가용은 달구지를 연상시켰다. 승차감은 별로지만 어디든지 간다.

영은이 보이지 않았다. 정원을 지나오는데 달착지근한 향내가 강하게 났다. 어지러웠다. 노란 색종이 같은 꽃이 키 큰 나무 가득 흔들리고 분홍색 꽃들도 지천이다. 물이 뿌려진 잔디는 사람 손이 자주 간 듯 잘 가꾸어져 있다. 건물 뒤쪽으로 돌아나가려는데 쏙이 굿모닝, 아침 인사를 하며 달구지를 세웠다. 영은이 안 보인다고 같이 좀 찾아보자고 말하고는 여기저기 기웃거렸다. 방금 도착한 대형 관광버스에서 중년의 남녀가 시끄럽게 떠들며 내렸다. 한국인들이다. 제복을 입은 안내인이 그들을 레스토랑으로 인도하고 있다.

"내가 못 말려. 밀란 쿤데라 흉내 내니?"

건물 뒤 야외수영장에서 영은이 여유롭게 헤엄을 치고 있다. 비키니 차림이다. 햇볕에 노출된 그녀의 몸이 물기를 흡수해서 윤기가 흐른다. 쏙이 영은을 보고는 굿, 굿이라고 손을 흔들며 미소를 보낸다. 둥근 탁자에 둘러앉아 쏙이 가져다 주는 열대과일을 까먹으며 영은이 수영하는 모습을 지켜본다. 햇볕이 뜨거워서 눈이 부셨다. 선글라스를 쓰고 앉아 있으니 바람이 조금씩 부는 게 느껴졌다. 영은은 물개 같다. 긴 팔을 쭉 뻗어 수영을 하는 자세가 전문 트레이너의 훈련을 받은 것처럼 능숙하다. 수영장 물은 바닥이 훤히 들여다보였다. 한때 서구열강의 지배를 받은 이 도시의 건물이며 도심의 골목을 장식한 간판은 서구적이다. 음식만은 그들 특유의 문화에서 벗어나지 않았다. 하얀 플라스틱 의자에 앉아 과일을 먹고 있는데 쏙이 원두커피를 가져다준다.

"난 여기가 좋아. 이곳이 마음에 들어, 언니 우리 여기서 눌러 살자."

영은이 물 밖으로 나와 수건으로 머리카락을 털며 말했다. 큰 수건을 몸에 두른 영은이 숙소로 걸어가며 조금만 기다리라고 금방 옷 갈아입고 오겠다고 말하고는 튀어나온 엉덩이를 실룩였다. 건물 뒷문으로 영은이 사라지고 쏙이 의자를 당겨 앉으며 건강해서 좋아요, 한다. 쏙은 선배가 소개해서 만났다. 선배 일을 워낙 오랜시간 봐줘서 한국말은 서투르지만 웬만한 건 알아들었다. 이곳에서 카지노 사업과 호텔을 경영하는 선배는 이십 대 초반에 무작정 이곳으로 날아와 자리를 잡은 입지전적인 인물이다. 초대를 해놓고 막상 도착하니 선배는 이웃 나라 베트남으로 출장을 갔다. 사흘 정도 걸릴 텐데 여유있게 관광이나 하라고 쏙을 붙여줬다. 만나자마자 선배의 결혼 이야기를 듣고 싶었던 나는 느린 시간을 보낼 수밖에 없는 처지가 되어버렸다.

흰 면티셔츠에 청바지를 입고 운동화를 신은 영은은 발랄하다. 0.5점 차로 임용시험에 낙방한 첫해 영은은 씩씩했다. 재수는 필

수, 삼수는 선택이라며 다들 그런 과정을 거친다고 큰소리치던 영은은 1,2점 차로 세 번이나 낙방하자 이 나라가 싫어졌다고 공공연하게 말했다. 대학원에서 교육학을 전공하고 임용고시에 매달리느라 연애사업도 지지부진하다며, 남자친구 엄마는 기간제교사를 하는 영은을 금방이라도 선생이 다된 듯이 양 선생, 우리 양 선생 하고 불러서 더욱 스트레스를 받고 있다. 기간제 그만두고 학원 등록이나 하라고 했더니 기간제라도 해야 돌아가는 정황을 알 수 있다나 어쨌다나 하며 불안해했다.

도시를 벗어나자 곧 평원이 나타났다. 달구지가 크게 요동쳤다. 웅덩이가 깊게 패인 길을 지나갈 때마다 엉덩이가 뻐근했다. 갈대지붕을 머리에 얹은 허름한 농가, 코를 벌름대며 나돌아다니는 돼지들, 등뼈가 드러난 흰 소가 풀을 뜯고 있는 정경은 내전을 겪으며 수백만 명이 학살된 극빈국이라는 사실을 잠시 잊게 만들 정도로 목가적이다. 어딜 가나 어린 꼬마들이 손을 벌렸다. 원 달러를 외치는 아이들의 맑은 눈동자에는 천진함이 깔려 있다.

달구지가 지나간 자리에는 황토먼지가 일어나 길을 덮어버린다. 지나간 흔적을 지울 수만 있다면, 저 먼지처럼 덮어버릴 수만 있다면, 나는 잠깐 그런 생각에 빠져들었다. 농가 가까운 길 옆에 소규모 자판이 있고 먹을거리가 있다.

"아임 헝그리, 아임 헝그리."

영은이 수영했더니 배가 고프다고 하자 쏙이 달구지를 세웠다. 아이들이 우르르 에워쌌다. 긴치마를 입은 여자들이 바나나와 삶은 옥수수를 들고 나타났다. 여자들은 몸집이 가냘프고 키가 작으마했다. 자판에는 검은 거미튀김과 귀뚜라미튀김이 양은 대야에 산더미처럼 쌓여 있다. 갈대로 만든 넓은 바구니에도 가득하다. 영은이 주머니에서 달러를 꺼내어 거미와 귀뚜라미튀김을 샀다. 쏙이 웃으며 엄지손가락을 치켜세웠다. 식용 거미는 보기에도 징그러워 보이지만 이곳 사람들에게는 인기 있는 먹을거리였다. 타란툴라 거미는 원래 동굴에서 사는 곤충인데 크기가 엄지손가락만 하다. 쏙이 거미 잡는 방법을 알려준다. 첫 번째는 거미굴 속에 나뭇가지를 넣고 기다리면 거미가 나뭇가지를 공격한다. 이때 나뭇가지를 꺼내어 붙어 있는 거미를 떼어낸다. 두 번째로는 거미굴 주위를 파헤쳐서 기어나오는 대로 잡는 방법이 있다. 독이 있는 거미는 치료용으로도 쓰였다. 영은은 검은 털이 있는 긴 다리를 뚝 잘라 먹으라고 내밀었다. 기겁을 하며 피하자 영은은 입 안에 넣고는 맛있게 오물거렸다. 닭고기 맛이라지만 도저히 땡기지 않았다.

외국인 친구가 시장에서 번데기를 먹는 한국인을 신기한 시선으로 쳐다보던 기억이 났다. 영은은 타란툴라 거미 몸통을 으적으적 깨물어 먹으며 기분좋게 휘파람을 불었다. 쏙은 영은을 쳐다보며 싱글싱글 웃었다. 선크림을 발랐지만 목언저리가 가려웠다. 햇볕을 쬐면 피부가 빨갛게 변하며 저녁에는 껍질이 벗겨지고 쓰렸다. 챙이 넓은 모자를 깊숙이 눌러쓰고 가도 가도 끝이 보이지 않는 평원을 달렸다. 허술한 농가 주변에는 비쩍 말라빠진 닭들이 돌아다니고 오리가 뒤뚱거리며 마당을 배회하는 장면이 자주 눈에 들어왔다. 흰 소가 논 가운데에서 풀을 뜯거나 집 주위에서 한가롭게 노니는데 한결같이 말라 가죽만 뼈에 달라붙어 있는 듯했다. 사람이나

가축이나 더위 때문에 지방이 불필요한가 하는 생각이 들었다.

선배가 한국에서 고생하지 말고 이곳에 와서 가이드를 하며 자기 사업 도와 달라고 한 지도 몇 년이 지났다. 노모 때문에 일 년에 한두 번씩 한국에 나오던 선배는 모친이 죽고 나서는 몇 년이 지나도 나오지 않았다. 마지막으로 선배를 본 게 삼 년 전이다. 그때 결혼을 약속한 동수 씨를 소개했다. 선배는 호방하고 활달한 성격 그대로 학교 때 좋아하던 후배였노라고 동수 씨 앞에서 떠벌렸다. 술이 몇 순배 돌자 선배는 내 어깨에 손을 얹고는 그때 니가 안 받아줘서 낯선 외국으로 튀었다는 둥, 죽고 싶은 심정으로 이 나라를 떠났다는 둥, 지껄여댔다. 동수 씨는 아무 소리 안하고 맥주만 들이켰다. 자정이 넘어 선배가 숙소인 호텔로 돌아가고 나서 동수 씨는 택시를 타고 혼자 가버렸다. 그날 이후 동수 씨는 술을 마시면 선배와의 일을 트집잡았다. 자기가 몇 번째 남자냐, 그 선배라는 작자와는 어디까지 갔냐, 감히 자기 앞에서 어깨에 팔을 두르는 그 새끼를 내가만 안 두겠다, 하고 윽박질렀다. 동수 씨는 여자와 동거하다가 헤어진 경험이 있다고 고백했었다. 일 년여 동거하던 여자가 일방적으로 떠나버렸다며 울먹였다. 담담하게 동수 씨 말을 들었다. 이 남자와 계속 만나야 되나 말아야 되나 고민을 하면서 맥주를 마셨다. 동수 씨는 술에 취하면 조금씩 감정을 긁어도 멀쩡할 때는 상대방을 세심하게 배려했다. 동수 씨의 배려에 어느만큼 마음이 기울어졌고, 그와 첫 여행을 동해 바다로 떠났고, 해안을 때리는 파도소리를 들으며 그를 받아들였고, 그 도시에서 제일 비싼 바닷가 레스토랑에서 스테이크를 썰었고, 팥빙수를 시켜먹었다. 레스토랑의 유리문을 통해 바다낚시를 하는 사람들이 더러 눈에 뜨였다. 멀리 수평선에 해가 기울어지고 달이 떠올랐다. 달빛을 받으며 해변길을 걸었다. 동수 씨 팔장을 끼고, 푸른 가로등이 드문드문 서 있는 바닷가를 걸으며 그와의 미래를 구상했다.

여행에서 돌아온 지 일주일인가부터 동수 씨 태도가 이상했다. 휴대폰이 오면 자리를 피해 받았다. 몇 번 그런 일이 있고 나서 누구냐고, 숨겨놓은 애인이냐고 물었다. 동수 씨가 담배를 피워 물고는 동거하던 여자라고 말하며 낯을 찌푸렸다. 아무 말 않고 동수 씨를 건너다보았다. 그녀를 만나느냐고 물었다. 동수 씨는 대답을 안 했다. 묵묵부답.

"그 여자가 당신의 마음을 다시 흔들었군요."

"곧 정리할 거야. 조금만 기다려줘요."

"난 상관없어요. 당신이 정리하세요."

동수 씨는 그녀를 계속 만나는 눈치였다.

"양단간에 결단을 내려요. 아니면 내가 떠나겠어요."

"곧 정리할게. 당신을 놓치기 싫어."

동수 씨와는 가끔 만났지만 여자에 대해서는 서로 함구했다. 내쪽에서 의식적으로 무시했고 모른 체했다. 동수 씨 표정도 밝아보였고 마음의 정리가 된 줄 알았다. 동수 씨와 만나는 동안 계절이 여덟 번 지나갔다. 그와의 관계는 진척도 퇴행도 아닌 같은 자리를 맴돌았다. 긴 장마와도 같은 동수 씨와의 관계에서 나는 자꾸 닳아서 헤진 낡은 의복 같은 기분이었다. 계절이 지나가면 낡은 의복을 갈아입거나 버리듯이 그와의 관계도 꼭 그럴 것만 같았다.

"와우, 굉장하다."

영은이 달구지 택시에서 뛰어내리며 엉덩이를 툭툭 털었다. 눈앞에는 거대한 바위 형상이 버티고 있다. 앙코르는 '거대한'이란 뜻이고 톰은 '사원'을 뜻했다. 남문을 거쳐 들어가는 그곳에는 양켠에 선신善神과 악신惡神의 조각상이 길게 늘어서 있다. 권선징악의 구도에 익숙해 있던 나는 그들의 사고가 무척 마음에 들었다. 고대 왕국을 형성한 그들의 세상을 인식하는 시각에 친근감이 더해졌다.

영은은 카메라에 사진을 담기 바쁘다. 그녀는 야생 고양이처럼 가볍게 뛰어다니며 아이들과 농담을 하고 간식을 사 먹고 감탄을 터뜨렸다. 밀림에 세워진 거대한 왕궁터는 시간의 흔적을 더듬어가는 나에게 아늑한 위안을 선물했다. 코끼리를 탄 왕과 칼과 창을 든 군사들, 물고기와 독수리, 춤을 추는 압사라의 부조는 현기증을 일으켰다. 백화현상으로 퇴화되어 가는 벽의 그림들과 사라진 문명이 뜨거운 햇볕과 모래바람 속에서 긴 침묵의 시간을 견뎌내고 있다. 회랑 돌기둥에 기대어 넓은 잔디밭을 바라본다. 결혼한 후 동수 씨는 달라진 게 없었다. 술에 잔뜩 취해 나와 그녀 모두를 놓치기 싫다고 말하고는 같이 살면 안되냐고, 함께 사이좋게 살면 안되냐고 안타까운 눈빛으로 나에게 애원을 했다. 그게 말이 된다고 생각해? 어이가 없어서 나는 그를 노려보았다. 고통과 슬픔이 그의 눈동자에 가득했다. 내 일상은 침식되고 황폐해졌다.

옆 사람에게서 땀 냄새가 훅 끼쳐왔다. 회랑 안이 소란스럽다. 바로 옆에서 일본인 가이드가 설명을 하는 동안에도 사람들은 꾸역꾸역 몰려들었다. 단체 여행객들이다. 더운 바람이 소금을 뿌려대는 듯 얼굴이 화끈거리고 쓰라리다. 남국의 태양은 선크림이나 갈대모자를 뚫고 파고들었다. 이곳에서는 미인의 조건으로 흰 피부와 긴 생머리를 든다. 여자들은 치렁거리는 긴 머리카락을 보물처럼 다룬다. 어깨까지 내려오는 생머리와 뽀얀 피부를 가진 영은은 어디를 가나 시선을 받았다. 영은은 아랑곳없이 그들의 시선을 받아들이며 씩씩하게 다녔다. 영은의 살아 있는 기가 주저앉으려는 나를 일으켜세웠다.

어디서나 풍겨오는 남국의 꽃향기는 죽을 맛이다. 가축의 배설물 냄새와 꽃향기는 더위 속에서 진을 빼놓았다. 빌어먹을 꽃향기. 토할 것만 같다. 정신이 혼몽한 상태로 고대 유적지를 떠돌아다니는 기분이다. 보리수나무 숲이 흔들렸다. 햇빛이 이파리들을 잘게 부숴놓았다.

들판의 적막

택시를 타고 달릴 때 하늘로 곧게 뻗은 나무들 사이로 숨어들고 싶은 충동을 느꼈다. 쏙은 아직 발굴이 안된 미지의 장소가 널려 있다고 자랑스럽게 말했다. 제국을 통치했던 위대한 왕의 후손은 유적을 복원할 능력이 없어 선진 자본에 기대어 찬란한 유적을 세상 밖으로 드러내고 있다. 밀림 속에서 4백 년 간 잊혀졌다 드러난 유적이 따가운 햇볕 아래 돌덩이로 무너져 내렸듯 나는 폐허로 남게 되는 자신을 상상했다.

신화와 역사가 뒤엉킨 벽화의 부조를 설명할 때 옆 사람 중 누군가 손을 번쩍 들었다. 사진 찍는 시간 안 줘요? 한국인이나 일본인들은 사진 찍는 걸 유난히 좋아한다. 가이드의 설명은 제쳐두고 오로지 사진을 찍기 위해 온 사람들 같다. 혼자 둘러보는 금발 여자, 자전거를 빌려 타고 오지를 달리는 캐나다 청년, 대부분의 서양인들은 친구와 오거나 혼자 여행을 온다. 단체 여행객은 중국이나 한국 일본 같은 동북아권 사람들이다. 옆 일행 가이드는 한국인이다. 나는 쏙과 영은을 따라가지 않고 한국인 여행 팀에 끼어앉아 한국인 가이드의 설명을 들었다. 영은이 한쪽 눈을 찡긋 감으며 쏙의 팔장을 끼고 옆 회랑으로 사라졌다.

서양 여자 둘이 경찰복을 입은 남자에게서 설명을 듣고 있고, 다른 편에는 금발의 청년이 카메라 셔터를 연신 눌러대고 있다.

"나를 찾지마."

내 선언에 동수 씨는 별로 놀라지 않았다. 그의 태도에 배신감을 느꼈다. 그건 모멸감과도 같았다. 그 즈음 분명 그에게는 어떤 변화가 감지되고 있었지만 그는 속내를 털어놓지 않았다. 나는 그가 말해주기를 기다렸다. 그는 끝끝내 나에게 진실을 숨겼다. 그건 그가 흔들린다는 의미였다. 확신이 서지 않는 관계란 얼마나 불안정한가. 남녀의 관계뿐만 아니라 나는 친구들, 가족들 모든 관계의 허망함을 알고 있다.

주위를 살펴본다. 무화과나무 뿌리가 건물을 통째로 삼킨 사원에서 일행을 벗어나 폐허의 유적에 감금당하고픈 유혹에 시달리던 일이 현실감 있게 다가왔다. 사각의 방, 하늘로 향해서만 열려 있는 공간에서 나는 뭔지 모르는 애잔한 감정에 젖어들었다.

"이곳은 왕이 어머니를 위해 지은 건물이에요. 신하에게도 말 못 할 일이 있거나 고독한 왕은 이 방에서 통곡을 했어요. 어깨, 팔, 다리, 엉덩이 어느 곳이든 두드려도 둔탁한 소리가 나지만 가슴을 두드리면 공명음이 나요. 한번 따라해볼래요?"

나는 주먹을 쥐고 가슴을 때렸다. 돌벽을 휘돌아 울리는 여운이 파장을 일으켰다.

"어머, 진짜네."

누군가 소리쳤다. 가슴을 치며 통곡을 했던 왕의 슬픔이 전해지는 것 같아 가슴이 먹먹해졌다. 숙소 머리맡에 둔 양초와 향초를 가져와 벽마다 뚫린 구멍에 꽂아두고 불꽃과 향을 바칠 걸 하는 마음도 잠시뿐, 사암을 뚫고 내리비치는 태양의 열기와 꽃향내에 속이 울렁거렸다. 어쩌면 왕은 어머니가 아닌 사랑하는 여인을 못 잊어 제를 지내다 밀폐된 그만의 방을 만들었는지도 모른다.

뱀신의 딸인 소마 공주가 밤이면 인간의 모습으로 변해 왕과 사랑을 나눴다는 창세신화는 결국 허망함으로 끝난다. 가파른 계단을 매일 오르기에는 인간으로서 힘겨운 일이었을 것이다. 단 하룻밤의 어긋난 약속으로 망한 왕국 대신에 어딜 가나 널린 도마뱀 떼는 소마 공주의 선물이라던가. 그녀는 온몸에서 힘이 빠져나가며 다리가 풀려 그 자리에 주저앉았다.

앙코르 유적지에서 카타콤베를 떠올리며 주저앉아 영은이 나타나기를 기다렸다. 영은은 나타나지 않았다. 서운한 감정이 비집고 올라왔다. 가뭄에 시달리던 물고기가 물을 만난 듯 영은은 쏙과 죽이 맞아서 내 기분은 아랑곳 않고 멋대로였다. 귀엽게 봐주다가 어느 순간 은근히 화가 났다. 한국인 여행 팀에서 떨어져나와 쑥을 찾아 두리번거렸다. 남쪽 회랑을 나와 동쪽 회랑으로 접어들었다. 안쪽 뜰로 향하는 회랑 입구에는 가파른 계단을 쳐다보는 사람들이 무리지어 모여 있다. 신의 영역으로 오르는 길이다. 신 앞에 머리와 허리를 숙이지 않으면 갈 수 없는 곳, 우주의 중심으로 향하는 좁은 통로. 꼭대기에는 밤마다 왕과 사랑을 나눴던 소마 공주의 침상이 있을지도 모른다는 환상에 계단을 조심스럽게 오른다. 양손과 양발을 이용해서 천천히 기어오른다. 다리가 후들거리고 등허리에서는 땀이 배어나왔다. 아무런 생각도 나지 않았다.

길을 잃는다는 것.

유적지에서 사라진다는 것과 죽음은 분명히 다른 것이라고 그 순간 깨닫는다. 입구의 문을 들어서자 안쪽 깊숙이 부처상을 모셔놓은 불단이 있고 황금빛 가사를 걸친 승려가 향을 피우고 있다. 제단 앞에서 향을 사룬 후 1달러를 바구니에 담았다.

위로 향할수록 좁게 만들어진 탑의 내부는 생각보다 넓었다. 왕의 야외 목욕탕은 돌 이음새의 틈 어디에서도 물이 새어나갈 수 없게 만들어졌다. 신의 대리자인 왕을 위해 수많은 노예들이 돌을 올리고 물을 퍼날랐을 목욕탕은 이끼로 덮여 있고 눅눅한 습기가 떠다녔다. 목욕탕을 중심으로 돌기둥을 따라 사각의 테두리를 따라 걷다가 뒤쪽으로 난 미로를 향했다. 지금쯤 쑥이 목청을 세우고 찾을 것이다. 목이 마르다. 물병을 남쪽 회랑 입구에 두고 온 걸 깜박했다. 잠시 다리를 뻗고 앉았다가 일어서면서 그만 잊어버린 것이다. 좁은 내부를 따라 벽을 짚어나갔다. 탑 꼭대기 어디쯤에 소마 공주의 침실이 있지 않을까. 돌아보니 뒤따라오던 사람들이 모두 가버리고 주위에는 아무도 없다. 적막이 흐른다. 더 이상 발 디딜 힘도 없어서 벽에 등을 기대어 앉았다. 사원의 돌기둥 사이로 멀리 서펑나무에 기대어 흔들리는 뱅갈 보리수나무가 희미하게 보였다. 무화과와 활엽수림이 우거진 숲이 흔들렸다. 군데군데 경찰이 지키고 섰다가 사람들을 내보내는 소리가 들렸다. 가만히 한숨을 쉬었다. 비틀거리며 일어나 기어서 올라왔던 계단을 내려다보았다. 멀리 회랑 중간 움푹 파인 공간에 쏙과 영은이 비슷한 남녀가 마주 보고 담배를 피우고 있다. 손을 들고 흔들었다. 그들은 이쪽을 쳐다보지 않았다.

한국인 여행객이 단체로 몰려가는 게 보였다. 그들 뒤에 바짝 붙어서 따라갔다. 어쨌거나 같은 숙소에서 본 낯익은 얼굴이 있었으니 그 버스를 따라갈 심사였다. 영은에 대한 서운한 감정이 자신을 향하여 쏟아졌다. 친구를 사귀려면 여행을 같이 해보라는 말이 딱 들어맞는 것 같다. 한때 언니, 언니 잘 따르고 해서 나이를 따지지 않고 친구처럼 지냈는데 첫날부터 이날까지 해도 너무 한다 싶었다.

문둥이 왕 전설이 있는 곳에서 나는 영화 '왕과 나'를 떠올렸다. 율브린너와 데보라 카 주연의 영화는 미망인 데보라 카와 태국 왕의 어느 한 시점을 그리고 있다. 이상하게도 왕의 광장을 본 순간 그 영화가 퍼뜩 떠올랐다. 배경이 비슷했다. 거칠고 자기중심적이지만 딱딱한 껍질 같기만 한 왕의 내면에 웅크린 따뜻함을 발견하면서 마음을 열어가는 여주인공 애나의 순수한 열정이 돋보이는 영화였다.

　어쩌면 이곳은 옛사람들의 고분군인지 모르겠다. 몇백 년 동안 잊혀진 채로 잠들어 있었다면 그럴 가능성은 컸다. 하지만 이내 고개를 흔들었다. 그보다는 절대권력을 쥐었으면서도 세상에 자신을 드러내지 못한 왕을 생각하자 연민이 일어났다. 문둥이 왕은 가면을 쓰고 테라스에 나와 병사들을 지휘했다. 코끼리를 타고 긴 창을 든 채 테라스에 서 있는 왕의 긴 그림자. 바닥에 끌리는 그의 망토 자국 만큼이나 슬픔이 고여 있는 유적지에서 나는 뭔지 모를 처연한 감정에 젖어 들었다. 일행이 다른 곳으로 몰려갔다. 나는 두 다리를 뻗고 앉아 사자 조각상 앞에 주저앉았다. 서늘한 바람이 불어왔다. 눅눅한 습기가 가신 마른 바람이다. 선배 말대로 돌아가지 말까. 선배의 힘을 빌리지 않더라도 한국인 식당에서 일자리를 찾거나 아르바이트로 가이드를 하면 될 것도 같았다. 이종사촌 중에는 동남아로 여행을 갔다가 그대로 눌러 앉아 가이드를 하는 동생이 있다. 보리수나무에 해가 지고 있다. 저녁 해가 유난히 붉다.

　잠이 쏟아졌다. 잠결에 누군가 부르는 소리를 들었다. 쏙의 목소리. 한 덩어리의 빛무리가 다가오더니 어깨를 잡아 흔들었다. 여기서 뭐하세요? 눈을 뜨자 경찰과 쏙이 내려다본다. 영은이 그 뒤에 서 있다. 경찰과 쏙이 자기네끼리 뭐라고 떠들어댔다. 하나도 알아들을 수 없다.

　"괜찮아요? 한참 찾았어요."

　쏙이 걱정스러운 표정을 지었다. 영은이 아무 말 안하고 서 있다. 쏙의 팔을 잡고 일어섰다.

"언니, 한참 찾았어."

"찾았다고? 나를?"

"그렇다니까. 그렇지 쏙?"

쏙이 어깨를 으쓱했다. 그냥 넘어가려다가 영은의 표정을 보고는 화가 치밀었다.

"너, 내 눈앞에서 사라져. 혼자 잘도 다니던데 너랑은 끝이야."

"언니, 왜 그래. 화 풀어."

"함께 왔으면 배려라는 게 있어야지, 죽었는지 살았는지 신경도 안 쓰는 그런 인성 갖고 선생이 되었으면 어쩔뻔 했니, 아이들이 불쌍하지."

그 말을 내뱉으면서 아차 싶었다. 이미 엎질러진 물이었다. 영은이 울 듯한 눈으로 노려보다가 지나가던 택시를 타고 가버렸다. 쏙이 난감한 표정으로 쏘리를 연발했다. 달구지에 올라타고 저무는 하늘을 쳐다보니 노을이 지고 있다. 갈대나 나무로 지은 허름한 농가가 드문드문 지나갔다. 들판에는 길쭉한 등허리를 드러낸 흰 소가 주인을 기다리는 듯 고개를 빼고 쳐다본다. 벼농사가 대부분인 이곳은 끝이 보이지 않는 지평이다. 논바닥에는 물이 찰랑거렸다. 고요히 저물어가는 대기 속에서 아련한 슬픔이 심중에 고여 찰랑거렸다. 쏙에게 들킬까 봐 조심하다가 목 안에 잠겨 있던 울음이 터져 나왔다. 소리내어 우는 나를 쏙이 뒤돌아보더니 놀라서 달구지를 세웠다. 쏙이 담배를 꺼내 불을 붙여주었다. 담배를 손에 들고 창피함을 잊고 울다가 한 모금 연기를 빨아들였다.

"어디 아파요?"

"아무것도 아니에요."

"……."

"그냥, 들판이 너무 적막해서……."

막막한 지평을 달리며 검붉은 저녁노을을 보자 괜히 슬픔이 터져 나왔다. 쏙이 걱정스러운 표정으로 쳐다보고 있지만 그건 말로 설명할 수 없는 깊은 심적 동요 같은 것이다. 해지는 풍경에 가슴이 무너져내린다는 느낌. 유한함, 죽음, 생의 막다른 경계 같은 어휘가 계속 나를 지배했다. 꽃멀미로 고생하면서, 폐허의 유적지를 둘러보면서, 끝없는 들판을 달리면서, 몇십 명이 안아도 꿈쩍않을 나무 둥치를 보면서 나는 왜 이렇게 작을까, 나는 뭘까, 하는 의문에 사로잡혔다. 동수 씨와의 일은 아득했다. 퇴락한 유적이 남긴 흔적은 개인의 생이 얼마나 작고 허망한 일인가 하는 쓸데없는 감상에 젖어들게 만들었다. 나를 붙잡으려는 선배와 영은에 대한 서운함, 동수 씨의 어정쩡한 태도. 그 모든 관계에서 지쳤음이 틀림없었다. 해지는 평야는 사람의 마음을 자꾸 바닥에 가라앉게 만들었다. 꼼짝 못하게 힘을 빼놓는 주술적인 능력이 있었다. 담배를 깊게 빨아들였다. 담배를 피우면서도 눈물은 볼을 타고 흘러내렸다. 담배 한 개비를 다 태우고 나자 후련함 같은 기분이었다. 쏙에게 미안했다. 쏙은 내 눈치만 살폈다. 쏙이 쳐다보았다. 씩 웃어주자 쏙의 표정이 금세 환해졌다.

"기분이 좀 풀렸어요? 울고나면 괜찮아질 것 같아서 안 말렸어요."

"고마워요."

쏙이 휘파람을 불며 운전석에 올라탔다. 달구지가 움직였다. 저녁연기가 피어올랐다. 하늘은 금세 짙은 코발트로 변했다. 검푸른 하늘에 별이 점점이 박혔다. 멀리서 닭 울음소리가 들려왔다. 농가가 가까이 있는 것 같았다. 연기가 군데군데 피어올랐다. 한참 달려도 불빛이 보이지 않았다. 어둠 속으로 차가운 바람이 몰려들었다.

숙소로 돌아오니 영은이 보이지 않았다. 낯선 도시인데 괜찮을까. 내 표정을 보고 쏙이 시내에서 한잔하고 있을 거라고 걱정하지 말라고 한다. 한국인이나 일본인이 운영하는 호프집이 꽤 있었다. 프랑스식 레스토랑도 곳곳에 보이는데 식민지를 겪은 결과물이다. 선진 자본이 도시를 점령한 곳. 조상의 유적에 기대어 경제성장을 하려 이념을 헌신짝 버리듯이 버린 나라. 이 나라는 현재 사회주의 공화국이다. 그렇지만 나라 전체가 이미 자본주의로 흘러가고 선진 서방 자본이 들어와 나라의 경제를 쥐락펴락한다. 곳곳에 프랑스나 일본, 혹은 이탈리아가 자본과 기술을 제공해서 유적을 복원하지만 70프로는 복원을 포기해야만 한다. 일찍이 밀림의 유적지를 발견한 프랑스 사람이 본국에 알려서 적지 않은 유물을 도난당했다. 일본에도 꽤 건너갔다. 지금은 유네스코가 보호를 한다지만 너무 많은 인류유산이 훼손당한 채 방치되고 있다. 두통이 왔다. 쏙은 쉬라고 말하고 영은을 찾아보겠다며 달구지를 끌고 사라졌다.

미완성 조곡

숙소에 누워 있는데 선배에게서 연락이 왔다. 데스크에 와있으니 내려오라고 했다. 밤에는 기온이 낮아져 서늘했다. 얇은 겉옷을 걸치고 내려가자 선배가 빨강색 페라리 승용차를 몰고 왔다. 조수석에 앉아 차창을 내리자 재스민 향기가 스며들었다.

"내일 온다고 하지 않았어?"

"니가 걱정이 되어 일정을 앞당겼어."

"편리하게 사네."

"아예 눌러앉아라, 먹고 사는 것 걱정 말고. 하루 세 끼 그거 얼마 들겠냐."

선배는 마치 책임지겠다는 말투다. 결혼한 부인 이야기를 물으려다 그만두었다. 선배의 결혼 이야기는 대충 들어서 알고 있다. 선배 동창들 사이에서는 그의 결혼이 화젯거리였다. 그들도 그런 로망을 꿈꾸는 듯하다. 단신으로 공항에 내리자마자 택시를 잡고는 그 나라에서 제일 유명한 대학으로 가달라고 말한 선배의 배짱은 어디서 기인한 것일까. 지독한 콤플렉스거나 돈키호테식 영웅심의 발로일까. 대학 정문 앞 나무 그늘에서 며칠을 잠복하였다가 제일 늘씬한 미녀를 점찍고는 몇 달 간 쫓아다닌 선배의 일화는 동기 남자애들 사이에서도 회자될 정도였다. 선배의 열정에 감복한 여대생은 부모에게 소개를 했고, 그녀 부모는 선배를 한동안 시험했다던가. 그녀 집에 기숙하며 잔디깎기, 집안 청소, 설거지, 한국식 요리접대, 여대생 모친과 쇼핑하거나 말상대해주기……. 그 외에 자잘한 소문은 구르고 굴러서 더 큰 소문을 만들어냈다. 여대생 아버지는 현역 장성이었다. 일이 성사되려고 그랬는지 그 나라 총리가 한국을 방문하여 경제적 원조를 받은 일로 그들 매스컴에 대대적으로 보도가 되고 선배는 덩달아 선진국에서 온 용감한 청년으로 인식되어져 결혼은 일사천리로 진행되었다. 결혼식날 한국 공관원이 참여할 정도로 성대했고 여대생 아버지는 정복을 입고 나왔으며 별을 단 장성들이 줄줄이 하객으로 참여했다는 후문이다. 장인의 뒷배와 장모의 적극적인 후원으로 선배 사업은 번창하였다. 선배는 어딜 가나 브이아이피였다.

"선배는 아직 청춘인가봐. 자가용도 젊은 걸 끌고다니네."

"집사람 거야, 내 건 회사에 두고 왔어."

"부인이 미인이라며?"

"남들이 그러대."

"우리 어딜 가?"

"가보면 알아."

선배가 담배를 피워 물더니 운전석 차창을 활짝 열었다. 차에서는 음악이 흘렀다. 선배는 내 시선을 의식했는지 이집트음악이라고 부인이 그쪽 여행을 갔다 와서 사왔다고 자기랑은 취향이 다르다고 설명했다. 모래사막과 낙타와 바람이 연상되는 음악이었다.

도심지를 빠져나오자 한 치 앞을 분간할 수 없을 정도로 캄캄했다. 멀리 외등이 깜박였다. 이십여 분을 달리자 주변이 조금 밝아졌다. 하얀 철문이 열린 정원 안으로 페라리가 들어서자 문이 저절로 닫혔다. 잔디가 깔린 정원에는 커다란 고무나무와 종려나무들이 서 있다. 차고에 페라리를 주차시키고 내부로 통하는 계단을 밟고 올라가는데 선배가 갑자기 끌어당기더니 힘주어 껴안았다. 강한 힘이 느껴졌다. 선배가 하는 대로 가만히 있었다. 갑자기 기운이 빠져서 주저앉을 것 같았다. 한참 껴안고 있던 선배가 계단을 밟고 올라가자 문이 열렸다. 등이 켜졌다.

"하이, 꾸아야."

"어서오세요."

흰 원피스를 입은 여자가 검고 긴 머리카락을 손으로 쓸어넘기며 인사를 했다. 얼떨결에 고개를 숙이고 선배를 쳐다보았다. 여자 뒤에는 흰색과 붉은색의 겹 커튼이 흔들렸다. 열어놓은 창으로 뒷마당의 정원이 내다보였다. 등이 켜져 있는 정원에는 수영장이 있고 수영장을 빙 둘러서서 종려나무가 서 있다. 커다란 중국 도자기가 바닥에 놓인 실내는 넓었다.

"집사람이야, 여긴 내 대학 후배."

"안녕하세요."

부인이 손을 내밀며 악수를 청했다. 마주 잡은 그녀 손이 부드러웠다. 빨간 매니큐어를 바른 손톱이 길었다. 생활과는 거리가 먼 손이었다. 주방에서는 고소한 음식냄새가 풍겨왔다. 넓은 거실에는 밤색 가죽 소파가 한쪽 벽면을 차지하고 있고 맞은편에는 선반이 있고 도자기류가 올려져 있다. 정원이 보이는 창문 옆에는 사람 크기의 길쭉한 타원형 도자기가 놓여 있다. 한눈에도 부유층임을 알수 있었다. 여자가 창문을 닫더니 에어컨을 틀었다. 에어컨에서는 서늘한 바람이 뿜어져 나왔다.

식탁으로 안내되었다. 부엌에는 중년 여자가 요리를 하고 있다. 도자기 접시에 음식이 담겨 나오는데 김치와 불고기 그리고 그들만의 전통 요리가 몇 가지 있다. 부인이 활짝 웃으며 서툰 한국어로 불고기와 김치 만드는 법을 선배가 알려줬다고 자랑한다. 앞접시에 음식을 덜어 조금씩 떠먹었다. 나무젓가락을 들고 음식을 집는데 목에 잘 넘어가지 않았다.

저녁을 먹은 후 부인이 열대과일을 내왔다. 과일을 먹고 커피를 마셨더니 나른해졌다. 영은이가 걱정되었다. 부인과는 이야기를 더 해보고 싶었으나 기운이 빠졌다. 부인의 몸집은 서구형으로 늘씬하고 균형 잡혀 있다. 피부는 까무잡잡했다. 한 마디로 건강미인이다. 부인은 내 이야기를 들었다면서 이층에 손님방이 있는데 묵어가도 좋다고 했다. 가진 자의 너그러움이었다. 이국에 단신으로 와서 사업과 미녀 부인, 양손에 떡을 다 쥔 선배가 부럽다기 보다 배신감 비슷한 감정이 솟아났다. 묘한 심정이었다. 선배가 쫓아다니던 옛일이 너무 멀다. 그때 선배를 받아들였다면 내 인생은 어떻게 되었을까. 달라졌을까. 좋게? 혹은 나쁘게? 나는 가늘게 한숨을 쉬고는 선배에게 가봐야겠다고 말하고 일어섰다. 선배는 붙잡지 않았다. 부인이 환한 미소로 배웅을 했다. 선배가 태워다주겠다며 열쇠를 챙겨서 차고로 내려갔다. 선배를 따라 계단을 내려서는데 아득해졌다. 선배가 팔을 잡아주었다.

"저녁 잘 먹지도 않던데, 고민 있니."

"머리가 아파서."

"혹시 말라리아 걸린 건 아니겠지, 하하 농담이야."

"그렇게라도 되었음 좋겠다."

조수석에 올라타자 선배가 안전벨트를 당겨서 매어준다. 선배에게서 라벤더 향내가 났다. 어지러웠다. 온통 꽃향내였다. 아무런 향기도 색깔도 덧입히지 않은 담백한 바람냄새를 들이켜고 싶었다.

"난 아무래도 이곳이 안 맞나봐."

"무슨 소리야, 첨부터 맞는 사람이 어딨냐."

"멀미가 나, 자꾸."

"멀미?"

"응, 꽃멀미. 공기가 너무 달아."

"꽃멀미라니, 예민해져 있어서 그럴 거야."

"선배는 이곳이 좋아?"

"삶의 조건이 최적인 곳은 없어, 다만 만들어갈 뿐이지."

"나도 그렇게 될까, 선배처럼 순응하게 될까."

"되도록 해야지. 가지마라, 외롭다…… 모국어가 고프다."

"단지 그게 이유야?"

"내 마음 그렇게도 모르니? 너를 붙잡고 싶은 내 마음 모르겠니."

"선배 참 무섭다, 이기적이기도 하고. 건강미인 부인은 어떡하고."

"그게…… 문제가 되니. 그냥 묵인하면 안될까."

창문을 조금 열어두었던 차창 유리를 내렸다. 동수 씨도 여자에게 그렇게 말했을까. 떠나올 때까지도 여자와 헤어지지 못하고 미적거리던 그를 이해할 수 없었다. 그런데, 여기, 바다 건너 이국의 땅에서 또 다른 동수 씨를 본다는 게 아이러니하다. 눈 딱 감고 주저앉을까. 문득 동수 씨에게 복수하고 싶은 열망이 싹텄다. 동수 씨는 이런 내 모습을 보고 찾으러 올까. 정리할까. 시험해보고 싶은 속내가 꿈틀거렸다. 어두운 들판으로부터 눅눅한 바람이 불어왔다.

바람 속에 재스민 향기가 묻어 있다.

호텔 입구에 페라리가 섰다. 벨트를 푸는데 잘 되지 않아 고개 숙인 내 얼굴로 선배 얼굴이 다가왔다. 식사할 때 마신 와인 향이 훅 끼쳐왔다. 선배 입술과 맞닿았다. 거부하지 않았다. 그의 입에서 고추기름 냄새가 났다. 마늘 향도 섞여왔다. 뒤죽박죽이 떠올랐다. 언젠가부터 뒤죽박죽이 나를 따라다녔다. 선배를 알면서부터였다. 너를 갖고 싶어. 선배 손이 가슴으로 쑥 들어왔다. 그 손을 밀쳐내며 머리가 아파 쉬어야겠다고 말했다. 선배는 나를 내려주고 곧 떠났다. 허전함이 몰려왔다. 나쁜 자식, 그런다고 그냥 가면 어떡해. 내 이율배반에 스스로 치를 떨며 아랫입술을 잘근잘근 씹었다.

데스크에서 쏙으로부터 온 전화 메모가 있다. 시내 프랑스 레스토랑 메종에서 한잔하고 있다는 간결한 메시지. 종업원에게 물으니 걸어서 오 분이라 했다. 머리를 식힐 겸 천천히 걸었다. 정원의 바나나 나무 몇 그루가 오십여 미터 높이로 서 있다. 하체가 긴 동물 같다. 야자수가 가로수로 서 있는 시내는 군데군데 밤일을 하는 오토바이 택시꾼들이 옹기종기 모여 서서 잡담을 나누고 있다. 간간이 택시가 지나갔다. 꽃향기가 허공을 떠다녔다.

메종은 외벽이 온통 하얗게 칠해진 이층 건물이다. 문을 열고 들어가니 맞은편 창가에 쏙이 영은의 어깨에 팔을 두르고 맥주를 들이켜는 모습이 보였다. 어쭈, 저것들이. 순간적으로 화가 솟구쳤다.

"얼씨구, 잘한다."

앞자리에 털썩 주저앉자 쏙이 알딸딸해진 음성으로 뭐라고 빠르게 지껄였다. 영은은 취해서 고개를 떨구고 있다.

"안되겠다, 호텔로 가자."

"언니 왔어? 난 여기가 좋아, 언니 혼자 가."

"너 왜 이러니, 창피하게."

"언니는 보여지는 것만 믿는 거지. 그건 다 가짜야, 가짜."

"뭔 소리 하는 거야."

"보이지 않는 것도 볼 줄 알아야 된다구. 내가 뭐 속이 없어 실실 거린 줄 아나본데 말이야."

"여기요, 병맥주 하나요."

앞쪽 무대에는 보컬팀이 노래를 부르고 있다. 올드 팝이다. 비틀 즈 노래가 줄줄이 흘러나왔다. 일부 손님들이 따라불렀다. 한국인 들 같다. 팔을 좌우로 흔드는 사람들도 있다. 기타리스트는 흥에 겨 워 열정적으로 연주를 한다.

"언니, 나 정말 여기서 살 거야, 교사 임용고시, 그거 물건너 갔 어, 내 장래 시어머니 될 홍 여사님께서는 자기 아들보다 더 좋은 대학 나온 며느리가 예쁘다고, 공부를 잘해서 좋다고 나를 예뻐하 시는데 말이야, 친척들에게 교사 며느리 얻는다고 못배운 자기네들 보다 공부잘한 며느리 봐서 좋다고 자랑해대는데 벌써 사 년째야. 고시 합격하면 결혼한다고 했는데 이제는 우리 홍 여사님 얼굴 보 기도 민망하고…… 난 돌아가지 않을 거야. 언니 따라 잠깐 머리 좀 식히고 오겠다고 했더니 미래의 신랑님 말씀이 맘대로 하라고, 몇 년째 머리 식히고 있지 않냐고……."

영은이 엎드려서 울었다. 영은의 흔들리는 어깨를 노려보다가 종 업원이 가져다준 맥주를 들이켰다.

"그래, 돌아가지 말자. 뭐 좋은 꼴 보겠다고. 눌러 살자. 어디나 정붙이면 살만 하지 않겠니. 너랑 나랑 교포 자녀들 과외하며 살아도 충분히 먹고 살겠다."

교포들 교육이 걱정이라던 한국인 식당을 운영하는 여자 말이 떠올랐다. 자녀 교육 때문에 부부 중 한 사람은 고국으로 아이들 데리고 들어간다고, 가족이 헤어져 살다보면 문제가 많더라고, 생활비도 두 배로 들더라고 한숨 쉬던 여자였다. 이제 서구 자본주의식 경제를 받아들이는 이 나라 곳곳에는 굴삭기로 땅을 파헤치느라 어디나 먼지가 일었다. 붉은 황토 먼지는 까닭 모르게 원시의 숲으로 가는 길목 같다. 행복한 표정을 짓는 사람들. 가난하지만, 내전의 상흔이 있지만, 재건을 위해 온 땅이 들썩이는 것 같다.

고민이 없는 것 같은 사람들의 얼굴은 다른 문화권에서 살아온 나에게 답답하게 비쳐졌다. 그것은 바나나와 코코넛, 삶은 옥수수를 좌판에 내다놓고 파는 사람들의 무표정한 표정처럼 변함없이 지루하고 낯설다. 이국의 도시 뒷골목에는 인사동이나 종로에서 보았음직한 식당 간판이 있다. 한국 교민이 운영하는 식당은 반찬이나 음식맛도 똑같다. 기후와 토양이 다른 남의 나라에서 한국인을 상대로 식당을 운영하는 그들을 만나 나는 잠시 착각에 빠져들었다. 한국의 어느 지방 소도시쯤에 와있다고.

"영은이를 좀 업어야겠어요."

영은이 허리를 뒤에서 안아 쏙의 등에 업혀주었다. 쏙이 달구지에 영은을 내려놓았다. 영은이 취해서 횡설수설했다. 이념이 쇠퇴하고 자본주의라는 새로운 이념이 이 땅을 덮고, 다시 신자유주의라는 이념이 그 위를 구름떼처럼 덮어버리면 이들의 얼굴에도 그때까지 행복이 남아 있을까. 넘쳐날까. 쏙이 눈빛을 빛내며 그들 위대한 조상의 찬란한 유적을 설명할 때 역사와 개인의 상관관계를 생각했다. 밤 바람이 머리카락을 헤집었다. 어두운 길에는 부연 가로등이 군데군데 떠 있다. 불확실한 미래를 내딛는 기분이다. 밤의 도로는 한적하다. 멀리 닭 울음소리가 들렸다.

달의 눈물

김우진은 아직 도착하지 않았다. 휴대폰으로 조금 늦겠다고 전화를 한 지 십여 분이 지났다. 방파제 입구에서 만나자는 김우진의 목소리는 활기찼고 자신감이 넘쳐흘렀다. 삶의 풍요로움이 묻어나는 그 목소리는 까닭 모르게 내 마음을 어둡게 만든다. 포장마차에서 카푸치노를 한 잔 사서 마시며 여전히 굴곡 없는 김우진의 순탄한 행로를 잠시 생각한다. 서울과 내가 일하는 소읍과의 중간지점. 청정해역을 자랑하는 바다도시에서 만나자고 김우진이 제의했을 때 조금은 의외였다. 배려라는 것은 역시 너그럽고 여유 있는 자의 몫인가. 가끔 학회에 세미나가 있을 때도 업무가 끝나면 곧바로 돌아오곤 했다. 친구들을 만나 술이라도 한잔 나누고 싶었지만 하나 같이 병원 규모를 늘리거나 좋은 자리로 옮겨갈 생각, 세금을 얼마 떼였다는 둥 나와는 거리가 먼 대화뿐이었다. 시골에서 봉급쟁이로 살아가는 내 처지로서는 별로 낄만한 대화가 아니었다.

생선 내장이 발효되는 냄새와 갓 건져 올린 미역이나 활어회의 비릿함이 훅 콧속으로 들어온다. 시장 입구에는 전국 각지에서 몰려온 승용차들로 붐빈다. 대야 안에는 광어와 우럭이 물방울을 퉁기고 크고 작은 조개 종류들이 석쇠 위에서 구워지고 있다.

방파제 끝 대양에서 불어온 바람이 날카롭게 목덜미며 뺨을 때린다. 빌어먹을. 나는 빠르게 밀려오는 수면을 노려보다가 알 수 없는 분노로 몸을 떤다. 어젯밤 잠을 제대로 못 잤다. 국도를 타고 오는 내내 머리가 아팠다. 습관적으로 시계를 한 번 더 들여다본다. 바람에 밀려 이리저리 흔들리는 물결을 보고 있으니 한결 기분이 나아졌다. 먼 과거로부터 달려와 흔적도 없이 새 물결에 휩싸여 어디론가 흘러가버리는 해면이 시간과 더불어 한 생을 흘려보내는 인간의 처지와 같다는 느낌이 든다. 오래도록 검푸른 수면에서 시선을 떼지 않았다.

집에서 나오기 전, 잠든 아내의 얼굴을 잠깐 내려다본 후 검은색 모직 외투를 걸쳐입었다. 두껍고 무거운 외투가 내 몸을 짓누르며 칙칙하게 낡아갈 동안 아내는 그 옷에 집착하는 나를 이해하지 못하겠다며 고개를 갸웃거렸다. 부모 잘 둔 덕에 대학시절 용돈 펑펑 쓰며 여자애들 치마폭에 돈깨나 갖다 바친 친구의, 기억도 못하는 옷가지들 중 하나였던 그 검은 외투는 나에게 와서 나와 함께 낡아가고 있다. 김우진이 십오 년의 시간을 건너뛰어 전화를 해왔을 때 나는 묻어두었던 기억이 한꺼번에 부스스 털고 일어나는 것을 느꼈다. 하긴 나도 아내를 이해 못하기는 마찬가지였다. 한 달에 한 번 오지마을에 의료봉사를 나가다가 만난 아내. 병든 노인을 극진히 뒷바라지하는 시골 처녀의 순수성은 단박에 나를 사로잡았고 교육이나 가정 형편 그런 것은 일체 따지지 않고 청혼을 한 터였다. 그러나 꼭 그 이유 때문만은 아니었다. 가슴 속 깊숙이 웅크린 어떤 사건이 나를 자꾸 바닥으로 끌어내리며 되돌아보라고 끊임없이 속삭였다. 노인을 간병하며 알뜰히 집안 살림을 했던 아내는 결혼 후 달라졌다. 값비싼 물건을 사들였고, 메이커를 고집했으며 그녀 나름대로 인생을 윤택하게 꾸려가고 있었다. 내가 의료봉사를 나온 학생들과 주말이나 휴일에도 산촌을 다니며 새까매진 몰골로 돌아와도 별다른 반응을 보이지 않았다. 아내를 사랑했던가. 나는 주방용품을 사들이며 집안꾸미기에 여념이 없는 아내에 대해 스스로 질문을 던져보았다. 아님 동정심? 알 수 없기는 아내가 나를 이해 못하는 것과 마찬가지였다.

백화점 세일기간에 아내가 사다놓은 가볍고 질감 좋은 천의 겉옷들은 내 시선에서 방기된 채 묵어갔다. 아내는 소읍에서 12킬로미터 떨어진 시에서 백화점 셔틀버스가 오는 날을 기다려 시장을 봐왔다. 낡은 외투를 늘 껴입고 한 철을 보내는 것도 습관일 뿐이었다. 익숙한 것에 대한 편안함과 안정감 외에 다른 무엇을 더 설명해야 할지 이유를 알지 못했지만 어쨌거나 나는 늘 추위가 닥치면 오래된 검은 모직 외투를 입었다. 처음에는 순전히 지방의 보건소장이라는 직책이 경제적인 자유로부터 얼마간 얽어맸으나 꼭 그 이유 때문만은 아니었다.

잠깐 어디 가서 눈이라도 붙이고 싶다. 여관 간판이 눈에 들어왔으나 썩 내키지 않는다. 여관이나 모텔이 주는 이미지, 즉 단순히 잠을 잔다거나 하는 것보다 여자와 남자, 불륜 그런 이미지가 언뜻 떠오른다. 그것은 순전히 선입견에 불과한 개인적인 느낌일 테지만 쓸데없는 데 몇만 원씩 낭비하는 것은 내 성미와 맞지 않는다. 극장 간판이 눈에 들어온다. 남의 시선 끌지 않고 잠깐 잠을 잘 수 있을 곳으로는 그만한 곳이 없다.

표를 내미는 아가씨가 영화 제목을 말한 것 같았으나 나는 건성으로 흘려듣는다. 이미 상영이 시작된 영화관의 문을 열고 들어간다. 어둠 속에서 손으로 의자를 더듬어 아무데나 자리를 잡았다.

얼마나 잤을까. 귓전을 후벼파는 음향의 무자비한 소음에 눈을 뜬다. 화면에는 연기가 자욱하게 피어오르며 말들이 갈기를 세우고 내달리고 있다. 칼과 창이 쇳소리를 내고 아이들과 여자들의 울부짖음이 가득하다. 불타는 오두막과 공포에 질린 아이들의 검은 눈동자가 클로즈업되어 비춰지고 잿더미가 된 마을의 정경이 한눈에 들어온다. 나는 잿더미와 울부짖음과 연기를 뒤로하고, 마지막 생존자가 절뚝거리며 걸어가는 장면에서 일어난다. 나는 살육과 피의 영화 장면에서 어느 바닷가 마을 사람들의 무기력함을 생각하고 있었다. 호수와 바다 사이의 좁은 땅은 원래 밀림지대였고 바나나 숲이 있었으며 사람들은 물고기 잡는 것을 포기하고 숲에 불을 질러 화전을 일구었다. 그 결과 방대한 양의 초지가 형성되면서 외지인이 들어와 목장을 하거나 개발을 하는 바람에 더 깊은 숲으로 밀려나 결국 살 곳을 잃은 사람들이다. 멕시코만의 까사비아 마을이었

던가. 고기 잡는 법을 잊어버리고 관광객에게 손을 벌리던 그들의
모습이 관광객을 유인하는 '달의 눈물'과 겹쳐진다.

달의 눈물.

한번도 잊어 본 적이 없는 마을 이름이었다. 그것은 아직 가장으
로서의 책임감이나 살아가면서 부닥치는 삶의 무수한 도전에서 비
껴나 있던 시절과 겹쳐지는 말이기도 했다. 김우진의 전화를 받기
얼마 전 우연히 텔레비전에서 한때 공중보건의로 근무했던 그곳이
소개되는 것을 보았다. 아니 더 정확하게는 그보다 앞서 스포츠신
문에서 '가볼 만한 여행지'로 실린 것을 보고 놀랐다. 러브호텔이며
이국풍의 건물들이 들어선 장면은 생경했다. 스키장과 눈꽃 축제와
겨울 레저용 상품과 관련된 광고가 한바탕 지나간 후 다시 화면은
그곳을 비추었다. 제설차가 앞질러가고 서둘러 체인을 감느라 정지
한 차량들, 천지에 가득한 눈, 흰 눈더미 속에 갇힌 마을을 보며 나
는 옛 기억의 환영에 내내 시달렸다.

내가 달의 눈물로 간 것은 이십 대 후반의 봄이었다. 들판과 구릉
과 강변을 지나 깊은 골짜기로, 골짜기로 하염없이 들어가는 기차
안에서 무슨 생각을 했던가. 유리창에 바짝 볼을 대고 높은 봉우리
와 까마득한 절벽과 낭떠러지의 돌출에 긴장을 한 채 미지의 땅에
대한 두려움과 기대감에 차있었다. 침침한 터널을 빠져나오는 순간
어지러이 날리던 눈발들……아찔한 현기증. 슬로우비디오처럼 내
기억 속에는 그 그림이 화인처럼 찍혀 있다.

검은 승용차 한 대가 느릿느릿 다가온다. 차창이 내려지고 회색
계열의 선글라스를 쓴 남자가 손을 흔든다. 나는 회색 선글라스가

다른 누군가를 향하여 손을 치켜올렸다고 생각한다. 승용차는 천천히 내 발걸음과 나란히하며 따라온다. 걸음을 멈추고 고개를 쳐들자 남자가 회색 선글라스를 벗어들며 오랜만이야, 라고 밝은 목소리로 말한다. 어, 나는 입을 다물지 못한다. 나는 여유 있고 중후한 중년의 남자 얼굴에서 벤츠를 몰고 내가 공중보건의로 있던 산중턱 병원 현관 앞에서 차창 밖으로 손을 치켜들던 김우진의 자신감 넘치는 모습을 발견한다.

차창 밖으로 김우진이 손을 내민다. 나는 손을 마주 잡는다. 잡은 손을 흔드는 김우진의 악력이 느껴지며 오래 전에도 이런 느낌이 드는 악수를 했었다는 기억이 비집고 올라온다. 지나가던 사람들이 흘끔거리며 두 사람을 쳐다본다. 시장은 혼잡하다. 여기저기서 차량이 경적음을 울려대고 상인의 고함 소리가 터져나온다. 주차장에 차 세우고 올게. 김우진이 말하고는 검은 승용차는 미끄러져 간다. 햇빛에 반사된 검은 에쿠스 승용차는 시야에서 멀어져 간다.

김우진을 두 번째 만난 것은 졸업 후 산중턱에 위치한 지방 병원에서였다. 김우진은 내 근무지에서 불과 6킬로미터 떨어진 소도시의 지방공사 병원에서 근무하고 있었다. 지역 의료소식지에 실린 내 글을 보고 찾았다고 했다. 사월 중순 무렵이었다. 그날은 둘 다 만취가 되어 헤어졌다. 기숙사까지 어떻게 들어왔는지 전혀 의식이 없었다. 인턴과 레지던트와 전문의 자격증을 따기까지 숨가쁘게 내달린 세월 동안 나는 김우진으로부터 적잖은 경제적 도움을 받았다. 물론 명목상으로는 빌린 형태를 취했으나 그 돈을 돌려준다는 보장은 없었다.

꾸물거리는 날씨 탓에 바다와 하늘빛이 희뿌연 먹갈색으로 뒤섞여 어디가 수평선의 끝인지 분간되지 않았다. 차를 주차시키고 온 김우진이 내 어깨를 탁 치더니 앞서서 걸어간다. 식당은 한산하다. 오가피주와 자연산 농어회를 주문하고 김우진과 마주앉자 오래 전 '공보위' 시절로 돌아간 듯한 착각에 잠시 젖어든다. 김우진은 연거푸 담배를 태우며 연기를 위로 불어올린다.

"대학병원에 있을 줄 알았는데 시골 보건소라니, 뜻밖이야."

김우진이 재떨이에 담뱃재를 털며 중얼거린다.

"미국에서 돌아오니 장인이 그러더라구, 자기는 이제 쉬고 싶으니 병원을 맡아달라고, 장인어른 강남에서 알아주는 미용성형외과잖아. 그래서 후진양성에 더 힘을 쏟고 싶다고 말했지만 언젠가는 병원을 맡아야겠지. 요즘은 처남이 피디로 있는 프로에 고정출연하는데 방송에 나간 후 특진 예매 신청에 더 정신없어졌어."

김우진은 묻지도 않은 근황을 자랑삼아 늘어놓는다. 여종업원이 음식을 가져왔다. 초간장에 생선살점을 찍어 입에 넣으며 김우진은 미국 대학병원의 시스템에 대하여 찬사를 늘어놓는다. 둘째 아이를 순조롭게 출산하기까지의 의료서비스에 대하여 쉬지 않고 말을 하는 김우진의 얼굴을 물끄러미 건너다보던 나는 달의 눈물도 많이 변했더라고 서두를 뗀다. 김우진이 낯을 찌푸린다.

"달의 눈물이라…… 변했겠지, 산천이 개발에 몸살을 앓는데 안 변했을라구, 근데 당연한 일을 갖고 심각하게 말하냐. 그 쬐끄만 동네가 왜그리 시끄럽던지. 에이, 술이나 마시자."

김우진이 잔을 들자 나는 유리잔을 마주 부딪힌다. 아무렇지 않게 마치 안줏감을 씹어먹듯 이죽거리는 김우진의 말을 귓등으로 넘기며 뿌연 유리문 밖을 내다본다. 먹빛 하늘이 어둠침침한 자락을 펼치며 세상을 덮고 있다.

월루月淚.

그곳 사람들은 마을을 달의 눈물이라 불렀다. 극장프로를 시간 단축해가며 상영하는 소읍, 관공서 건물 외에는 뚜렷하게 기억할만 한 건물이 없는, 고만고만한 집들이 웅크려 있던 풍경이 긴 시간의 물줄기를 타고 역류해왔다. 어쩔 수 없이 마을과 더불어 떠오르는 이름이 있었다.

연희를 만난 것은 약수터 가는 길에서였다. 스무 살 안팎쯤 되었 을까. 앳된 소녀의 이미지를 지닌 연희가 산모퉁이를 돌아나오며 노래를 부르고 있었다. 밤의 제비꽃, 희미한 어둠, 눈동자는 더없이 행복감에 젖어 있네, 고요한 밤, 엄숙한 공감이 꽃필 적에…… 귀에 익은 곡이었다. 슈베르트의 가곡 '밤에 피는 제비꽃'. 그 곡은 평생 산골 오지나 찾아다니는 시골 의사가 싫다면서 나를 떠난 첫사랑의 여자가 즐겨 부르던 곡이었다. 성악을 전공한 그녀는 자주 그 노래 를 불러주었다. 이탈리아 가곡이나 슈베르트 음악을 즐겨 부르던 여자가 떠난 후 나는 봉사활동에 더 적극적으로 매달렸다. 가운을 벗어 던지면 전형적인 시골 농부라고 해도 믿을 만큼 외모는 소박 하고 털털하게 변해갔다. 언젠가 지금의 아내와 결혼하기 전 그녀, 유나가 찾아 온 적이 있었다. 변해버린 내 모습에 유나는 서먹서먹 해했고 낯설어하더니 아무 말 안하고 조용히 돌아섰다. 버스 정류 장에서 울고 있던 유나를 본 마을 노파는 소문을 퍼트렸다. 가끔 사람들은 진료실에 와서 울던 유나에 대해 궁금해했다.

평소보다 일찍 퇴근한 날이었다. 김우진을 불러내어 약수터로 향했다. 산장 레스토랑에서 송어회를 안주로 술이나 마실 참이었다. 유나를 떠나보내고 두 번째의 봄을 맞는 나에게 시간은 느리게 흘러갔고, 권태와 무기력함은 머릿속이 먹먹할 정도였다. 서서히 지쳐가고 있었다.

"아직도 농약 냄새가 나. 에이, 죽으려면 곱게 죽든가. 여러 사람 고생시키지 말고. 동수 씨라고 있잖아. 이장이 들쳐업고 왔는데 이미 내장은 녹아버렸고 동공은 확장되었더라고. 노모가 쓰러졌다지 아마."

"사랑하는 사람 때문에 죽을 수 있는 용기가 대단해."

"무모함이지, 용기는 아냐, 어떻게든 살아남아야 만날 거 아니야."

"다 늙어 주름이 팍팍 생겨서 만나면 더 절망하지 않을까."

동수 씨는 농어민후계자로 젖소를 길렀고, 잡목이 우거진 야산에 사과나무를 심었으며 남의 농지를 빌려 농사를 지었다. 아무도 동수 씨의 죽음을 믿으려 하지 않았다. 그는 여대생 아니면 장가 안 들겠다고 노숙자로 떠돌았다. 몇 번인가 편지를 주고받던 여대생이 찾아온 적이 있었는데 그 일 이후 동수 씨는 돌변했다. 동수 씨가 죽은 후 마을에는 더 이상 농활 팀이 오지 않았고 의료봉사 팀이 들어오는 데도 주민들이 나서서 반대하는 바람에 무척 힘들었다. 결국 노인들을 위한 무료의술 차원에서 설득을 했고 단체가 아닌 지역 보건소장의 개인적인 친분과 관련된 사람들이 보증을 서주고 나서야 의료봉사가 재개되었다. 농활 나온 여대생과 편지를 주고받거나 사랑에 빠진 농촌 총각 이야기는 해마다 사건을 만들었고 비극을 몰고 왔다.

그 길에서 노랫소리가 들려왔다. 연희가 부르는 곡이었다. 기억 속 음지에 웅크려 있던 제비꽃이 흔들렸다. 첫사랑 여자의 숱 많은 머릿결, 속삭임, 향수냄새와 체취, 함께 밤을 보낸 시간들이 흔들렸다. 희미한 어둠…… 노랫소리가 가까워졌다. 멀리서 하얀 물체가 움직였다. 동시에 두 사람은 서로를 쳐다보았다. 김우진이 내 팔을 잡아당겼다. 나무 뒤에 몸을 숨겼다. 연희 뒤를 따라가는 그림자를 언뜻 본 듯했다. 그림자가 그녀를 따라가고 있었는지는 정확히 알 수 없다. 어쩌면 바람인지도. 바람 소리에 놀란 적이 한두 번이 아니었다. 지붕이 벗겨지고 서까래가 뽑힐 듯이 불어대는 바람, 폭풍우가 몰려오는 듯한 바람 소리는 자다가도 벌떡 일어나게 만들었다.

연희의 노래를 듣는 내내 두 사람은 좋은 때라고 똑같이 말했다. 약수터를 지나 산장 레스토랑으로 접어들었다. 산장 마당에는 작약이 무더기로 피어 있고, 유난히 흰 얼굴의 여자가 검고 긴 머리카락을 등허리에 늘어뜨린 채 급히 방문 안으로 사라지는 게 보였다. 외지에서 요양하러 오는 사람들이 더러 있었다. 보건소에 결핵 약을 타러 오던, 서울에서 온 여자 같았다. 뒷모습이 꼭 닮았다. 폐를 앓는 여자는 얼굴이 동그랗고 작았으며 투명한 피부를 지녔다. 비 갠 뒤 반짝이는 나뭇잎의 윤기를 보는 것 같았다.

송어회가 끝나갈 즈음 매운탕이 나왔고, 인삼주에 적당히 취기가 돌았고 기분이 좋아 노래 한 곡을 흥얼거릴 때 검고 긴 머리를 늘어뜨린 여자가 나타났다. 그녀는 서울에서 요양 온 여자였다. 동석해도 되느냐고 여자가 묻자 김우진이 선선히 옆자리를 내주고 술을 따라 주었다. 세 사람의 대화는 주로 언제 이 지긋지긋한 골짜기를 떠나게 되는가에 맞춰졌다. 여자의 얼굴은 창백했다. 그나마 드물게 있던 손님들도 가고 식당 안은 세 사람만 남아 있었다. 오랜만에 술을 마셔서인지 속이 거북했다. 나는 화장실에 다녀온다고 말하고는 밖으로 나와 마루에 드러누웠다. 깜박 잠이 들었고 깨어나니 어두워져 있었다. 두 사람이 보이지 않았다. 나는 드러누운 채 첫사랑 유나를 생각했다. 석양빛이 잠겨드는 골짜기는 어둡고 춥고 쓸쓸했다. 이 친구, 아직 자고 있네. 방문 열리는 소리와 김우진의 목소리가 들려왔다. 여자의 방에서 두 사람이 나오는 것을 보고 등을 돌리며 도로 눈을 감았다.

김우진이 등을 툭 치는 바람에 눈을 뜨고 손목시계를 들여다보는 척했다. 벌써 시간이 이렇게 됐네. 나는 부스스 일어나 앞머리를 위로 쓸어올리며 딸꾹질을 했다. 여자와 작별 인사를 하고 약수터에서 물을 마신 후 어두워지는 계곡을 걸었다. 여자에 대해 물어볼까 하다가 참기로 했다.

비명 소리가 들렸다. 바람 소리인가 싶었으나 그 소리는 절박하게 다시 울려왔다. 길에서 조금 벗어난 숲에서 나는 소리였다. 우리는 울음소리가 나는 방향으로 다가갔다. 큰 나무 밑, 희미한 어둠 속에서 두 사람의 그림자가 보였다. 그림자 하나가 옷을 챙겨입느라 부스럭거렸고 다른 하나는 움직이지 않았다. 간간이 얕으막한 울음이 들려왔다. 김우진이 야, 신경 쓸 거 없어, 알만하다, 라며 내 팔을 잡아끌었다. 뭔가 이상하잖아, 내가 말했고 순간적으로 김우진의 눈빛이 빛났다. 그 눈에는 호기심이 번뜩였다. 조금 후 튀어나온 그림자는 남자였다. 남자가 담배와 라이터를 꺼내더니 불을 켰다. 그러고는 불을 붙여 물고는 천천히 사라졌다. 남자가 사라진 길을 오랫동안 바라보았다. 어디서 본 듯한 얼굴이었다.

"괜찮을까."

꽤 시간이 흘렀다. 김우진이 말했다. 또 다른 그림자 하나는 그때까지도 움직이지 않았다. 나는 대답 대신 앞으로 걸음을 내디뎠다. 울음소리의 주인공은 놀랍게도 연희였다. 치마가 벗겨진 그녀의 두 다리가 달빛에 드러났다. 팔을 내밀자 긴장하는 빛이 역력했다. 어슴푸레 정적이 감도는 골짜기, 숨을 죽이며 울음을 토해내는 연희의 어깨가 조금씩 들썩였다. 잠시 침묵이 흘렀다. 구경만 할 거야? 김우진이 불렀다. 나는 엉거주춤한 자세로 연희에게 다가갔다. 그녀는 본능적으로 옷자락을 가슴 위로 끌어당기며 경계의 몸짓을 했다. 김우진이 연희의 팔을 잡아 일으켰다. 연희는 저항을 포기한 듯 축 늘어져 있고 울기만 했다. 난감했다. 나는 연희를 들쳐업었다. 가끔 그녀의 가슴이 미세하게 숨쉬는 것이 목덜미를 타고 전해졌다.

연희를 다시 만난 건 약수터를 향할 때였다. 흰 원피스를 입은 연희가 곡조를 알 수 없는 노래를 흥얼거렸다. 그녀가 힐끔 뒤돌아보았다. 얇고 작은 입술, 주근깨가 박힌 콧잔등은 예쁘다고는 할 수 없으나 묘한 매력을 발산했다. 한적한 산길에서 만난 연희, 가슴이 움찔거렸다. 나는 빠른 걸음걸이로 연희와의 간격을 좁혔고 곧 약수터에 도착했다. 연희는 나를 못 알아봤다. 다리 난간에 기대어 섰다. 물통에 약수를 퍼담은 연희가 어깨를 기우뚱거리며 걸어나오는 게 보였다. 돌계단을 뛰어내려가 물통을 들어서 다리 위에다 올려놓아 주었다. 연희가 미소를 지었다.

약수를 떠 마신 후 바가지를 제자리에 놓고 산장 레스토랑으로 향했다. 약을 타러 올 때가 됐는데 며칠이 지나도록 여자가 오지 않아서 들러볼 참이었다. 그때 레스토랑에서 나오는 김우진을 보고 잽싸게 몸을 숨겼다. 김우진의 뒤를 따라나오는 여자를 본 것이다. 여자와 산등성이 중턱에 있는 암자로 놀러간 일이 바로 열흘 전이라는데 기억이 미쳤다. 여자가 묵는 산장의 이층 창문을 향해 작은 돌멩이를 던지자 여자는 놀란 눈을 동그랗게 뜨고는 어머나, 웬일이세요? 인사를 하고는 잠깐 기다리라고, 옷 입고 내려온다고 말했다. 창문이 다시 닫히고 곧 여자가 다가와 밝은 웃음을 지으며 놀랐다고 말했으나 표정은 즐거워보였다. 여자의 미소에 가슴이 따뜻해지는 느낌을 받았다.

"요 위로 조금만 가면 몇 달째 혼자 절을 짓고 있는 스님이 있는데 가보실래요?"

"그럽시다."

여자는 운동화 뒤축을 꺾어 신고 천천히 앞장섰다. 시골 마을은 소문이 빨랐다. 작은 일, 이를테면 외지에서 누군가 찾아오면 그에 대한 온갖 추측이 나돌았다. 여자도 예외가 아니었다. 요정을 운영하는 마담이었다가 이혼녀였다가 실연을 한 여자로 둔갑되었다. 어떤 게 진실인지는 아무도 몰랐다. 가끔 아무도 모르는 그런 일들이 일어나는 곳, 그러나 곧 소문에 휩싸이는 곳이었다. 심지어 술을 마시고 술집여자의 배웅이라도 받으면 곧바로 그렇고 그런 관계로 특징지어졌다. 주말마다 승용차를 몰고 서울로 가지 않으면 입에 가시가 돋는다고 말하던 김우진이 최근에는 주말에도 꼼짝 안하고 있어서 의아하게 생각하던 참이었다. 김우진과 나는 그녀를 산장여자, 혹은 서울여자라 불렀다. 여자와 같이 약수를 마신 다음 산길을 따라 걸었다. 계곡을 따라난 길은 호젓했고 옆 사람의 숨소리가 고스란히 전달됐다. 바람에 여자의 긴 머리가 일어설 때마다 하얀 목덜미가 드러났다.

"우진 씨는 재미있는 분 같아요. 학교 때부터 친구라 들었어요."

여자는 김우진에 대해 호기심을 표시했고 대화 틈틈이 김우진 얘기가 끼여들었다. 그날은 절 입구까지 갔다가 어두워지는 바람에 서둘러 돌아왔다. 여자는 언제나 단정하고 정숙한 모습으로 나를 대했다. 한 주간이 지나고 여자를 찾아갔을 때 공교롭게도 김우진이 그녀와 함께 있었다. 선뜻 아는 척 할 수가 없었다. 김우진이 말할 때마다 여자는 긴 머리를 손으로 쓸어넘기며 웃었다. 웃음소리가 나무 뒤 바위에 걸터앉아 있는 내 귀에까지 들려왔다. 담배에 불을 붙여 물고 도로 돌아가야 하나 아니면 나서서 인사를 해야 하나 망설일 때 두 사람이 일어섰고 여자는 김우진의 팔짱을 꼈다. 산길로 향하는 그들의 뒷모습을 노려보다가 담배를 내던지고 일어났다.

화장실에 다녀오는 동안 김우진은 휴대폰으로 어딘가 통화를 하느라 경황이 없어보였다. 그런 김우진을 멀거니 건너다본다. 거울이 보이고 두 남자의 모습이 비춰진다. 한쪽은 여유 있는 중년을 보내는 남자의 전형이고 또 다른 남자는 몹시 지쳐 보인다. 겉늙어 보였고 윤기라곤 없다. 나이에 어울리지 않는 흰 머리칼과 고집스러워 보이는 입술과 잠을 못 자 붉게 충혈된 눈. 몰골이 말이 아니다. 그것은 세상의 고통과 절망을 다 짊어지고 죽을 것 같은 얼굴로 병원을 찾아오는 환자의 모습과 닮아 있다. 거울 속으로 언뜻 그림자 하나가 질러간 듯하다. 전에도 그런 적이 있었다. 보건소에서 퇴근을 준비하며 거울 앞에 선 순간 머리카락이 곤두서는 느낌을 받았다. 그림자가 빤히 쳐다보고는 거울 뒤로 사라지는 중이었다. 본능적으로 뒤를 돌아다보았다. 열린 문으로 간호사가 의료기구를 만지고 있었고 치료실, 주사실, 약제실, 방사선실로 통하는 커튼이 움직였을 뿐 별다른 상황은 없었다. 나는 한숨을 가볍게 쉬었다. 화장실에서도 그런 일을 경험했었다. 누군가 강렬한 시선으로 지켜보고 있다는 섬뜩함. 직원들이 퇴근한 병실에는 소독약 냄새가 짙게 남아 있을 뿐 벽시계의 규칙적인 초침 소리만이 귀를 파고들었다. 소파에 그대로 주저앉았다. 앳된 소녀의 환영이 보였다. 슬픈 그녀의 눈동자가 나를 보고 있었다. 직원들은 모두 퇴근했는지 간간이 복도를 지나가던 발소리도 더 이상 들려오지 않았다. 정문에 켜진 가로등 불빛이 희미하게 병실을 비춰줄 뿐 사위는 어두웠다. 피곤이 몰려왔다. 아내는 혼자 저녁밥을 먹을 것이다. 아내와의 관계는 덤덤했다. 아내와의 잠자리는 잘 되지 않았고 몇 번 시도했으나 실패했다. 스스로 피곤해서일거라고 생각했으나 그림자 환영에 시달리면서 만사가 귀찮고 힘들어졌다. 늙어가는 징조라고 스스로를 위안

했다.

"무슨 걱정 있나?"

김우진이 나를 보며 묻는다. 고개를 가로젓는다. 맞은편 벽에 부착된 텔레비전에서는 요즘 뜨고 있는 관광명소를 안내하고 있다. 베레모를 쓴 노인 두 명이 구석에서 식사를 하는 것을 빼고는 손님이 없다. 산장 레스토랑에서 김우진과 칵테일을 마시던 날이 살아난다. 미국에서 학위를 받고 돌아온 김우진이 대학에 자리를 잡고 준종합병원의 대표가 될 거라는 말을 아무렇지 않게 한다. 나는 자신을 돌아본다. 김우진과 같이 처가의 뒷받침은커녕 병원을 개업할 자금조차 없이 월급쟁이 공무원으로서 그렇고 그런 시간을 보내고 있는, 그러면서도 뚜렷한 목표조차 상실한 자신이 한심스럽다는 생각이 든다. 텔레비전에서는 몇 초 동안의 광고가 지나가고 눈발이 날린다. 날씨 예보를 알리는 기상캐스터의 목소리가 사라지고 마이크를 잡은 리포터 뒤로 눈더미에 묻힌 침엽수림지대가 배경을 가득 채우고 있다. 눈 바라보기, 눈 속에서 사진찍기, 눈길걷기…… 겨울 내내 눈을 치우느라 부산을 떨던 사람들의 모습이 스쳐간다. 그 마을 사람들에게 지긋지긋하던 눈더미가 효자품목이 된 현실에 씁쓸한 심정이 된다. 추위 속에서 웅크리며 긴 겨울을 견디던 사람들에게서 나는 동면하는 야생 짐승을 떠올렸고 동시에 잠자는 숲 속의 마을을 연상한다. 리포터는 십만 명의 관광객이 다녀갔다고 말한다. 소나무를 짓누르던 눈더미가 떨어지며 나뭇가지가 흔들린다. 인턴을 시작할 때만 하여도 나는 남들과 비슷한 꿈을 가진 시민이었다. 성악을 전공했던 유나에게 그랜드 피아노를 사주고 오디오

방을 따로 만들어준다고 약속했던 일이 언제부터 틀어지기 시작한 걸까. 다락방이 있는 이층집, 안전한 고급 승용차, 휴가 때마다 가족여행을 떠나며 삶의 윤기를 누리는 소박한 꿈은 어디로 간 걸까. 삶의 윤기가 있었던가. 무언가 목적을 향해 달려갈 때 그 사람의 생이 빛난다는 생각을 한 것도 요즘이다. 생의 절정은 언제였을까. 힘겹게 학비를 조달하고 전공서적을 복사하며 보낸 대학 시절과 달라진 게 아무것도 없다는 사실에 나는 마른침을 삼킨다.

"어쭈, 술이 세졌네. 근데 뭐가 문제야? 고민 덩어리를 혼자 안고 사는 사람 같애. 어디 속시원히 털어놔 봐. 여자 문제야? 아님 돈?"

김우진이 담배 연기를 후 불며 농담조로 말한다. 잠시 김우진을 건너다본다. 문제는 무슨 문제, 라고 얼버무린다. 정말, 아무렇지 않은 거야? 나는 묻고 싶은 걸 꾹 눌러 참는다. 김우진은 그 모든 것을 다 잊고 오로지 앞만 보며 살아왔고 자신은 오직 뒤를 돌아보며 살았다는 점은 확연하다.

화면 속의 눈 덮인 마을은 사라졌다. 아담한 단층 건물, 그 건물 유리문으로 펼쳐진 저녁하늘, 퇴근시간이 되어 저물어가는 하늘빛을 바라보는 것도 습관이 됐다. 그날 나는 가운을 아직 벗지 않은 채 저녁빛이 차츰 먹빛으로 바뀌어가는 하늘을 내다보고 있었다. 누군가 노크를 했다. 문을 열자 이마가 벗겨진 중년의 사내가 안을 두리번거리며 서 있었다. 무슨 일로 오셨죠. 퇴근하려던 참입니다만……사내는 앞이마가 훤했고 약간 뚱뚱했다. 사내는 머뭇거리더니 뒤를 돌아보며 손짓을 했다. 십여 미터 떨어진 복도 끝에 연희가 고개를 떨군 채 두 손을 모아 잡고 서 있었다. 심상치 않은 분위기에 잠시 머뭇거리자 사내가 악수를 청했고 얼떨결에 손을 마주 잡았다. 투박한 손이었고 땀이 찐득하니 배어 있었다. 들어오시죠. 소파로 사내를 안내한 뒤 연희가 들어오도록 문을 열어두었다. 마시다 둔 커피는 식었으나 나는 얼른 마셔버리고 사내에게 눈길을 주었다. 연희, 친척 되는 사람입니다, 산림조합에 근무합니다. 그는 자기소개를 간단히 한다음 찾아온 목적을 꺼냈다. 연희는 에미 없이 자랐어요. 짐승만도 못한 그, 그런 놈은 가만둬선 안됩니다. 사내가 말을 더듬었고 연희는 죄지은 듯 어깨를 움츠렸다. 나는 호주머니에서 담배를 꺼내 불을 붙여 물었다. 그래서 말인데, 선생께서 증인을 서주시면 은혜는 잊지 않겠습니다. 물론 선생의 그 친구 분도…… 세상이 아무리 말세라 해도 이런 일은 그냥 넘어가면 안되죠. 그런 놈은 법의 심판을 받아야 합니다. 처음엔 집안 망신이라 쉬쉬했지만 동네에 소문은 파다하고, 알만한 사람은 다 아는 데, 그래서 연희 억울함이나 풀어줄까 해서…… 목이 탔다. 주전자를 기울여 컵에 물을 따라 마셨다. 이미 시간도 지났고 해서, 글쎄요, 너무 어두운지라 정확한 지는 잘……저는 그저……연희 씨를 업고 왔다는 것밖에……순간 사내가 벌떡 일어서며 그럼 선생만 믿겠습니다. 다음에 또 뵙죠. 라고 말하는 바람에 덩달아 일어섰다. 연희는 고개를 푹 숙인 채 방석만 쥐어뜯었다. 사내를 배웅하고 하늘을 쳐다보니 전선줄이 붉은 저녁하늘을 길게 가로지른 게 눈에 들어왔다.

연희를 뺀 달의 눈물을 말할 수 있을까. 자신을 지배하고 괴롭히던 과거의 환영도 결국 연희를 중심으로 맴돌고 있다. 연희가 숲 속에서 울던 밤, 나무 그늘에서 나온 남자는 중년의 사업가였다. 담뱃불에 선명하게 박힌 얼굴을 지금도 생생하게 기억한다. 그러나 실성기가 있던 연희가 횡설수설하는 바람에 그 일은 없었던 사건이 돼버렸다. 남자는 마을을 떠나기 전 김우진을 찾아왔고 언성을 높이며 몸싸움까지 했다. 문을 열고 김우진의 방에 들어섰을 때 그들은 동시에 돌아다보았다. 그날 밤, 김우진과 나는 자리를 옮겨서 꽤 오랫동안 술을 마셨고 비싼 안주를 시켰으며 새벽 무렵 택시를 타고 기숙사로 함께 돌아왔다. 그 자리에는 사업가 남자도 있었고 술값을 모두 지불했다. 며칠 후 남자는 사라졌다.

　김우진이 시계를 들여다본다. 나는 김우진의 잃어버린 기억을 일깨워주고 싶은 충동을 느낀다.

　"옛일이 생각나는군."

　"뭐가 말야?"

　"뭐라니, 그 마을 말야, 너를 보니 연희도 생각나고."

　"잘 살겠지."

　"걔 죽었다더라."

　"죽다니, 누가 죽었단 말야?"

　나는 아무렇지 않게 정말 모른다는 표정으로 대꾸하는 김우진을 멀거니 본다. 김우진도 마주 바라본다. 시선이 허공에서 얽혀든다. 그러나 정말이지 모른다는 무심함이 김우진의 눈빛에 담겨있는 걸 보고 맥이 풀린다. 안주에 손도 대지 않고 술잔을 연거푸 비운다.

　보름째 산장 여자는 보건소에 오지 않았다. 준비해둔 약봉지들을 챙겨 여자를 찾아갔다. 여자는 없었다. 주머니에 든 약봉지를 만지작거렸다. 혹시 산책을 나갔나 싶어 약수터로 향했다. 팔각정 모양의 지붕에 기둥만 세운 약수터에는 커다란 빈 물통만이 놓여 있었다. 여자와 찾아갔던 암자 쪽으로 발길을 돌리려다가 팔각정에서 삼십여 미터 떨어진 돌탑 뒤에 무언가 움직임이 포착되었다. 나무 그늘이 깊은 산중은 한낮임에도 으스스 한기가 돋았다. 물체가 움직인 것 같았다. 놀랍게도 김우진이 연희와 함께 있었다. 그 순간 묘한 감정이 교차했다. 어쩌면 산장 여자가 김우진과 같이 있을지도 모른다는 생각을 했고, 그럴 경우 자연스럽게 아는 척 하느냐, 아님 모른 척 하느냐 하는 감정처리에 골몰해 있었기 때문에 나는 순간적으로 당황했다. 길게 자란 잡풀 뒤로 몸을 낮췄다. 김우진이 연희의 어깨를 감싸 안고 있었고, 연희는 고개를 숙이고 있어서 표정을 알 수 없었다.

다음날 호프집에서 김우진을 만났다. 한 잔 하지. 김우진의 전화 목소리는 여전히 밝고 거침없었다. 야, 오늘은 코가 비뚤어지도록 마시자. 김우진이 잔을 높이 치켜들었고 유리잔을 맞부딪혔다.

"약 타갈 때가 지났는데 서울 여자, 어째 안 보인다."

"몰랐냐, 떴어, 갔다구, 다 가라 그래, 안 말린다 이거야, 끅."

무심코 말하자 김우진이 풀어진 목소리로 맞받았다. 속으로 무척 놀랐지만 내색하지 않았다. 김우진이 여자의 행방을 알고 있다는 데 대한 배신감이 슬며시 솟아났으나 나는 맥주를 마시며 그런 감정을 눌렀다. 나는 계속 마셔댔고, 김우진과 몇 번이고 술잔을 부딪혔고, 김우진이 마이크를 잡고 노래를 부를 때도 혼자 술을 들이켰다.

이튿날 오후 시간에야 겨우 정신을 차리고 일어나 출근했다. 전용 책상 뒤 옷걸이에 겉옷을 벗어 걸고 가운을 걸치며 제일 먼저 서랍을 열었다. 그러고는 여자를 위해 준비해둔 약봉지를 쓰레기통에 처박았다.

그런 일이 있고 나서 한동안 김우진을 만나지 못했다. 김우진을 다시 만난 건 연희 문제 때문이었다. 연희의 부풀어오른 배는 작은 마을을 들쑤셔놓았다. 이장이 찾아와 살기 좋고 인심 좋던 마을이 어쩌다 이 지경이 되었는지 모르겠다며 연희의 일을 말하더라고 운을 떼고는 김우진을 흘깃 곁눈질했다. 김우진은 말 없이 담배만 태웠다.

"우리 두 사람의 역할이 중요하겠군."

김우진이 쳐다보며 말했고 나는 고개를 끄덕였다.

연희의 일을 계기로 둘 다 비슷한 시기에 그 마을을 떠났다. 김우진은 미국으로 유학을 떠났고 나는 남쪽 지방으로 옮겨갔다. 소문에 의하면 연희는 출산을 했고 자폐아로 태어난 아이 곁에서 노래만 부른다고 했다.

"아이를 업은 채로 강에 뛰어들었대. 아이를 얼마나 부둥켜 안았는지 청년들이 달려들어 떼어놓느라 진땀을 흘렸다더라."

김우진은 아무 반응이 없이 담배만 태우고 있다. 가슴 한 구석이 허전해지며 두 다리에 힘이 쭉 빠진다. 김우진은 순조로운 항해를 마친 선장 같다.

"장인이 하는 병원에 자리 알아봐 줄까? 시골에서 고생 그만하고 올라오지 그래."

"지금이 좋아. 공기 맑고 사람들이 순수……."

나는 여기에서 말문이 막힌다. 야, 니가 의사냐? 이거 순 돌팔이 아냐. 멀쩡한 사람 죽게 만들었으면 대가를 치러야 할 게 아냐. 멱살을 잡고 흔들어대던 노인의 먼 친척이라는 사내를 떠올린다. 노인이 찾아왔을 때는 이미 암세포의 전이가 전 신경에 퍼져 있었다. 왜 이렇게 되도록 방치했느냐는 말에 노인의 친척이라는 또 다른 사내가 협상을 하자며 은근히 말소리를 낮췄다. 충분한 기록이 있어서 혐의가 풀렸지만 그들은 그후에도 찾아와 괴롭혔다. 그 일 이후 나를 보는 사람들의 시선이 달라졌다. 의혹이 묻어났고 미심쩍어했다. 집 앞에 서성이던 검은 그림자는 한동안 따라다녔고 꿈 속에까지 나타났다.

유나가 울며 매달렸을 때 나는 보건소 병실에서 밖을 내다보고 있었다. 둘이 유학을 다녀오자고, 학비는 걱정말라던 유나의 가라앉은 목소리, 향수냄새, 풍성한 머릿결이 심중에 들어와 흔들렸다. 유나가 돌아서서 아주 천천히 문을 열고 나갔다. 복도를 지나가는 유나의 하이힐 소리가 귀에 선명하게 박혔다. 퍼뜩 정신을 차린 내가 가운을 벗어던지고 자전거 페달을 힘차게 밟으며 버스 정류장에 도착하자 이미 유나는 떠난 뒤였다. 자전거를 끌고 돌아오는 내 눈에 멀리 진달래꽃 더미가 들어왔다. 그 선연한 색감은 공연히 마음을 뒤흔들어놓았다. 그 해 봄은 유난히 진달래꽃이 무더기로 무리 지어 피었다. 나는 어두운 진료실 소파에 드러누워 희미하게 비춰드는 가로등 불빛을 응시했다. 유나와의 미래를 구체적으로 생각하지 않은 것은 아니었다. 유나가 과연 감당할 수 있을까. 그녀의 성

향을 누구보다 잘 알았던 나는 그녀를 보내줘야 한다는 믿음에는 변함이 없었다. 낭만적인 꿈을 꾸는 여자 유나, 그녀가 가난, 척박한 환경, 문화적 취약함의 지대에서 과연 적응할 수 있을까를 몇 번이고 고민하지 않은 것은 아니었다. 이상이 사라지고 현실만이 남았을 때 나는 자신이 없었고 유나의 슬픔과 절망을 감당할 수 없을 것 같았다. 그보다 그녀는 평생 노래를 부르며 살아야한다고 했었다. 노래를 위해 사는 그녀에게 내가 해 줄 수 있는 것은 없었다. 유나가 돌아서서 문을 열고 나갈 때 나는 뒤따라가 잡지 않았다.

까마득한 절벽 틈새로 위태롭게 걸린 진달래꽃은 척박한 환경을 딛고 집요하게 피어났다. 낭떠러지 위에 자신의 뿌리를 내리느라 아슬아슬 흔들리던 꽃, 그 해 봄은 내 인생에서 위태로운 시기였다. 친정을 떠난 아내는 결혼 후 고향 얘기를 일절 안 했다. 당신 고향에도 좀 다녀오지 그래. 사촌들도 만나고. 한 번은 좀 안돼 보여서 말을 꺼냈더니 아내의 반응은 시큰둥했다. 반가워할 사람도 없는데요 뭐. 아내의 말 속에서 나는 아내가 기대는 언덕은 무얼까, 생각했다.

"오늘은 그만 가봐야겠다. 다음에 만나지 뭐."

김우진이 벗어놓았던 외투를 걸치며 일어선다. 엉거주춤 따라 일어서며 딱 한 병만 더 마시자고 말한다. 김우진은 이미 외투를 입고 계산서를 손에 들고 있다. 주차장으로 걸어가는 동안 생선 내장이 썩은 냄새가 찬바람에 묻어온다. 내가 김우진과 여자와의 관계를 묻지 않은 것처럼 어쩌면 김우진도 나의 일을 알고 있을지도 모른다는 의혹이 스쳐간다. 개울물 소리, 바람 소리가 귓전에 꽂히던 밤

이 살아난다. 연희는 반항하지 않았다. 오히려 손을 잡아끌기까지
했었다. 아니 어쩌면 그렇게 느꼈는지도. 여자와 어디까지였어? 나
는 묻고 싶은 것을 눌러참으며 세차게 부딪혀오는 바닷바람을 들이
마신다. 김우진이 의혹의 눈길로 쳐다본다. 아니, 그렇게 느꼈는지
도. 걔, 괜찮았지? 김우진이 그렇게 말한 듯하다. 아니 그렇게 느꼈
는지도. 김우진은 차에 올라 시동을 켜고 손을 흔들고는 곧 무심한
표정으로 전방을 주시하더니 차창을 올린다. 아무것도 아니야. 누
군가 속삭인 듯하다. 검은 에쿠스 승용차는 천천히 미끄러져 간다.

바람 속으로

빗물이 함석지붕의 골을 타고 흘러내린다.

처마 끝 빗방울이 떨어진 자리마다 어린 감자알 같은 홈이 패여 있다. 패인 땅 주변에는 불그스레한 얼룩이 번져 있다. 붉은 함석지붕이 낡아 녹이 비에 섞여 흐르고 있다. 뒤란 나무사다리를 타고 올라가야 하는 광의 지붕은 비스듬히 기울어져 금방이라도 무너질 듯 허술하다.

사다리를 타고 오르기 전 반지하와 지상으로 반반씩 나누어진 공간에는 오래된 나무뒤주 두 짝과 옹기가 놓여 있다. 옹기는 된장이나 고추장 간장을 담가 삼 년씩 묵혀 두던 것들이다. 지금은 비어 휑하니 거미줄이 쳐져 있지만 몇 년 전, 어머니가 살아 있을 적만 하더라도 큰살림을 꾸렸다는 것을 짐작하게 한다. 본채 뒷벽에 기

대어 서 있는 굴뚝은 형상만 남아 있다. 보일러로 교체한 후에도 굴
뚝은 그 자리에 있다. 굴뚝 주위에는 둥그스름하게 진흙이 감싸고
있는데 균열이 나서 연기가 여기저기로 뻗칠 것만 같다. 어릴 적 사
다리를 타고 광에 올라가 곶감이며 조청을 몰래 먹다가 어머니에게
들켜 부지깽이로 두들겨 맞기도 했다. 제사 음식에 함부로 손을 댔
다가는 조상님이 화를 낸다는 어머니 말을 들었다.

　정오 무렵.

　아버지 집을 찾았을 때 집 안은 조용했다. 방문을 열자 찬물에 밥
을 말아먹던 아버지가 놀란 눈으로 쳐다보았다. 그러나 곧 환한 얼
굴로 반겼다. 아버지는 기름기라곤 없을 것 같은 물에 만 밥을 천천
히 한 숟가락 떠서 입 안에 넣었다. 그러고는 급히 상을 옆으로 밀
쳐놓았다. 식사하시라고 말하자 다 먹었다고 대답하는 아버지 옆으
로 미처 다 들지 못한 밥이 밥그릇에 남아 있었다. 반찬이라고는 달
랑 단무지 몇 조각이 전부였다. 무심한 오빠와 올케언니가 원망스
러웠다. 아버지 생신과 합동 제사 때도 코빼기조차 내비치지 않은
올케는 큰조카가 고3이라 올 수 없다고 했다. 손주가 잘 돼야 아버
지도 맘 편한 것 아니겠냐고 제사 음식은 맞춰서 지내라고 했다는
올케에게 아버지는 그 칼칼한 성미를 다스리지 못하고 당신이 죽기
전에는 두 번 다시 볼 생각 말라고 고함을 질렀다. 아버지의 급한
성미는 종종 올케와 부딪혔는데 그럴 때마다 올케는 어머니 얘기를
입에 올리며 일찍 돌아가신 어머니에 대한 애틋한 연민을 드러냈
다. 올케를 미워하다가도 어머니에 대한 기억을 되살리면 미운 감
정도 한순간에 사그라지고 우리는 친자매처럼 킬킬대며 그 때를 회

고했다. 갓 시집온 올케가 늦잠 자면 밥을 해놓고 깨웠다는 이야기며 오빠와 올케가 싸운 뒤에는 어머니가 중재에 나서서 오빠를 야단쳤다는 이야기는 빠지지 않는 단골 메뉴였다. 올케와 나는 어머니를 매개로 하는 공통의 추억이 있다. 아버지와 올케의 갈등이 깊어질수록 죽은 어머니에 대한 올케의 기억은 선명하게 되살아났다.

아버지와 올케.

어머니가 살아있었다면 완충역할을 했을 것이고 심각한 상황으로까지 전개되지는 않았을 것이다. 아버지는 고희 연세에도 불같은 성정은 그대로였다. 그러나 내가 보기에 아버지는 예전의 그 벼락같고 칼칼한 분이 아니었다. 이미 노쇠해져 가는 몸에다 서서히 찾아드는 병마는 팔팔하던 성미를 데친 채소처럼 풀 죽은 모습으로 만들어놓았다. 이제는 불같은 성격의 아버지를 기억 속에서나 찾을 수 있을 것이라 생각하니 괜스레 가슴이 아려왔다.

"웬일이냐."

"마른고추 좀 사가려고요."

"밥은 먹었고?"

"휴게소에서 먹었어요."

"온 김에 니 에미 산소나 들러보고 가거라."

방에서 밖을 내다보면 강 건너 산자락에 나지막이 엎드린 어머니 산소가 보였다. 묘지 주위에는 풀이 무성했다. 자식이 셋이나 있어도 아무도 어머니 산소를 돌보지 못했다. 바빠서라기보다는 복잡한 감정의 골이 첩첩이 쌓여 있기 때문인지도 몰랐다. 이혼한 언니는 두 번 다시 걸음하지 말라는 아버지의 말을 듣고 절연했다. 언니가 나타나지 않는 게 아버지 건강에 더 이로울지도 모르겠다는 생각을 잠깐했다. 언니는 이혼을 한 뒤 하나밖에 없는 조카 데리고 이사를 가더니 주소도 알려주지 않았다. 하남시인지 성남인지 살고 있다는 데 연락이 되지 않았다.

아버지가 작은 소리로 웅얼거리는 서모에게 다가갔다. 아버지의 부축을 받은 서모가 둔중한 몸을 끌며 일어났다. 화장실 문을 열고 아버지가 서모의 팔을 잡아주었다. 서모는 불안한 눈알을 이리저리 굴리며 나를 보았다. 나는 얼른 시선을 외면했다.

멀리 어머니 묘지 주위로 누렁소가 풀을 뜯고 있는 게 보였다. 어미 소 주위에는 어린 송아지가 꼬리를 흔들며 경중경중 뛰어다녔다. 강에는 몇 사람의 사내가 물고기를 잡느라 웃통을 벗어제치고 엉거주춤 서 있다. 수면이 은빛으로 빛났다. 나른한 잠이 몰려왔다. 하품을 했다. 화장실에서 물내리는 소리가 났다. 겨우 아버지 도움으로 몸을 일으킨 서모는 한쪽 다리를 질질 끌며 침대로 걸어와 끄트머리에 걸터앉았다. 서모가 누웠던 자리는 알록알록한 꽃무늬 패드가 깔려 있고 땀 냄새와 지린내가 섞인 야릇한 냄새가 났다. 그녀의 오른쪽 팔과 다리는 전혀 제 기능을 못하고 부속물처럼 붙어서 끌려다녔다. 그녀가 침대 위에 드러눕더니 멀뚱멀뚱 쳐다보았다. 고혈압으로 쓰러진 후 몸의 오른쪽을 전혀 쓰지 못하는 그녀는 자신의 몸 하나 끌고다니기에도 버거운 시간을 보내고 있다. 아버지는 서모 시중을 하느라 잠시도 자리를 뜨지 못하고 서모 옆에 붙어 있다. 그녀의 눈빛은 육신의 기능이 서서히 마비되어 가는 중임에도 경계를 늦추지 않았다. 아버지와 나누는 대화 사이로 뭔가 있는 듯 자주 쳐다보았다. 서모는 아버지가 무슨 말을 할 때마다 귀를 곤두세웠다. 몸의 한쪽 기능이 마비될수록 신경 기능이 발달하는지 기억력도 좋고 정신이 또렷했다. 어머니가 살아 이 모습을 보아야 하는데 라는 심통스러운 마음이 순간적으로 일어났다. 아버지가 싱크대 위에 있던 죽을 데워 그릇에 담아 쟁반에 받쳐들고는 서모에게 가져와 수저를 들려주었다. 서모는 왼손으로 수저를 들고 허겁지겁 퍼넣기 시작했다. 죽이 목에 걸렸는지 서모 얼굴이 빨개지더니 캑캑거렸다. 아버지가 급하게 물컵을 입에 대주자 물을 마시고는 다시 죽을 퍼넣기 시작했다. 그녀 입 주위로 죽이 흘러내려 옷자락이며 치맛자락에 묻었다. 아버지가 휴지를 가져와 옷자락에 묻은 죽을 닦았다. 아버지가 한숨을 휴 내쉬며 내가 빨리 죽든지 해야지 저 꼴 안보고 살 거라며 자조 섞인 음성으로 중얼거렸다. 돌연 서모가 훌쩍훌쩍 울기 시작했다.

"내, 내가, 죽.을.거야……."

"알았으니까 죽 마저 먹어, 이 사람아."

서모가 알아듣기 힘든 말로 말을 하자 아버지가 달랬다. 서모는 죽그릇을 앞에 놓고 한동안 울다가 다시 침대에 벌렁 드러누웠다. 아버지 낯빛이 어두웠다.

"다 내 업이지."

아버지가 긴 한숨을 쉬며 담배를 꺼내 물었다. 라이터 불을 붙여드리고 나서야 아버지가 담배를 피우면 안된다는 것을 알았다. 아버지는 얼마 전 고혈압과 당뇨 판정을 받았다. 더구나 간염이 진화해서 간경화가 진행 중이다. 코고는 소리가 불규칙하게 났다. 서모는 고개를 외로 틀고 잠이 들었다. 아버지가 일어나더니 방문 밖으로 나갔다. 나도 따라 일어나 밖으로 나왔다. 마당가 귀퉁이에는 봉숭아와 과꽃, 다알리아가 한창이다. 봉숭아 줄기는 거름을 준 듯 굵기가 키 큰 대나무 줄기만 했다.

산작약이 피었다 진자리는 잎이 무성하다.

수국이 둥그렇게 잎을 벌리며 자라고 있고, 맨드라미와 백일홍 붉은 칸나가 화려한 마당은 꽃들의 축제였다. 집이 퇴락해가는데 비해 꽃들은 더욱 화려하게 날개를 폈다. 거름더미가 쌓인 마구간 주위에는 개망초가 수북하다. 마구간 뒤로 자두와 살구나무가 있고 복숭아가 열렸다. 누런 살구가 탐스럽게 가지를 늘어뜨렸다. 자두는 초록색에서 붉은색으로 익어갔다. 못 본 사이 과일나무와 꽃들에게 점령당한 집은 조금씩 무너져 가고 있다.

진흙집은 큰 망치로 내리치면 한 번에 무너져내릴 듯 위태로워보였다. 마당을 서성이던 아버지는 서모가 부른다며 다시 방으로 들어갔다. 내 귀에는 아무것도 들리지 않았다. 마루에 앉아 아버지가 서모에게 하는 말을 들었다. 아버지는 서모에게 불편한 게 있느냐고 물었다. 밖에 나가고 싶으냐고 아버지가 묻는 소리가 새어나왔다. 문이 열린 방 안으로 파리 떼가 날아다녔다. 낮은 천장에는 파리똥이 거뭇거뭇하다. 낡은 벽지가 발라진 한쪽에 놓인 퀸 사이즈 침대는 방 안 풍경과 어울리지 않아서 기형적이다. 낡은 집에 기생하는 침대와 양면 냉장고와 에어컨은 보일러가 놓인 집의 오래된 굴뚝 만큼이나 희극적이다. 이 집은 그러니까 아버지가 첫 사랑인 여자를 잊지 못해 따로 방을 얻어 나간 후부터 이상해지기 시작했다.

변화는 어머니로부터 시작되었다. 어머니가 말쑥하게 차려 입고 장에 갔다 온 날을 선명하게 기억한다. 긴 머리를 틀어올렸던 어머니 머리가 뽀글뽀글한 파마로 바뀐 날이기도 하다. 어머니가 방 안 가득 보따리를 풀어헤쳤다. 거기엔 화려하고 야한 꽃무늬 팬티와 브레지어, 빨간 루주가 있었다. 언니가 냉큼 루주를 집어 거울 앞에서 입술에 발랐다가 어머니의 성난 눈빛을 보고는 울음을 터트린 날이기도 했다. 그날 이후 어머니의 옷차림이 고무신에서 윤이 나는 구두로, 깨끼 적삼이나 모시저고리 대신 자켓이나 불라우스로 바뀌었다.

"내가 이래 살면 뭐하나 싶다. 빤스가 다 헤지도록 기워 입고 알뜰살뜰히 아껴본들 고년 치마폭에 갖다 바칠 텐데 나도 이제는 내 인생 살 거다."

어머니는 이후 모든 것이 변했다. 나는 불안하면서도 한편으로는 호기심이 어린 시선으로 어머니를 지켜보았다. 어쩌면 한복이나 올림머리를 한 어머니보다 양장을 하거나 파마머리를 한 어머니가 더 좋았는지 모르겠다. 생활비가 떨어지면 어머니는 나를 아버지에게 보냈다. 아버지의 여자는 생선 가시를 발라 아버지 수저 위에 얹어주고 물을 따라주며 마치 막내아들에게 하듯 아버지를 대했다. 아버지는 순한 짐승이 되어 그녀의 말에 순종했다. 그 모습은 어린 내 마음에 의문을 남겨놓았다. 어머니는 아버지를 닦달하는 분이었다. 어머니가 살뜰하게 아버지를 대하는 것을 본 적이 없던 나는 충격이었다. 어머니는 당당하고 잔소리꾼이며 아버지에게 대항해서 큰

소리를 내곤 하였다.

발소리가 자박자박 났다. 이웃 땡삐 할머니가 슬그머니 문을 열고 들여다보다가 나를 보고는 얼굴이 환해지며 뛰어들어왔다.

"니 언제 왔나."

"조금 전에요, 할머니는 늙지도 않고 그대로시네."

"그리 봐주니 고맙다. 그래 언제 올라갈 건데."

"곧 가봐야 됩니다. 내일 일찍 갈 겁니다."

"온 김에 좀 놀다가지 않고…… 하긴 도시 생활이 바쁘지."

평소 어머니와 친자매처럼 모녀처럼 지내던 할머니라 내심 반가웠지만 서모와 땡삐 할머니가 가까운 친척이라는 소문을 들은 적이 있어서 조금 껄끄러웠다. 멀거니 방문 밖 어머니 산소를 바라보았다. 산자락에 옅은 안개가 깔리고 강변에서 누렁소가 한가롭게 풀을 뜯고 있다.

"니 엄마가 잘 사나 못 사나 언제나 지켜보고 있구먼, 방에서 내다보면 산소가 훤히 보이니 아버지도 든든할 거다."

땡삐 할머니가 내 시선을 의식하고는 안 해도 될 말을 주절거렸다. 그 말이 너무나 기가 막히게 잘 어울렸다. 어머니는 아버지가 첫사랑이던 여자와 재결합해서 사는 모습을 지켜보고 있다. 어머니 인생이 죽음 뒤에 편안해졌는지 나는 모른다. 아버지와 죽은 어머니 사이에는 강이 가로놓여 있다. 그분들은 살아 있어서나 죽음 뒤에도 어쩔 수 없이 가로놓인 강을 마주하고 서로를 지켜보고 있는 것이다. 삶의 조건이 비극과 희극의 요소를 모두 지니듯이 이 부조리한 현실이 믿기지 않을 뿐이다. 아무런 감정의 굴곡이 없이 짐을 다 내려놓은 눈으로 바라보고 있을지 모를 일이긴 하다. 하필이면 집에서 잘 보이는 곳에 묘를 쓴 아버지도 이해할 수 없기는 마찬가지였다.

사람에게는 모두 나름대로의 색깔이 있다. 아버지에게 어머니는 어떤 빛깔을 지녔을까. 집 안은 화초들이 온통 점령하고 있다. 그중에 유독 눈에 뜨이는 식물은 작약이다. 어머니는 작약을 좋아해서 뿌리를 여러 곳에 옮겨심었다. 초여름이면 마당이며 뒤란 곳곳에 풍성한 작약으로 넘쳤다. 작약이 지고 여름꽃이 무성한 화단은 쇠락해가는 집과 대비된다.

담배 한 개비를 꺼내 태우고 있으려니 아버지 기척이 들렸다. 얼른 담배를 끄고는 말없이 서 있다. 두 사람의 시선은 멀리 있다. 아버지는 어머니 산소에 떼가 잘 살지 않았다고 한 마디 한다. 나는 말없이 듣고만 있다. 아버지는 어머니 옆에 묻히겠다며 흙을 한 트럭 부어다 놓았다. 작은어머니는요, 물으려다가 그만둔다. 죽음 이후에 산 자의 걱정이 무슨 소용인가.

오래 전, 추석 명절을 며칠 앞두고 아버지는 집으로 보자기에 싼 물건을 보냈다. 아버지는 몇 번인가 더 그런 식으로 물품을 보냈는데 안을 열어본 어머니는 한탄을 했다.

"그래도 자식새끼가 눈에 밟히긴 한가 보네. 보내주려면 온전한 거나 보내지 반을 덜어낸 건 또 뭐야."

궁시렁거리면서도 어머니는 보자기를 풀거나 선물 꾸러미를 열어보았다. 맨 먼저 열어본 보자기에는 갈비 세트가 들어 있었는데 반이나 비어 있었다. 덜어서 보낸 것임을 알 수 있었다. 다른 것도 마찬가지였다. 멸치 세트나 과일상자도 마찬가지로 덜어낸 흔적이 보였다. 아버지는 반을 덜어내고 나머지 반을 어머니에게 보낸 것이다. 어머니는 온전한 박스 하나 안보내고 꼭 덜어보낸다고 툴툴대면서도 그래도 그 인간 양심은 있나보다며 한 마디 보탰다.

"떼가 잘 자라지 않아."

"네? 어머니 산소요?"

"그래."

아버지는 멀리 산자락에서 눈을 떼지 않고 허공에 대고 중얼거렸다.

"저…… 아버지……."

아버지가 돌아본다.

"묘석에 형부 이름을 지워야 되지 않아요?"

"……."

"이제는 남인데요."

형부라고 말해놓고 나니 이상했다. 언니 말마따나 이제는 영 남이 되어버린 사람이다. 언니와 헤어질 때 마지막으로 형부와 통화했다. 그는 우는 것 같았다. 어쩌면 환각인지도 모르겠다. 바람나서 조강지처를 버리는 인간이 울 마음이 있다면 애초에 끝까지 가지는 않았을 것이다. 형부가 다른 여자를 만나 살림을 차리자 오빠는 담배만 뻑뻑 피우고는 모른 채 했다. 다른 집 같았으면 찾아가서 쥐어패든가 혼줄을 내놨을 텐데 성정이 약한 오빠 성미로서는 그렇게 끝내고 싶지 않았을 것이다. 형부와 오빠는 비교적 잘 지냈다. 언니는 그런 오빠나 친정 식구에게 섭섭한 것 같았다. 보통 집 같았으면 죽네 사네 그냥 넘어가지는 않았을 것이다.

"그런 일 남에게 시킬 순 없고 날 잡아서 망치랑 끌을 가져가 내가 직접 파내야지."

"죄송해요."

"니 언니는 어떻게 산다더냐."

"잘 지내고 있대요."

어쩔 수 없이 거짓말을 했다. 아버지는 한숨을 길게 내쉬더니 담배를 꺼내 물었다. 아버지는 불을 붙이지는 않고 물고만 있다.

"애들은 잘 있고."

"네, 딸애가 얼마 전에 출산을 했어요. 아기가 그이를 빼닮아서 신기했어요."

출산이 임박해서 병원에 입원할 때 사위는 출장 중이었다. 다현을 병원에 태워다주고 돌아서려는데 다현이 좀 더 있어달라고 붙잡았다. 집에 잠깐 갔다가 밤에 다시 오겠다는데도 다현은 옆에 있어달라고 했다. 다현의 눈빛이 간절해서 보호자 의자에 앉아 손을 잡아주었다. 다현의 얼굴에 긴장감이 돌았다. 불안해보여서 뜨거운 캔 커피를 사다주었다. 잠든 다현은 간헐적으로 다가오는 통증 때문에 간간이 이맛살을 찌푸렸다.

"엄마, 난 겁이나."

"쓸데없는 생각은 버려라."

"혹시 아기가……."

그 다음 말을 생략한 다현의 표정에 불안이 피어올랐다. 초산을 겪는 산모가 기형아에 대한 공포를 갖고 있다는 내용을 신문에서 본 적이 있었다. 환경 탓인지 매스미디어의 발달 탓인지 세상에 널린 정보들은 때때로 미래에 대한 불확실함과 불안을 가중시킨다

걱정과 달리 다현은 순산했다. 여덟 시간을 꼬박 진통에 시달리다가 아침에 첫딸을 낳았다. 다현은 내 손을 잡고 울었다. 다현의 눈물을 손등으로 닦아주며 가슴이 먹먹해졌다. 싸한 연민이 피어올랐다. 내 눈에도 눈물이 났다. 다섯 살 어린 꼬마시절에 만나 아이 엄마가 된 다현을 바라보는 내 가슴에 무수한 추억의 물결이 파동쳤다. 전실 자식인 두 남매를 잘 키우겠다고 내 자식을 포기한 건 순진한 생각이었을까. 살아오면서 문득문득 그런 질문을 자신에게 던졌다.

다현은 나를 잘 따랐다. 반면에 아들인 승현은 곁을 잘 주지 않았다. 멀찍이서 빙빙 돌며 다가오려 하지 않았다. 그와 시작하면서 각오한 일이지만 내심 서운했다. 언제나 채워지지 않는 허기 같은 게 있었다. 다현은 업어달라고 떼를 쓰거나 내 손을 잡고 걷는 걸 좋아했다. 아침에는 다현의 길고 탐스러운 머리카락을 부러쉬로 빗겨 양갈래로 땋아 주었다. 세수를 한 뒤에는 베이비로션을 발라주었다. 낮잠을 자면서 칭얼거리면 자장가를 불러주었다. 기찻길 옆 오막살이…… 그 노래를 불러주면 잠을 자려던 다현이 눈을 반짝 뜨고는 질문을 해댔다.

"기찻길 옆 아기가 어떻게 잘도 자."

"또 시작이다, 그냥 자라면 자 예쁜아."

다현의 코를 살짝 비틀어주면 입꼬리를 위로 올리며 잠들었다. 낮에는 나에게 착 들러붙어 놀던 다현이 저녁에 그가 오면 달라졌

다. 내 옆에는 얼씬도 않고 그만 따라다녔다. 그가 다현을 번쩍 안아 무릎에 앉히곤 낮에 있었던 이야기, 학교 친구들 이야기를 들으며 만족한 웃음을 지었다.

어둠이 오고 잘 시간이 되자 다현은 그와 나 사이에 쏙 기어들어왔다. 기다렸다가 잠이 깊이 든 후 그는 다현을 안고 제 방으로 데려다 침대 위에 눕혀주었다. 한밤중 다현은 무섭다고 울며 그와 나 사이에 파고들었다.

다현의 통통한 팔과 다리와 앙증맞은 볼 살과 예쁜 엉덩이는 갈수록 굴곡이 뚜렷해졌다. 여중생이 된 다현이 팬티만 걸치고 욕실로 향하면 그가 슬그머니 눈길을 돌렸다. 외식이 있는 날이면 다현은 그의 팔장을 끼고 먼저 나가며 빨리 나오라고 소리쳤다.

"피부 마사지도 받고, 운동도 좀 하지 그래."

늙은 가지처럼 시들어가는 나를 보고 그가 눈살을 찌푸리며 한마디 했다. 임신중절 수술 뒤끝이라 나는 지쳐 있었다. 세 번째였다. 얼굴에는 기미가 슬고 피부는 거칠어졌다. 하루가 다르게 성장해가는 다현의 뽀얀 살결과 내 피부가 대비되었다. 나는 눈이 부신 듯 다현의 윤기나는 피부며 해맑은 웃음이며 붉은 입술을 바라보았다. 다현은 어릴 적부터 유난히 입술이 붉었다. 선홍색 다현의 입술에서 건강, 밝음, 행복 같은 이미지가 겹쳐졌다.

담임선생으로부터 전화가 온 건 다현이 중학교 삼학년에 막 올라간 봄이었다. 다현이 좋지않은 애들과 어울려 급우들의 돈을 갈취한다는 말을 하며 담임은 의심의 눈초리를 보내왔다. 얼굴이 화끈거렸다. 죄인이 된 기분이었다. 좀 더 세심한 보호가 필요하다는 담

임의 말을 곰곰 새기며 나는 망연한 심정으로 하늘을 올려다보았
다. 꽃샘바람이 닥친 요며칠 개나리가 피었다 얼어죽었다. 진달래
꽃잎이 담장 밑에 떨어져 있었다. 바바리코트 자락을 꼭 여미며 나
는 가까운 찻집에 들어가 뜨거운 모카 커피를 시켜 마셨다. 그에게
이야기를 해야 하나 말아야 하나. 나는 심한 배신감에 사로잡혔다.

그날 밤 학원에서 돌아온 다현에게 아무렇지 않게 학교 생활이며
친구들과는 잘 지내는지 물었고, 걱정 말라는 다현의 표정이 전에
없이 밝았다. 혼란이 왔다. 승현은 입시준비로 늘 자정이 넘어 들어
왔다. 집에서 신경 써야 할 부분은 없었다. 견고한 제도권이 승현이
를 확실하게 붙잡아주고 있었기에 걱정이 없었다. 그가 늦게 들어
온 밤 나는 우유딸기주스를 만들어 갖다주며 말을 시켰다.

"담임선생님 만나고 왔다."

"……."

"무슨 고민 있니?"

"상관마세요, 제 일은 제가 알아서 해요."

"어떻게 상관 안하니. 그리고 말버릇이 그게 뭐야."

다현이 고개를 휙 돌리더니 노려보았다.

"아빠와 나 사이에 끼어든 건 엄마예요."

"다현아……."

"엄마가 없었어도 아빠랑 난 행복하게 살았을 거예요."

순간적이었다. 나도 모르게 다현의 뺨을 때렸다. 다현이 울음을
터뜨리며 벌떡 일어나더니 베란다로 나갔다. 다현이 베란다 난간에
매달렸다. 나는 정신없이 달려가 다현을 뒤에서 껴안았다. 다현을

뒤에서 안고 질질 끌다시피 해서 거실로 데려왔다. 의외로 무거웠다. 내 두 팔 안에 안긴 다현의 몸집에서는 성숙한 숙녀에게서 풍겨지는 감미로운 살 냄새가 났다. 이미 다현은 골격도 몸매도 숙녀였다. 우는 다현을 달래며 나는 한숨을 후 내쉬었다.

하루에도 몇 번씩 문자를 주고받는 그와 다현은 다정한 부녀지간이었다. 외출했을 때도 친척들 앞에서도 보기 좋은 광경이었다. 간혹 저렇게 아빠를 좋아해서 시집을 어떻게 가겠냐는 농담을 하는 친척도 있었다. 다현과 그는 밖에서 만나 저녁을 먹기도 했다. 빨간 고춧가루가 흰 와이셔츠 앞가슴에 묻어서 중국요리를 먹었냐고 물었다가 다현에게 떡볶이를 사주었다고 아무렇지 않게 그가 대답했다.

"다현아, 니가 아빠를 좋아하는 것 당연해. 아빠 딸이니까. 부모와 자식관계는 천륜이야. 누가 막을 수가 있겠니. 하지만 느 아빠와 나는 달라. 부부는 헤어지면 남이야. 영영 타인이야. 좋은 남자 만나 결혼도 하고 너처럼 예쁜 딸도 낳고, 그럴 때 아빠도 보람을 느끼는 거야."

다현은 아무 말 않고 듣고 있었다. 설명을 하면서도 나는 가슴이 막막했다. 허망함이 몰려왔다. 부부는 헤어지면 타인이야. 내 입에서 뱉어진 말에 나 스스로 놀라 흠칫했다. 언제나 가슴이 허전하고 쓸쓸한 이유. 나는 비로소 그와 나 사이에 찰랑이는 강물을 보았다. 사공이 되어줘야 할 아이. 아이가 없어 흔들리는 배.

다음날 나는 조용히 짐을 쌌다. 그리고 며칠 집을 떠나 있겠다고 메모를 남겼다. 막상 가방을 꾸려 대문을 나서자 갈 곳이 없었다.

마을 뒷산의 공동묘지에 올라 하루종일 도시를 내려다보았다. 그날 밤 모텔에 짐을 풀었다. 종업원이 이상한지 꼬치꼬치 캐묻고는 주소를 적으라고 종이를 가져왔다.

밤이 깊어갔다. 종업원이 문을 두드렸다. 잠옷을 입고 누워 있다가 일어나 문을 열어줬다. 경찰이 문 밖에서 실례한다고, 조사할 게 있다고 잠시 시간을 내어달라고 말해서 묻는대로 대답을 했지만 신뢰가 가지 않는지 고개를 갸웃거렸다. 한 시간이 지났을까 말까. 문을 두드리는 소리에 밖을 내다보니 침울한 표정의 그가 서 있고 남편 뒤에 종업원이 서 있었다. 집으로 가자고 그가 말했고 나는 싫다고 강하게 고개를 저었다. 종업원이 호기심 가득한 시선으로 그와 나를 쳐다보았다. 그가 한숨을 쉬더니 반쯤 열린 문을 세게 잡아당기며 안으로 성큼 들어섰다.

바닥에 이부자리를 깔고 그와 나란히 누웠다. 그의 손이 가슴을 더듬었으나 조용히 손을 밀어내었다. 다시 그의 손이 가슴을 더듬었다. 가만히 있었다. 그냥 있고 싶어요. 내 말에 그가 고개를 끄덕였다. 결혼 후 처음으로 편안한 밤을 보내는 것 같았다. 언제나 누군가 뒤를 쫓아오는 것 같은 불안과 악몽에 시달렸다. 모란꽃이 프린트된 두터운 질감의 붉은 자줏빛 커튼도 노란 스탠드도 누군가 수도 없이 덮었을 이불도 낯선 방 안의 풍경도 거북하지 않고 담담했다. 진동으로 해놓은 그의 휴대폰이 뜨르르 몸을 떨었다. 그가 폴더를 열고는 문자 답장을 했다. 다현에게서 온 문자였다. 보지 않아도 알 수 있다. 그와 다현과 주고받는 문자와 전화. 멀찌감치 그들 부녀가 시시콜콜 하루를 나누고 즐기고 공유하는 장면을 십여 년 동안 지켜보았다.

"하루라도 떨어지면 못살 것 같네."

"질투하는 거야?"

다현의 문자를 확인하는 그의 휴대폰을 넘겨다보면서 한 마디 했다. 그들 부녀는 특별한 뭔가가 있는 것 같았다. 처음에는 엄마 없이 서로 의지하고 믿으며 사느라 똘똘 뭉칠 수밖에 없겠지, 이해하려고 했다. 승현이와는 멀뚱멀뚱 남 대하듯 하면서 다현에게 특히 다정한 그의 성격에 딸이라 그런가보다, 넘겼다. 죽고 못살 것 같은 그와 다현의 관계를 보며 남자 친구가 생기면 달라지겠지, 시집가면 지 가정 챙기느라 여념없겠지, 속으로 자신을 다독거렸다.

다현을 보며 나는 어린시절의 나와 새엄마를 떠올렸다.

열세 살 어린 나이였던 나에게 세 살배기 여동생이 생긴 건 서모가 오면서부터였다. 서모는 담배를 입에 달고 사는 여자였다. 학교에서 돌아와 가방을 내려놓으면 동생 똥기저귀를 빨라고 시켰다. 세탁기에 넣을 수도 없고 손으로 직접 비벼 빨아야 하는 똥기저귀를 일 년이 넘게 빨았다. 어린 동생을 업어주는 것도 내 몫이었다. 저녁에 아버지에게 서모는 내가 동생을 잘 돌보고 심부름도 잘한다며 칭찬을 했다. 아버지는 흡족한 미소로 나를 돌아다보았다. 서모는 아버지가 외출하면 밥도 안하고 술을 마시고는 하루종일 잠만 잤다. 라면을 끓여 동생에게 먹이고 나도 먹었다. 어린시절의 기억은 칙칙한 커튼처럼 저물녘의 어두운 색깔로 나를 휘감았다. 내가 다현에게 잘해주겠다고, 제대로 된 새엄마 노릇을 하겠다고 결심한 것은 어쩌면 서모 영향이 컸을 것이다.

"순옥이가 결혼식을 한다더라."

"그거 잘 됐네요. 동거기간이 좀 길긴 했죠. 새엄마가 참석을 할 수 있을까요."

"그러게나 말이다. 니 오래비에게 연락했더니 요즘 바빠 직접 가지는 못하겠고 니 편에 부조금을 보내겠다더라."

"나밖에 갈 사람이 없네."

"니가 대표로 참석해라."

오빠는 서모에 대한 꼬인 감정을 아직 풀지 않았다. 외지에서 하숙을 하며 학교에 다니다 방학을 이용해 집에 오면 서모는 술만 마시고 밥을 제대로 해준 적이 없었다. 군대에서 휴가 나온 오빠가 밥이 없어 라면을 끓여먹으며 속으로 독기를 품었다는 이야기는 내 가슴을 아프게 했다. 자식을 키우면서도 모질게 대하는 서모를 나는 이해할 수 없었다. 서모에 대한 감정이 누그러진 건 다현 남매를 키우면서였다. 아버지는 서모에게 의지하면서도 언니와 나의 관심으로부터 멀어질까 겁을 냈다. 끊임없이 서모뿐만 아니라 언니와 나에게 기대고 의지하고 사랑받기를 갈구하는 아버지는 일찍 부모를 여읜 결핍감이 있었다. 할아버지 할머니를 어린 나이에 잃고 친척집을 전전한 아버지의 라이프스토리는 질리도록 들었다. 아버지의 결핍감은 결국 그 스스로 찾지 않으면 영원히 채워질 수 없는 것임에도 양다리를 걸쳤다. 서모 입장에서는 모든 것 다버리고 한 남자에게 올인한 터인데 그 남자가 다른 곳을 보고 있었다. 서모는 담배가 늘어갔고 술을 입에 댔다.

저녁에 순옥에게 전화를 했다. 가족 중 유일하게 나에게 속을 터놓는 순옥이는 나와 열 살 차이가 난다.

"결혼한다며? 축하한다."

"언니? 집에는 무슨 일로?"

"아버지 집에 내가 못 올 이유가 있으면 대 봐."

"언니는 여전하네."

"오래 살고 볼 일이야. 우리가 이렇게 질긴 인연을 이어가다니. 너 내가 업어주고 똥오줌 닦아주고 기저귀 빨아가며 키운 것 잊어버리면 벌 받는다."

"언니, 그 얘기 백 번도 더 들었어. 언니 만수무강하라고 하느님께 빌고 있으니 오래 살거야."

"고맙다. 잘 지내줘서."

"언니두 참."

"……."

"……."

"난 우리 삼 남매만 피해자라 생각했어. 새엄마가 워낙 차갑고 냉정해서 속으로 원망을 많이 했는데 돌아보면 우리 아버지 또한 만만치 않았다는 걸 뒤늦게 알았어. 니가 우리 아버지로 인해 상처 받았을 거란 생각 한 번도 못해봤어. 친척들이야 데려온 딸 대학공부까지 시켰다고 아버지를 칭찬하지만 우리 아버지 내가 잘 알잖아. 칼칼하고 성미 급하고 상대방 입장 생각 안하고 내지르는 독재 스타일. 그동안 아버지로 인해 가슴아팠던 일들은 다 잊어버려라. 살다보니 악연도 인연이라는 생각이 들더라. 우리 모두 이 지상에서 겪어야 될 인연인가 보다 생각해."

순옥이 대답을 안하고 침묵이 이어졌다. 우는 소리가 수화기를 타고 들렸다. 나는 가만히 듣고만 있다.

"언니, 다 잊었어."

순옥이 울먹이는 목소리로 말을 했다.

"그래, 잘 살아, 고맙다."

"언니도 잘 지내."

전화는 끊겼다. 한참 동안 순옥의 울음소리가 귓전에 남아 흔들렸다.

해질 무렵 아버지는 무를 하나 뽑아다준다. 텃밭에 무와 배추 씨앗을 파종했는데 싹이 나자 새들이 다 쪼아먹고 드문드문 몇 개만 남아 있다고 했다. 뒤란 광에서 굵은 감자 대여섯 알과 양파도 갖다준다. 나머지는 부엌에 있으니 알아서하라고 말하고는 공구함을 들고 나간다.

안방을 들여다보니 서모는 침대에 누워 눈만 끔벅이고 있다. 앞치마를 두르고 쌀을 씻었다. 마늘을 까고 파를 다듬고 무를 씻었다. 냉동실에서 다시멸치를 꺼내 국물을 우려내고는 된장을 풀어 찌개를 끓였다. 밥이 익어가는 동안 문 밖을 내다본다. 안방에서 무슨 소리인가 들려 문을 열고 들여다보니 서모가 오, 오줌, 오줌이라고 어눌한 발음을 한다. 서모를 일으켜세워 부축을 하고는 화장실문을 열어주고 고무줄로 된 품이 넓은 헐렁한 바지를 끌어내리려하자 서모가 나, 나가라고 소리지른다. 몸은 망가졌어도 의식은 또렷한 서모는 수치심을 느끼는 것 같았다. 문 밖에서 기다리다가 서모가 일어서는 기척에 팔을 잡아 부축해주고는 돌아와 변기물을 내렸다. 서모를 침대에 눕혀주고 부엌으로 가니 된장찌개가 졸아들고 있다.

저녁준비를 마쳤는데 아버지는 소식이 없다. 멀리 높이 솟은 봉우리며 낭떠러지 바위벽에 서 있는 소나무를 건너다본다. 소나무는 똑바로 자라지 못하고 거의 누워서 자란다. 좀 더 비옥한 땅에 뿌리를 내렸다면 용을 쓰지 않아도 쑥쑥 키가 자랐을 소나무는 옆으로만 벌어지다가 가지가 아래로 축 늘어져 있다.

어둠이 몰려온다. 붉게 물들었던 하늘이 차차 검붉은 색으로 변해간다. 동쪽 하늘에 초승달이 떠 있다. 아버지는 도대체 어딜 가신걸까. 서모가 신경 쓰여서 안방을 들여다보니 일으켜달라고 한다. 배고프냐고 물으니 고개를 끄덕였다. 그릇에 밥을 퍼담고 국그릇에 된장찌개를 따로 담고 멸치볶음과 감자조림과 배추김치를 담아 쟁반을 들고 안방 침대로 갔다. 서모를 일으켜세우고는 수저를 들려주자 허겁지겁 밥을 입에 퍼넣는다. 천천히 드시라고 체하겠다고 말하고는 컵에 물을 가져다주자 서모는 물을 마시고는 반찬도 안먹고 밥만 입에 퍼넣었다. 앞섶에는 흘러내린 밥부스러기가 흩어져 있다. 찌개 국물을 좀 드시라고 말하며 앞으로 밀어놓아주자 서모는 응, 응 대답하며 한 수저 떠서 입으로 가져갔다. 반은 흘리고 반은 입에 퍼넣는 서모의 모습을 물끄러미 지켜보다가 사는 게 고통이라는 불교의 가르침을 떠올렸다. 서모가 수저를 탁 놓고는 트림을 끄윽 했다. 행주를 가져와 대충 주변을 정리하고 쟁반을 들고 나왔다.

아버지는 어둠이 완연해지자 돌아왔다. 옷자락에는 풀과 흙이 묻어 있다. 아버지가 씻을 동안 찌개를 데웠다. 반찬을 덜어내 상에 올리는데 아버지가 뭐라고 중얼거리는 소리가 들려왔다.

"갸가 잘 있다냐."

"누구 말이에요, 언니요?"

"갸가, 잘 살아야하는데."

"걱정마세요, 잘 살고 있어요."

밥상 앞에서 아버지는 찌개 국물을 한 수저 뜨더니 아무 말이 없다. 아버지 눈은 유리문 밖 멀리에 있다. 찌개가 식었다고, 기다리느라 졸아들어 짜졌다고, 빨리 한 수저 뜨시라고 말을 건넸으나 아버지는 속이 텅 비어버린 수숫대궁처럼 허해 보였다.

"엄마 산소에 다녀왔다."

"거긴 왜요?"

"갸 생각이 나서."

"언니요? 언니는 걱정마세요, 아버지도 잘 알잖아요, 언니 성격, 까칠하고 자존심 세고 정의감 있고…… 누구 딸인데요."

"속이 여려서 탈이야."

"언니는 왜 자꾸 물어보세요, 정작 아버지 힘들 때 코빼기도 안 비치는 데."

서운한 감정이 슬그머니 고개를 들었다. 아버지에게 언니는 오빠 다음으로 얻은 자식이라 딸에 대한 소회가 남다르다. 언니 그늘에서 늘 뒤쳐져 관심도 못받고 자란 나에 비하면 언니는 과도한 관심을 받고 자랐다. 아버지에게는 항상 언니가 우선이다. 언니는 자기밖에 모른다. 형부가 떠난 뒤 피해의식에 사로잡혀 다른 가족의 안위는 눈에 들어오지도 않는다. 아버지가 쇠약해져서 병원에 들락거리려도 올케언니랑 아버지 감정이 최악의 상황에 이르렀어도 자기 연민에 빠져서 주위를 돌아볼 여유가 없다. 늘 보호받고 관심의 중심에 선 삶이었다. 언니는 자기애가 강하다. 언니는 형부가 돌아와 다시 시작했어도 자존심 때문에 형부를 버릴 성격이다.

"묘석이 얼마나 단단한지 꽤 시간이 걸리더구나."

"묘석요?"

비로소 정황이 짐작되었다. 아버지는 형부 이름을 파내고 온 것이다. 그러고는 언니 일을 자꾸 꼬치꼬치 물었다. 나는 아버지를 쳐다보았다. 아버지 눈빛은 공허하다. 어두워오는 문 밖으로 시선을 던지는 아버지의 텅 빈 눈빛에는 물기도 고통도 연민도 없다.

"얘가 왜 밥먹으러 안 온대냐."

아버지는 엉뚱한 소리를 하며 일어나더니 사랑채로 나갔다. 언니와 내가 함께 성장하고 함께 쓰던 사랑채는 비워진 지 오래였다. 장판이 걷힌 흙바닥은 갈라지고 패여서 온돌의 기능을 잃어버렸다. 낮에 잠깐 문을 열어보았다가 먼지가 앉고 거미줄이 쳐져 있어서 도로 닫았다. 선반 위에는 세계문학전집 표지가 누렇게 바랜 채 방치되어 있었다.

"얘야, 찌개가 다 식었다, 빨리 나와 밥먹어라."

아버지는 불 꺼진 사랑채를 보며 소리쳤다. 언니를 부르는 모양이다. 몇 분 간격으로 다시 아버지의 메마른 음성이 들려왔다. 나는 멍하니 앉아 아버지의 흔적을 눈으로만 쫓고 있다. 어두운 뒤란에서 밤고양이 울음소리가 들렸다.

바람 소리가 지나갔다.

　오빠와 언니가 외지에서 공부한다는 핑계로 집에 오지 않을 때 나는 새로 온 어린 동생 순옥을 돌보며 지냈다. 밖에 나가 아이들과 놀고 싶은 것을 꾹 참고 아버지에게 칭찬 듣고 싶고 서모에게 잘 보이고 싶어 집에만 있었다. 빗자루로 방을 쓸고 걸레를 빨아 바닥을 닦고 순옥의 기저귀를 갈아주며 막막한 심경으로 살았다. 고갯길에 버스가 나타나면 혹시 언니가 올까 눈길이 그쪽으로 갔다. 아버지와 서모가 부부싸움을 하면 순옥을 업고 어두운 골목을 서성였다. 아버지와 서모가 말다툼을 할 때 내 마음에는 동요가 없었다. 그들의 문제라는 인식이 비집고 들어왔다. 조금 불편할 뿐이었다. 아버지와 서모 눈치를 보느라 조숙했던 나는 그들 눈에 띄지 않으려 조용히 지냈다. 가끔 뒤란에 나가 잡초로 무성한 꽃밭을 멀거니 쳐다보았다. 어머니가 기르던 화초는 풀에 가려 제대로 자라지 못하고 힘겹게 흔들렸다.

　바람 속에 어린 계집애가 서 있다.

　계집애는 소녀로 숙녀로 그리고 두 남매의 엄마로 변하더니 순식간에 흔적이 지워졌다. 한 생이 후딱 눈깜박할 사이에 지나가버린 것 같다. 아버지는 어둠 속에서 혼자 뭐라고 계속 중얼거렸다.

오후 4시의 기억

아주 가끔, 내가 혹시 쌍둥이형과 바꿔치기 된 게 아닌가 의심이 들 때가 있다. 그럴만한 개연성은 충분하다. 어머니 말에 의하면 태어난 지 일주일 만에 병원에서 집으로 왔고, 이주 만에 장염증세로 쌍둥이가 똑같이 다시 입원했으며 병원에서는 울보에 잠 안 자는 아기로 유명했다니 그 사이에 간호사가 발목에 매단 내 이름표를 바닥에 떨어뜨렸을지 어떻게 알겠는가. 막말로 심증은 있는데 확증은 없는 것이다. 3분 간격으로 내가 동생이 된 사건은 희극코미디이다. 형이 석아, 부르면 나는 응, 철아, 왜 그래, 라고 대응하다가도 부모님 앞에서는 꼬박꼬박 형이라고 불러준다.

내 최초의 기억은 삼신할머니가 엉덩이를 세게 내리친 아픔으로부터 시작한다. 어찌나 아프던지 나는 울음을 토해내며 열 달 동안 나를 보호하고 키워낸 둥지를 있는 힘껏 찢고 튀어나와야만 했다. 손톱에는 주먹을 움켜쥘 때 할퀸 핏자국이 고스란히 말라붙어 있었다. 본능적으로 입에 대고 맛을 보았다. 나는 눈살을 찌푸리며 표정을 일그러뜨렸다. 고놈, 울음소리 하나는 장군감이네. 의사가 내 발목을 꽉 움켜쥐고는 거꾸로 쳐들었을 때 나는 비린내와 소독약과 간호사의 향수냄새를 맡았다. 아찔한 현기증이 느껴졌다.

어머, 아기가 내가 엄마인 줄 아나봐. 배내옷으로 갈아 입혀주는 간호사의 뺨이 불그스레해졌다. 나는 간호사의 가슴을 자꾸 파고들었다. 사방을 둘러보아도 친근한 얼굴은 없었다. 각종 기기들과 수술 도구와 침대와 요람이 보였다. 둘러보니 생모가 땀에 젖은 몰골로 지친 듯 누워 있고 그녀의 입이 나를 향해 웃고 있는 듯했다.

두 명의 간호사가 각각 나와 형을 안고 아기 방으로 갔다. 푸른 벽지가 발라진 그곳은 아기들의 고아원이었다. 세상의 모든 아기들이 생모로부터 떨어져 나와 한군데 모여 있는 장면이 기막혀서 나는 빙긋 웃었다. 그러자 간호사가 다시 호들갑스럽게 떠들었다. 어머머, 아기가 나를 보고 웃네. 어머, 귀여워라. 간호사의 입이 내 뺨에 닿았다. 나는 기분이 좋아서 가만히 누워 있었다. 그때 아기들이 한꺼번에 울음을 내질렀다. 이때다 싶어 나도 고함을 있는 대로 질러댔다. 배가 몹시 고팠고 나는 발버둥을 있는 대로 쳤으며 형도 덩달아 버둥거렸다. 그때 침대 모서리에 발이 부딪혔고, 뭔가 바닥에 떨어지는 소리가 났다. 그 바람에 간호사 둘이 동시에 놀라며 떨어진 이름표를 주워들었다. 나는 분명히 기억하고 있다. 간호사가 바닥에 떨어진 이름표를 집으며 난감한 표정을 지었던 것을.

나는 그때 분명히 나와 형이 바뀌었다고 확신한다. 세상의 이치라는 것은 작은 우연에 의해 인생이 달라지는 일은 흔했다. 그렇지만 뭐, 어쩔 도리가 없다. 체념하고 살아가는 수밖에. 형은 외국어영역이건 한글과 관련된 것이건 성적에 있어서는 언제나 나를 앞질렀다. 한창 조기영어 바람이 불어 닥쳤고, 어머니는 유행에 뒤질세라 다섯 살 때부터 우리 형제를 어학원에 보냈다. 인정받기 위한 치열한 내 노력은 때때로 엉뚱한 방향으로 돌진하곤 했다.

나는 지금도 병원 꿈을 자주 꾼다. 이것은 필시 내 운명과 직결되는 무언의 암시가 아닌가 하는 의구심이 들기도 하지만 어쩌겠는가. 때때로 자신이 내디디는 발걸음이 어디로 향하는지 본인도 모를 때가 있는데. 하얀 페인트가 칠해진 병동, 흰 시트, 흰 가운을 입은 사람들……그리고 호루라기 소리. 이것은 좀 의외다. 나는 이십 년이 지나 병실 침대에서 그 호루라기 소리를 다시 듣는다. 호루라기 소리는 환자가 들이닥칠 때마다 들려왔다. 눈을 뜨고 주위를 둘러보면 그 소리는 어느 사이 사라지고 없었다.

오후 네 시 무렵의 베란다는 온통 밝은 빛이 출렁였다. 햇살이 빨래를 하얗게 말리고, 푸른 하늘을 가로지른 전선은 햇볕의 열기에 녹아내릴 듯 늘어졌다. 며칠 잠을 못 잔 탓에 머리가 아팠다. 닷새 전에 찾아온 지나를 본 후 나는 잠을 잘 수 없었다. 그녀의 머리카락은 풍성했고 나에게서 시선을 거두어 창 밖으로 눈길을 돌릴 때마다 긴 갈색 파마머리가 반짝였다. 그녀의 머리카락을 만지고 싶다는 욕망이 솟구쳐 올랐지만 나는 부자연스런 몸을 겨우 움직여 휠체어를 조절하는데 그쳤다. 상체를 조금 앞으로 당겨 앉는데도 이마에서는 식은땀이 나고 힘겨운 숨을 몰아쉬었다.

지나를 잊었다고 생각했다. 하지만 지나를 다시 만난 순간 나는 결코 그녀를 잊지 않았다는 것을, 대부분의 시간을 그녀를 추억하거나 그녀를 잊기 위해 버둥거렸다는 것을 알았다. 넌, 아름다워. 형이 주방으로 들어간 사이 나는 그녀를 안타깝게 쳐다보며 말했다. 그녀의 볼이 붉어졌다. 피부는 터질 듯 탄력이 넘쳤으며 가슴은 부풀어서 볼륨감이 살아 있었다. 다시 건강해질 거야, 너무 걱정하지마. 지나가 침대 모서리를 만지며 말했다. 그녀의 위로에 나는 왈칵 눈물이 쏟아질 뻔했으나 형이 쟁반에 토마토 주스를 담아오는 바람에 끓어오르던 감정이 가라앉았다. 형이 지나의 어깨에 팔을 두르고 그녀의 머리카락에 코를 대고 벌름거렸다. 문득 밤마다 형이 그녀의 윤기나는 머리카락을 만지며 그녀의 젖가슴에 코를 박고 잠들거라 생각하니 견딜 수 없었다. 토마토 주스를 한 모금 넘기던 나는 그대로 토하고 말았다. 붉은 과즙이 그녀의 푸른색 원피스에 얼룩을 새겼다. 형이 큰소리로 봄을 불렀다. 봄이 눈을 비비며 나타났다. 봄의 얼굴이 지방기로 번질거리고 눈두덩은 부어 있었다. 이런, 깜박 잠이 들었네. 사모님이 입던 옷 찾아올테니 조금만 기다려. 봄은 어머니가 입던 원피스를 찾아 지나에게 내밀었다. 분홍과 흰색의 꽃무늬가 박힌 두꺼운 질감의 천이었다. 헐렁한 통자루 같이 겉돌았는데 그것이 묘한 매력을 발산했다. 봄이 지나의 옷을 세탁소에 맡기고 돌아왔을 때 형은 지나를 배웅한다며 현관문 밖으로 나간 뒤였다. 나는 휠체어를 굴려 발코니 창에 바짝 얼굴을 갖다댔다. 형이 지나의 목덜미를 잡고 입맞춤을 하는 장면을 보며 나는 신음을 삼켰다. 길고 긴 입맞춤 끝에 형의 손이 다시 그녀의 머리카락을 쓸어 내렸다. 택시가 왔고 둘은 손을 흔들었다. 뒷좌석에 앉은 지나의 하얀 얼굴이 유령처럼 멀어져 갔다. 나는 마른침을 삼켰다. 같이 가지 그러니. 형이 다시 들어왔을 때 나는 퉁명스럽게 내뱉었다. 넌 그 애를 사랑하니. 물론이야. 내 물음에 형은 전혀 망설이는 기색도 없이 대답했다. 잘 생각해봐. 그 애는 주변 남자들로 인해 네 신경을 긁어놓을 거야. 어떻게 알아. 내가 관상학을 좀 했거든. 내 말에 형이 이맛살을 찌푸렸다. 아닌게 아니라 조금 걱정이야. 형이 진지하게 말해서 이번에는 내가 놀랐다. 무슨 일 있지. 형이 고개를 끄덕였다. 지나에게 관심 갖는 남자애들이 많아. 내 친구들 중에도. 그런데 뭐가 문제야. 지나의 속마음을 모르겠어. 도무지 단호한 데가 없어. 아무 놈이나 만나 술 마시고, 히히덕거리고. 그래서 고민이야. 나는 형의 순진한 고백에 마음이 너그러워져서 함께 여행을 떠나보라고 권유하고야 말았다. 그럼 해결될까. 형이 눈빛을 빛내며 물었다. 나는 아차 싶었지만 이미 도로 담을 수 없다는 것을 알았다. 내친김에 나는 그녀가 내숭덩어리라는 것과 그런 애들을 확실하게 붙잡는 방법은 니가 도장을 꽉 찍었다는 것을 그녀를 아는 모든 사람들에게 알릴 것과 실제로 약혼여행이라도 다녀오라고 속에도 없는 말을 하고 말았다. 형이 가고 나서 나는 순진한 척하는 형에게 내가 당한 게 아닐까 하는 불안에 사로잡혔다. 형은 이미 사냥꾼처럼 지나를 한방에 쓰러뜨려서 속속들이 그녀의 내장을 헤집었는지도 모를 일이었다. 지나를 떠올리면 통증이 발끝에서부터 다리를 타고 허벅지를 지나 사타구니와 단전과 심장과 뇌수를 흔들었다. 무거운 쇠망치가 내 뒤통수를 내리쳐서 서서히 통증이 퍼져나가는 것 같았다. 오랜 병원 생활과 자신의 한심한 처지에 비관하느라 나는 내 몸이 어디에서부터 어디까지 고장을 일으켰는지 잘 몰랐다. 아니 알고 싶지 않았다. 다만 다리를 못 쓰고, 걸어다니지 못하며 한쪽 팔이 약간 둔하다는 것 외에 나는 거의 방기하다시피 지냈다. 지나가 다녀가고 나서 나는 아랫도리에 피가 몰리는 걸 느꼈다. 손가락을 움직여 그곳을 만져보았다. 그러나 곧 피곤이 몰려왔다. 눈을 감았으나 스키장 콘도에서 지나와 나눈 짧은 입맞춤의 기억이 전생에 일어난 일처럼 가물거렸다. 정신은 또렷했다. 눈을 떴다. 봄이가 걱정스럽게 나를 내려다보고 있었다.

봄. 그녀는 아주 어려서 우리집으로 왔다. 술주정뱅이 남자가 어느 날 여섯 살배기 계집아이를 떠맡겼는데, 그는 우리집 문간방에서 세를 얻어 살던 사람이었고, 딱 한 달만 맡아달라고 사정해서 받아준 거였다. 계집아이는 집안일이며 심부름을 잘했다.

봄이의 호적상 이름은 전순둥이었다. 어머니는 그 이름이 촌스럽다며 봄내음이라는 예명을 지어주었고 전순둥보다 더 좋다고도 볼 수 없는 그 이상한 이름에 그녀는 만족해하는 것 같았다. 정작 그녀를 부를 때는 봄내음아, 라고 하는 게 거치적거렸던지 어머니는 항상 봄아, 봄이 어디 있니, 우리집 봄아, 라고 불렀다. 쟤가 아무래도 복덩이 같아요. 깊은 밤 어머니와 아버지가 이불을 뒤척이며 도란거리는 소리를 들었다. 어머니의 회고에 따르면 봄이가 들어오고 나서 돈이 눈덩이처럼 굴러 들어왔다는 것이다. 반 지하에서 첫 지

상의 집을 얻은 해가 가고 그 이듬해에 우리는 이사를 두 번이나 더
했는데 그때마다 평수는 늘었고, 집값은 몇 배씩 불어났다. 나중에
는 기억조차 못할 정도로 이사를 다녔다. 금고는 불어났으며 아버
지는 부동산에 두 명의 직원을 두고 가끔씩 출근했다. 어머니는 자
모회다 동창회다 바쁘게 나돌아다녔다. 당연히 집안일은 봄이가 떠
맡게 되었고 은연중 어머니는 술주정뱅이 봄의 아버지가 기적처럼
알코올 중독에서 벗어나 말쑥한 차림새로 들이닥칠까봐 겁내는 것
같았다. 어머니의 그런 낌새는 곳곳에서 감지되었다. 요즘 애 같지
않아요. 입도 무겁고 솜씨도 야무져서 오래오래 데리고 있었으면
해요. 어머니의 걱정은 기우에 지나지 않았다. 몇 년이 지났고, 수
없이 이사를 다닌 우리집을 무슨 수로 다시 찾을 것이며 하도 오래
된 일이라 정작 봄이가 아버지를 기억하는지 모를 일이었다. 그녀
말로도 아버지의 얼굴이 가물가물하다고 말했으므로 그리 큰 염려
는 못 됐다.

배고프지? 어느 사이 봄이 당근 주스를 갈아 호두 속알맹이와 함
께 내밀었다. 병원에서 퇴원하면서 내 몸은 휠체어에 옮겨졌고, 내
방 문턱이 더 낮아짐과 동시에 주문한 특수 침대가 날 기다리고 있
었다. 가끔 의사와 간호사가 왕진을 와서 링거를 매달 수 있게 침대
모서리에 알루미늄 막대기를 세웠으며 앉아서 식사를 할 수 있도록
붙박이 식판이 부착되었다.

다 괜찮아질 거야. 봄이 내 어깨를 토닥여주었을 때 나는 하마터
면 감격에 겨워 눈물을 보일 뻔했다. 벽에 걸린 오래된 액자처럼 무
심한 관계였는데 내 처지가 이렇다보니 작은 말 한 마디에도 감정

의 동요가 일어나는 내가 싫어서 미칠 지경이었다. 그렇지만 내 기분은 썩 괜찮아졌다.

봄이가 가출한 사건은 어머니에게 충격이었다. 이틀을 꼬박 드러누워 꼼짝하지 않았고 이모들은 짐승은 거둬도 사람새끼는 거두지 말랬다며 흥분했다. 제일 서운해한 사람은 사실 나였다. 가출? 정확하게 표현하자면 집을 떠날 당시 그녀의 나이가 스물다섯이었으므로 가출이라고 할 수도 없었다. 원래 시장이나 동네 가게 외에는 나돌아다니지 않는 그녀였던지라 어머니는 한동안 그녀가 집을 나간 사건을 두고 온갖 추측과 추리소설을 써댔고, 서른 살까지 데리고 있을 예정이었다며 아쉬워했다.

처음부터 봄이와 사이가 좋았던 건 아니었다. 야, 너도 사람이냐, 어지간히 괴롭혀라. 하루는 형이 나에게 훈계했고 봄이는 베란다에 나가 울고 있었다. 나는 그때 어쭈, 형이 봄이에게 마음이 있나, 아니 둘이 짜고 나를 따돌리나 하는 엉뚱한 상상이 들었다. 봄의 외모도 봐줄 만했고 엉덩이와 앞가슴이 큰 단점을 빼면 허리도 가는 편이었다. 더 어릴 적에 내 옷을 갈아입히려던 봄의 가슴에 짓눌려 숨을 참기가 힘들었던 날도 있었다. 놀이터나 화단에 들어가 뒹구느라 몇 번씩 옷을 갈아입어도 늘 흙투성이인 나를 보고 어머니는 봄이 게으름피운다며 잔소리를 해댔다. 어느 날 그녀의 큰 가슴이 내 코를 막고 얼굴을 반쯤 가린 일이 있었다. 나는 그 순간을 놓치지 않았다. 얼른 손을 그녀의 앞섶에 집어넣었다. 봄이 자지러질 듯 놀라 뒤로 나자빠졌다. 그 일 이후 나를 보는 봄이 눈이 이상했다. 하루는 목욕탕에서 나를 씻기던 그녀가 내 손을 슬그머니 끌어다 자

기 가슴을 만지게 했다. 나는 낄낄거렸고 봄이는 어때? 기분 좋지,
엄마 아빠에게 말하면 안 된다고 주의를 주었다. 나는 고개를 끄덕
였다. 봄이는 내가 말썽을 피울 조짐이 보이면 나를 데려다 자기 젖
가슴을 만지게 했다. 나는 그 일이 어떤 놀이보다 재미있었다.

부모님이 상조회에서 부부모임으로 제주도로 이박 삼 일간 여행
을 떠나며 집안일뿐 아니라 나와 형을 봄이에게 맡겼다. 내 나이 일
곱 살이었다. 그날 밤, 천둥이 심하게 치고 비가 창턱에 들이쳤다.
겁 많은 형은 이불을 뒤집어쓰고 일찌감치 잠에 빠졌고 나는 몰래
방을 빠져나와 봄의 방으로 갔다. 봄이 거실에서 비디오를 보고 있
었다. 화면에는 반라의 남녀가 재미있는 놀이를 하고 있었다. 봄이
나를 불렀다. 봄이의 가슴은 점점 커져서 나날이 부풀어올랐다. 봄
이 내 손을 잡아끌어 가슴을 만지게 했다. 어때, 기분 좋지. 그녀는
늘 하던 대로 내게 말했고 나는 고개를 끄덕였다. 그날 밤 나는 봄
이의 무릎에서 잠이 들었고 꿈을 꾸었다. 꿈 속에서 커다란 젖가슴
이 내 입을 막고 코를 막고 얼굴을 덮어서 숨을 쉬지 못해 버둥거렸
다. 젖가슴을 밀쳐내려 발버둥치다가 잠에서 깼다. 소파에 누워 있
는 내 바지가 축축했고 지린내가 심하게 났다.

그날은 일요일이었고 날씨는 화창했다. 아침 밥상을 차려놓고 우릴
깨운 봄이 아무렇지 않은 듯 평소와 다름없이 계란말이를 숟가락에
얹어주었다. 욕실에서 빨래를 하는 봄이의 콧노래가 새어나왔다.

나는 형을 볼 때마다 휘파람을 불며 어린애 주제에, 라고 경멸의
눈초리를 보냈다. 시장 사람들로 구성된 상조회 회원인 아버지와
어머니는 일 년에 한 번씩 관광을 갔다. 주로 동남아나 유럽의 잘

알려진 코스를 다녀왔다. 어머니가 없는 집 안은 봄이가 안주인이었다. 그녀는 피곤하다며 나에게 커피를 타달라고 말했고 나는 길들여진 가축처럼 일회용 봉지를 뜯어 인스턴트 커피를 타줬다. 한밤중에 깨어 화장실을 가다가 거실 소파에 비스듬히 누워 텔레비전을 보는 그녀가 순간적으로 어머니라고 착각하기도 했다. 어머니와 비슷한 살구색 잠옷을 입은 그녀가 멜론을 안주삼아 느긋한 포즈로 양주를 홀짝이는 장면이 너무나 익숙하게 다가왔다.

"아직 안 자니?"

"응."

"이리와, 재워줄 게."

봄이가 부르는 바람에 나는 그녀 옆으로 갔다. 아홉 살의 생일을 앞두고 있던 나는 한창 여자 친구에 대한 관심이 고조될 때였다. 그녀의 가슴은 비대해져서 잘 익은 살구향 냄새가 났다. 봄이 내 귀를 만져주었다. 요, 개구쟁이. 봄이는 귀를 만지다가 코를 세게 비틀었다. 아프기는 했지만 나는 참았다. 천둥이 치던 밤의 일이 있고 나서 봄의 눈빛만 보면 나는 수줍음을 타는 아이가 되었다. 어머니는 내가 철이 들었다며 대견해 했고, 나는 약점을 잡힌 똘마니처럼 봄이 앞에서 얌전해졌다. 그날 밤, 나는 미미의 꿈과 어머니의 꿈, 그리고 봄이의 꿈을 번갈아 꾸었다.

봄이 우리집에 산 19년 동안 많은 일들이 있었다. 일일이 열거할 수는 없지만 그중 큰 줄기만 몇 개 꿰어보면 아버지에게 애인이 생긴 것과 형에게 애인이 생긴 사건이다. 물론 형은 첫사랑이 아니었다. 형의 첫사랑은 유치원 짝꿍인 예쁜 여자애였다. 어느 날, 분홍

리본을 머리에 달고 온 여자애가 한눈에 들어왔는데 그 애가 바로 형의 유치원 짝꿍이었다. 그날은 형의 생일이었고 —물론 내 생일이기도 하다— 생일 잔치에 초대받아온 아이들 중에서 미미라는 여자 아이가 치킨을 집어 뜯을 때 통통한 팔이 눈에 들어왔고, 나는 불현듯 그 하얀 팔을 물어뜯고 싶었다.

다음날, 형은 무슨 일인지 보이지 않았고, 어머니는 새로 산 셔츠에 빨간 나비넥타이를 매어주었다. 평소보다 다정한 어머니의 태도에 나는 어리둥절했다. 바비 맥퍼린의 don't worry, be happy가 실내에 흐르는 카페였다. 여섯 살배기 사내아이가 그 곡을 알 리 없었다. 찻집마다, 대학가 호프집마다, 음반 판매점에서 인도에 내놓은 스피커에서 그 곡이 유행할 때에야 아득한 과거의 어느 날에 들은 기억이 솟아났다. 형을 떼어놓고 처음으로 어머니를 독차지한 그날의 일을 어찌 잊겠는가.

미리 약속이 돼있었던 듯 어머니 앞에는 어린 아가씨가 불안한 고양이 눈을 하고 금방이라도 할퀼 듯이 노려보며 앉아 있었다. 푹신한 카펫과 차고 매끄러운 대리석 벽, 창틀에 가득한 작은 화분들, 나는 실내를 뛰어다니고 싶어 몸이 뒤틀렸다. 내가 다리를 흔들자 어머니가 기다란 손가락으로 내 두 무릎을 꾹 눌렀다.

"어린 아가씨가 애가 둘이나 딸린 사람과 어쩌자는 거야?"

최대한 목소리를 낮추었지만 어머니는 떨고 있었다. 나는 아가씨와 어머니를 번갈아 쳐다보았다. 둘 다 심각한 표정이었다. 내 팔과 다리가 배배 꼬이기 시작했다. 좀 가만히 있거라. 어머니는 마구 흔들어대는 내 다리를 꼬집었다. 어머니의 손끝에 힘이 가해졌다. 그 손아귀의 힘으로부터 빠져 나오려는 움직임의 파장이 어머니의 몸을 떨게 했다. 어머니는 나를 끌어당겨 당신의 무릎 위에 앉혔다. 나는 한눈에 아가씨와 어머니의 사이가 심상치 않음을 눈치챘다. 또한 어머니의 태도에서 아가씨를 향한 살기를 느꼈다. 그건, 내가 한 가지씩 말썽을 일으킬 때마다 나에게 쏟아지던 눈빛이었다.

"우, 우리는, 서로 사랑하는 사이에요. 그이가 말하지 않던가요."

아가씨가 고개를 쳐들고 당당하게 말하는 순간 기습을 받은 어머니의 다리가 심하게 떨렸다. 그때를 이용해서 나는 어머니의 무릎에서 빠져 나왔다. 어머니는 이미 교양을 팽개쳤다. 주위가 다 들리는 듯이, 이년이 어디서 말대꾸야, 말대꾸가. 유부남과 놀아난 년이 어디 함부로 주둥이를 놀려. 성난 어머니의 고함에 사람들의 시선이 집중되었고 아가씨는 얼굴이 빨개져서 어머니를 노려보았다. 테이블 사이를 뛰어다니다 나는 아가씨 앞에 급정거를 했고 그때마다 아가씨는 깜짝깜짝 놀라곤 해서 더욱 신이 났다. 어머니의 눈과 내 눈이 마주쳤다. 핏발을 세우고 쏘아보는 어머니의 눈길이 예사롭지 않았다. 나는 테이블 밑으로 기어들어갔다. 그러자 아가씨의 뽀얀 종아리가 보였다. 잠시 혼란이 왔다. 형의 첫사랑, 미미의 통통한 팔뚝이 연상되었고, 동시에 나는 아가씨의 종아리를 깨물어버렸다. 아가씨가 비명을 지르며 일어섰고 그 순간 뜨거운 찻잔이 엎어지며 방금 세탁소에서 찾아 입은 어머니의 아이보리색 투피스에 커피 얼룩이 생겨났다. 아가씨는 황당하다는 듯 어머, 기가 막혀, 어쩌고 하더니 벌떡 일어나 고개를 빳빳이 쳐들고 출입문을 향해 걸어갔다. 어머니는 내 귀를 잡고 화장실로 끌고 갔다. 내 엉덩이에는 무지막지한 손자국이 났고 불에 덴 듯 벌건 자국이 남았다. 나는 어머니의 손아귀에서 벗어나려 발버둥치면서 후회를 하고 또 했다. 어머니의 머리카락 올이 마귀할멈처럼 솟구쳐 올랐다. 음악 부스에서는 바비 맥퍼린의 don,t worry, be happy가 도돌이표로 흘러나왔다. 누구나 살다보면 곤란한 일을 겪게 되지요. 하지만 당신이 그 일에 대해 걱정을 하게 되면, 그건 그 곤란을 두 배로 만드는 거랍니다. 걱정하지 말아요. 그럼 행복해질 거예요…… 내가 미쳐, 어쩌다가 너 같은 애가 태어났는지, 전생에 무슨 죄를 지었다고……형을 봐라. 드디어 어머니의 입에서 형의 이름이 불려졌다. 제일 마지막 수순이었다. 그러나 그날은 달랐다. 어머니는 택시 안에서도 분이 풀리지 않았는지 계속 야단쳤고 기사는 백미러를 흘끔거리며 허허, 아드님이 무척 개구쟁이인가 봅니다. 사내아이란 그런 면이 있어야죠. 라며 토를 달았으나 어머니에게는 위로가 되지 않는 모양이었다. 어머니는 그 아가씨에게 하고 싶어한 말을 제대로 못한 분풀이를 나에게 했을 것이다. 택시에서 내려 동네 사람들을 만나는 과정에서 어머니는 내 팔을 세게 잡고 놓아주지 않았고 단단히 벼르고 있는 중이라는 걸 직감으로 알았다. 어머니의 입에서 모터 엔진 소리가 난 것 같았다. 명절날 친척들이 모여 몇 가마니씩 쏟아내는 말의 양에 비하면 아무것도 아니었다. 어머니의 말은 택시에서 시작하여 골목을 지나 동네 슈퍼와 우리집 마당에까지 흘러 넘쳤다. 나는 지금도 가끔 어머니의 입에서 붉은 홍수가 나는 악몽을 꾸곤 한다. 그 바람에 나는 동네에서 알아주는 꼬마가 되었다. 내 나이 여섯 살이었다.

아아, 나는 이미 그때 내 인생이 본격적인 내리막길이라는 것을 어렴풋이 감지하고 있었다. 쌍둥이형을 의식하면서 결코 짧다고도 길다고도 할 수 없는 내 삶이 일시 정지된 것은 스키장에서였다. 그 끔찍한 악몽, 이것은 모두 형으로부터 시작된다. 형이 엠티에서 만난 지나라는 애에게 첫눈에 반해 지리산에도 가고 홍도에도 갔다올 동안 급속도로 가까워져 마침내 스키장에도 동행하게 되었는데, 피시방에서 만난 내 여자 친구도 함께 가기로 돼 있었다. 나는 처음부터 내 여자 친구에게는 관심이 없었다. 지나와 함께 가고 싶은 핑계로 들러리가 필요했기 때문이고, 궁극적인 목적은 지나의 관심이 형으로부터 나에게 향하도록 하는 것이었다. 독서실에 처박혀 공부만 파먹은 형이 일류 대학에 별 고민 없이 들어간 것을 빼면 할 줄 아는 거라곤 없었기에 나는 승산이 있었다.

스키장에 간 첫날은 콘도에만 틀어박혀 지냈다. 준비해간 재료로 밥도 하고 김치를 넣어 참치찌개도 하고, 피자를 시켜 먹으며 밤새 마시고 춤추며 놀았다. 한창 유행인 엽기 시리즈를 내놓는 내 농담에 그들은 허리를 비틀며 웃어댔다.

아무리 고통스러운 기억이라도 지나간 것은 다 아름답다고 말한 작자는 순 사기꾼이다. 그것은 절박한 고통의 체험이 없거나 설익은 체험을 부풀려놓았을 뿐이다. 나는 아직도 그 기억으로부터 놓여나지 못하고 악몽을 꾼다. 어머니를 따라 주일학교에도 다녔고 성당 학생부 활동도 했지만 운신하기 힘들어지고부터 아무 데도 안 간다. 내가 움직이려 하면 누군가의 도움 없이는 어렵고, 또 불편을 끼치고 싶지 않아서이다. 딱 한 번 봄이의 도움을 받아 철학관을 가보았는데 과거에 있었던 내 경험이 아니라 형의 경험과 맞아떨어지고 있어서 기이하다는 생각을 했다.

내 엉덩이에 푸른 멍자국이 시퍼렇게 박힌 최초의 기억에서부터 재수생의 험난한 여정에 들어서기까지 우리집은 꼭 열네 번의 이사를 했다. 어머, 전망이 끝내 줘. 나 홀로 카페야. 어머니의 호들갑이 수화기를 울렸다. 친척이나 시장 사람들이 합성세제나 두루말이 화장지, 혹은 화분을 사들고 줄줄이 다녀간 흔적은 집 안 곳곳에 남았다. 불낙전골이나 중국집 요리 접시가 현관문 밖에 포개어지고, 선반을 가득 채운 세제비누며 화장지는 이 구석 저 구석에 놓였다. 애초에 어머니는 전망 따위에는 관심조차 없었다. 일가붙이들이 들이닥쳐 공원의 무성한 수목과 지척의 거리에 있는 숲에 대해 넘치는 찬사를 보일 때에야 제대로 건진 집이구나 싶었을 것이다. 군사보호구역에 묶여 고층 건물을 얹을 수 없는 아파트 단지는 곧 재개발이 될 거라는 소문이 나돌았고, 귀 밝은 어머니의 직관에 아버지가 군침을 삼켰고, 다년간 주택업계의 흐름을 잘 탔던 아버지의 노하우가 보태어져서 군말 없이 현재의 집을 구하게 됐다는 것을 친척들이 알 턱이 없었다.

돌아오는 길에 '전생여행'이라는 간판을 보았다. 짧은 순간, 내 머리를 관통하고 지나가는 기이한 느낌에 휠체어를 멈췄다. 전봇대에 16절지 크기의 종이로 붙어 있는 광고는 금방이라도 바람에 날아갈 듯 아슬아슬 붙여져 있었다. 약도가 안내하는 대로 사무실은 골목 입구에 있었다. 안으로 들어갔을 때 사무실은 깔끔했다. 삼십대로 보이는 젊은 남자는 녹차를 마시다 말고 나와 봄을 쳐다보았다. 편안한 소파에 옮겨진 후 나는 눈을 감았다.

깊고 어두운 동굴, 뒤통수를 세게 얻어맞은 듯한 통증, 한 줄기 빛, 숨막히는 전율…… 심장의 박동 소리, 아기들의 울음소리, 수술 도구, 의사의 흰 가운, 요람에 누워 손가락을 빨고 있는 아기, 탯줄을 자르는 가위. 어, 고놈 장군감이네. 의사의 목소리가 어딘가 귀에 익었다. 덥다 싶은 실내, 간호사들.

내 운명은 그때부터 꼬이기 시작한 것이다. 젊은 남자는 흥미있게 내가 본 설명을 들었다. 시간이 늦었다고 시계를 들여다보는 봄의 초조한 기색에도 불구하고 나는 편안했다. 조금 피곤하긴 했지만 남자가 건넨 음료수를 받아먹고 한 시간 가량 머물렀다.

스키장에서의 일. 그날 이후 내 몸은 반쪽의 기능이 정지해버렸다. 맥주를 마시고 치킨을 뜯어먹으며 거의 밤을 새다시피 놀고 난 다음날, 우리는 리프트를 타고 위쪽으로 올랐다. 가족과 몇 번 왔다가고 이 년 만에 다시 온 스키장이었다. 내 여자 친구는 초보들이 타는 곳에서 몇 번 연습하고 금방 중급으로 넘어왔다. 지나는 창백한 낯빛을 하고 계속 머리가 아프다고 인상을 찌푸렸다. 그녀는 침대에 오래 누워 있다가 약국에서 산 알약과 드링크를 마시고 겨우 몸을 추스려 나왔다. 나는 처음부터 최상급 코스에 섰고 그것은 무리였지만 지나에게 잘 보이고 싶은 욕구는 걷잡을 수 없었다. 멋지게 몸을 날렸다. 그때 몸이 기우뚱거렸고 내 옆을 지나가는 바람 소리를 들었다. 나는 순간적으로 피하려고 몸을 틀었다. 그러나 몸은 균형을 잡지 못했다.

병원 침대에 누워 마취에서 깨어났을 때 꽃다발을 들고 서 있는 지나와 그녀의 어깨 위에 팔을 두른 형을 보았다. 나는 어금니를 악물었다. 재수 없는 놈. 나는 지나가 불쌍하다는 생각이 들었다. 나를 알기 전에 형을 먼저 만난 건 분명 지나의 운이 나쁜 징조였다. 지나는 형보다 나를 더 좋아하는 것 같았다. 어쩌면 나를 사랑했을 수도 있다. 시간이 좀 더 있었더라면. 나는 지나의 도톰한 입술에 칠해진 연분홍색 루즈를 쳐다보며 아쉬운 듯 마른침을 삼켰다. 메탈 음악과 라틴 음악을 틀어놓고 흔들던 나는 복도 바깥으로 지나의 뒤를 따라 나간 초저녁의 기억을 더듬었다. 하얀 눈과 검은 숲이 어우러진 골짜기를 바라보며 공기가 참 맑아요, 지나가 말했고 그녀 옆에 바짝 다가 선 나는 설경에 반사되어 푸르스름하게 어두워지는 대기를 가리켰다. 곧 달이 뜰 거고, 카시오페이아가 축복처럼 비춰줄 거라고 시적인 어구를 동원해서 설명했다. 지나는 감격한 듯 형과는 다르네요. 라고 말했고 눈빛에는 친근감이 어렸다. 그녀의 입술에 입을 맞추고 싶은 욕구를 가까스로 참았다. 고통스러운 본능을 자제하던 나는 문이 열리는 소리에 한 발 뒤로 물러났다. 형이었다. 뭐해, 바람이 찬데. 형의 등장에 나는 아쉬운 눈길로 그녀를 안타깝게 바라보았다.

내가 아니라 형에게 사고가 생겼더라면. 가끔 내 기억은 새벽 스키장의 언저리를 맴돈다. 좀 더 시간이 내게 주어졌더라면, 지나는 완벽하게 내 여자가 됐을까. 내 튼튼했던 다리는 그 사이 몰라보게 야위어 뼈가 드러날 정도였다. 내가 병원에 입원해 있는 동안 아버지의 외도는 뜸해졌다. 본시 모질지 못한 성정에다 순박한 마음이 남았던 아버지는 내 하반신 마비가 당신의 죄업 때문이라고 믿는 듯했다. 두 분은 초기 신혼 시절로 돌아간 듯 늦은 저녁, 과일 안주에 양주를 마시며 내 장래를 의논했다.

"회복할 수 있을까. 건강한 놈이었는데."

"큰애가 군대 가면, 몸도 약한데."

"이 양반이 도대체 무슨 말, 하는 거예요?"

어머니의 음성이 높아졌다. 간간이 후손, 대가 끊기고, 하는 말이 토막토막 끊어졌다 이어졌다.

"화장실 좀……."

나는 다시 만난 봄이에게 반말을 하기가 뭣했다. 그래서 어정쩡하게 말하거나 침묵했다. 이미 오랜 시간이 흘렀지만 나는 봄이의 일을 한시도 기억에서 놓쳐본 적이 없었다. 봄이 휠체어를 밀고 화장실 앞에 가서 부축해주었다.

"미안해요."

나는 기어들어가는 소리로 말했다. 봄이는 빨리 나아야 할텐데라며 안타까운 표정으로 나를 바라보았다. 봄이는 말없이 집안일을 했다.

"근데 우리집을 떠났을 때 어디에서 지냈어요?"

나는 궁금한 것을 물었다. 봄이의 얼굴에 그늘이 졌다. 그녀의 표정은 어두웠고, 예전에 비대해 보이던 가슴도 보통의 여자들 사이즈였다. 키나 몸무게는 그대로인 것 같은데 가슴과 엉덩이만 줄어든 것 같았다.

"그냥, 어디인가로 가고 싶었어. 언덕을 넘고 들판을 지나고, 도시를 떠나 어디든 다른 세상의 냄새를 맡고 싶었어. 너도 알다시피

내가 집과 시장에 가는 것밖에 몰랐잖아. 어느 날 숨이 막혔어. 다른 세상이 궁금했고 그래서 집을 나와 남한 일주를 했지. 슈퍼 아줌마는 남자가 생겼냐고 나중에 물어봤지만 글쎄, 그것도 인연이라면 인연이겠지……길 위에서 하룻밤, 난 평생 해야 할 사랑을 하루에 해버렸거든. 나처럼 여행을 하던 사람이었는데, 그는 지상에서 인연을 만들지 않기로 작정했다며 새벽에 떠나버렸지. 마술에 걸린 것처럼 나는 그의 말에 고개를 끄덕였고…… 몰라, 언젠가는 그가 돌아올 것만 같아."

봄이 창 밖을 내다보며 혼잣소리로 중얼거렸다. 돌아서서 그녀가 눈물을 훔쳤다. 나는 코끝이 아렸다.

"이것 좀 먹어봐, 잣죽이야."

봄이 그릇에 잣죽을 담아 내민다. 오전 내내 부엌에서는 음식 냄새가 났다. 먹고 싶은 마음이 없지만 나는 봄이가 떠먹여주는 대로 입을 벌린다. 운동이 부족한 나는 자주 체하거나 소화불량에 걸렸다. 다치기 전에는 밥을 먹고 돌아서면 또 배가 고팠다. 내가 좋아하던 컵라면이며 생크림 빵, 복숭아 통조림이 곰팡이가 핀 채로 쓰레기통에 처박혔다. 봄이는 잣죽이며 소화가 잘 되는 간식을 직접 챙겨주려 애를 쓰는 편이었다. 먹을 것을 앞에 두고 마음놓고 먹지 못하는 고통은 견디기 힘들었다. 가끔 휠체어에 앉아 베란다 유리문으로 들이비치는 석양을 보거나 빗줄기, 날아가는 새 떼를 보며 오감으로 그것들을 느끼고 냄새 맡고 만지고 싶은 욕망에 몸을 떨었다. 바람의 냄새를 깊게 흡입하고 싶고, 살갗에 떨어지는 빗방울의 차가운 감촉에 대한 기억을 떠올릴 때면 아릿한 통증이 가슴을 짓누른다. 가늘고 긴 한숨이 나도 모르게 풀어진다. 부엌에서 일을 하는 봄이의 뒷모습은 힘이 하나도 없어 보였다. 나를 위해 잣죽이나 깨죽을 쑤어주거나 적당한 햇볕을 쬐어 한다며 휠체어를 밀고 산책을 나갈 때도 봄이는 기운이 없어보였다. 그녀는 길 위에서 만난 남자를 기다리며 늙어가는 지도 몰랐다.

부동산 경기의 불황으로 어머니는 백화점 한 귀퉁이에 아이스크림 가게를 차렸고, 귀가는 더 늦어졌다. 나중에 당신이 먼저 눈감으면 내 안위가 염려된다면서 돈이라도 벌어 사회복지시설에 맡겨야겠다고 종종 말하곤 해서 가족들에게 내가 짐이라는 걸, 그래서 암울한 미래가 보이는 것 같아 내 기분은 늘 다운되어 있었다. 음식을 입에 넣지 못하는 이유는 소화불량보다도 어떻게든 오래 살아야 할 희망을 발견 못했기 때문이다. 쟤는 걱정마세요. 부모님이 돌아가시면 장남인 제가 돌볼게요. 형의 말에 나는 심한 모욕감을 느꼈고 자존심이 부서졌다. 나를 앞서서 달리던 성적과, 형과의 비교대상으로 전락한 나는 맏아들의 위치를 잃어버린 운명처럼, 꼬이기만 하는 시간을 흘려보냈다. 형에게 의탁하느니 계단에서 굴러 버리겠다. 나는 속으로 다짐하였다.

"내 그 맘 다 알아. 지나를 그만 오지 말라고 할까."

봄이는 내 속을 들여다본 듯 말했다. 나는 고개를 가로저었다. 눈 밑이 축축해지는 것 같았다.

"널, 지켜줄게."

봄이는 갑자기 그 말을 불쑥 내뱉고는 쿨적쿨적 울기 시작했다. 나는 그녀가 왜 우는지 알지 못한 채로 물끄러미 지켜볼 뿐이었다.

나는 정확히 그녀의 말뜻을 못 알아들었다.

"너를 끝까지 돌보아줄 게, 너를 떠나지 않을게, 요 개구쟁이."

봄이가 내 코를 잡아 비틀었다. 눈을 감았다. 천둥이 치고 폭풍우가 창을 할퀴던 밤이 떠올랐다. 눈을 뜨자 연민이 가득한 표정으로 봄이 웃고 있었다. 그건 동정이 아닌 관세음보살의 너그러운 미소 같은 표정이어서 나는 편안해지는 느낌을 받았다. 여섯 살부터 우리집에서 성장했으니 이젠 가족이라고 해도 틀린 말은 아니었다. 어머니보다 그녀와 함께한 시간이 더 많다고 볼 수 있었다. 밖에서 봄이를 부를 때 어머니는 이모라고 부르라 했지만 아직까지 그렇게 부른 적은 없었다.

밤에 잠들지 못하는 것은 이제 일상이 되었다. 실내의 불을 모두 끄고 나는 도로 위에 늘어선 가로등과 그 가로수 길을 따라 늦도록 이어지는 차량의 불빛을 바라보곤 한다. 어둠 속에서 밝은 빛을 보는 느낌은 단란한 가족의 저녁 식탁을 훔쳐보는 것과 같다. 지나를 생각하는 고통으로부터 놓여나지는 않았지만 형을 통해 그녀의 소식을 듣고 비로소 내가 해야 할 일이 떠오른 것이다. 지나는 스무 살 때의 철없는 임신과 수술 후유증으로 영영 아기집이 훼손됐다는 것이다. 그래서 어떡할 거니. 나는 물었다. 지나는 내 첫사랑이야. 그 애는 물론 내가 처음이 아니지만. 형은 그래도 지나를 사랑하며 아이는 입양할 거라고 내뱉었다. 형의 태도는 담담했다. 형은 담배를 빼며 결혼을 할 거라고 비장하게 말했다. 스무 살의 지나. 아, 나는 갑자기 닫혔던 기억의 뚜껑이 비스듬히 열리는 느낌에 몸을 떨었다. 그때, 지나와 내 여자 친구, 그리고 형과 콘도에 갔을 때 우리는 제정신이 아니었다. 오랜만에 간섭에서 벗어나 보내는 첫날이라 들떠 있었음에 틀림없었다. 마시고 떠들고 괴성을 지르고 몸을 흔들며 그 밤을 보냈다. 아마도, 그때 내 여자 친구는 미국 유학 중 경험한 코카인에 대해 떠벌렸던 것 같다. 그날, 무슨 일이 있었던가.

나는 전생 여행 중 나를 괴롭히던 그 장면을 거슬러 올라갔다. 내가 지나의 냄새에 익숙한 것은 그때부터일 것이다. 새벽녘 모두들 침대와 소파와 구석에 고꾸라져 정신이 없을 때 그녀가 복도에 나와 머리가 아프다며 고통을 호소했다. 나는 휴게실 소파에 그녀를 눕게 하고 정수기 물을 받아다 주었다. 그녀는 형의 이름을 불렀다. 순간적으로 멈칫했으나 나는 아무 말도 하지 않고 그녀의 등을 토닥거렸다. 그녀가 내 목을 감싸안았다. 라벤더 향기가 내 코를 강렬하게 마취했다. 그 어떤 식물성 물질 보다 더 강한 마약에 취해 나는 쓰러졌다. 나는 그녀의 가슴과 머리카락을 만지거나 깨물었다. 어릴적 미미의 통통하고 하얀 팔이 생각났다. 지나와 나는 허둥대며 서로를 탐했다. 내부에서 급박하게 소용돌이를 일으켰다. 내가 그녀의 옷매무새를 고쳐주고 방으로 돌아왔을 때 아직 일행은 잠에 취해 흐트러진 몰골을 하고 있었다. 나는 내 여자 친구 옆으로 가 그녀의 어깨에 머리를 대고 누웠다. 아침에 일어나자 지나는 머리가 아프다며 계속 두통을 호소했고 침대에 누워 있었다. 형이 그녀의 머리맡에서 찬 물수건을 갈아 끼우는 동안 나는 스키 장비를 손질했다.

세상은 공평한 것 같기도 하고, 아닌 것 같기도 해. 봄이 혼잣말로 중얼거렸다. 나는 말없이 그녀를 돌아보았다. 봄이 한숨을 쉬었다. 내가 너를 보며 무슨 생각하는지 모르지. 너는 하루하루 태양이 지는 시간을 기다리지. 나는 물론 길 위에서 만난 그 사람을 기다리는 일 말고 아무 의미가 없어. 그래 우리는 모두 기다리는 삶을 사는 거겠지.

봄의 볼때기가 불그스레 다홍빛으로 번져갔다. 할 수만 있다면. 우리는 동시에 그 말을 내뱉고는 서로 놀라서 아무 말도 못하고 쳐다보았다.

"휠체어를 밀고 해지는 쪽으로 가고 싶어."

"길 위에서 만난 분은 어떡하고요."

"이상하지, 해지는 쪽으로 가다 보면 그를 만날 것만 같아."

어쩌면 봄이 말이 맞는지도 모르겠다. 우리는 모두 그곳을 향해 가거나 어느 부분은 그 도정에 있다. 달이 서서히 자기 몸을 감추고 소멸해 가듯 그리하여 그믐밤의 어둠이 세상을 통째로 틀어쥐듯 우리들 생기 돋는 삶도 어느 순간 세상과 단절을 하고 캄캄한 어둠 속에 놓이게 될 운명을 살고 있는 것이다.

햇볕이 조금 엷어졌다. 오후 4시의 태양은 상처의 흔적을 간직하는 시간이다. 왕성했던 정오의 기운이 차츰 쇠잔하여 영광의 기억을 싸안고 스러져가는 시각이기도 하다. 삶이 서서히 쓰리고 아픈 기억을 간직하듯이. 나는 두 다리로 걸었던 추억을 회상하며 서서히 몸이 굳어짐을 느낀다. 물리치료를 정기적으로 하고, 한방 침술과 약을 먹는다한들 이 년째 막혀버린 혈맥은 복구가 불가능할 것이다. 나는 남아 있는 희미한 욕망을 지그시 누르며 오후 4시의 기우는 태양을 쳐다본다.

여름의 미행

이사를 하고 나서 자주 공원을 찾는다. 그네와 미끄럼틀과 사다리타기가 놓인 모래밭, 서너 종류의 나무와 꽃이 심어진 잔디, 보도블럭이 깔린 공원은 고만고만한 아파트 동네에 빼놓지 않고 등장하는 장식품처럼 진열돼 있다. 고민거리가 없는 삶처럼 지극히 단조롭다. 몇 걸음 옮기면 일요일 아침마다 초록 잔디밭으로 치자색 공을 넘기던 테니스코트가 자리잡고 있다. 여자는 자신이 방금 서성이던 5층 베란다를 훑어본다. 여자의 시선은 상가가 밀집된 도심으로 옮겨진다. 간판이 난립한 도심, 그 귀퉁이 어디에도 여자의 간판은 없다.

그린 톤의 유리문은 거무스름하게 내부를 차단하고 있어서 아무것도 보이지 않는다. 베란다에는 아침에 샤워 후 헹구어 널은 속옷이며 원피스가 무심하게 흔들린다. 옹기항아리가 놓였거나, 관엽식물의 실루엣이 드러나는 베란다, 붉은 꽃화분이 놓인 난간은 단조롭고 평이한 시간을 나타낸다. 여자는 붉은 꽃화분에서 시선을 거두며 하늘을 쳐다본다. 저녁 해가 차츰 붉거나 노랗거나 보랏빛으로 풀어져서 흐릿하게 넘어가고 있다.

여자는 자꾸 그쪽으로 눈길이 쏠린다. 남자가 숙였던 허리를 펴고 일어선다. 조금 후 남자는 다시 허리를 숙인 채 천천히 나무둥치며 풀숲을 들여다본다. 벌써 며칠째 남자는 같은 자리에 하루종일 앉아 있거나 뭔가를 찾아 헤맨다.

여자의 시선을 의식한 것일까. 돌아보던 남자와 순간적으로 눈이 마주친다. 여자는 눈을 크게 뜨고 놀란 표정을 짓는다. 남자는 여자의 표정이 재미있다는 듯 의자 위를 손으로 가리킨다.

"이 동네 사세요?"

"전에 유리라는 여자가 여기에 살았었죠."

남자는 거기까지 말하고 담배를 꺼내 문다. 남자의 말이 이상하게도 가슴에 들어와 박힌다. 살았었죠라니, 분명히 과거형이다. 휘파람을 불며 경쾌하게 일을 하던 남자의 행동을 떠올린다. 작업복에 공구를 매단 남자와 지금 옆에 있는 남자가 동일 인물이라는 게 믿어지지가 않아 혼란스럽다.

정 언니가 하던 가게를 인수한 뒤 웬만하면 그냥 쓰려고 했다. 그러나 온통 기름때로 벽지가 누렇고 전등갓에 낀 먼지는 닦아지지가 않았다. 열 평 남짓한 가게에 작은 방을 하나 들이는 작업은 만만치가 않았다. 바닥에 나뒹구는 공구와 페인트통, 전선줄이 뒤얽힌 바닦은 어수선했다. 남자의 허리에 매단 공구가 서로 어긋나며 마찰음을 내고 있었다. 남자가 바닥에 널린 전깃줄이며 연장을 걸어찰 때마다 여자는 커피를 내밀어야 하나 말아야 하나 망설였다. 차 다 식겠어요. 여자의 말에 남자는 시선을 한 번 주고는 가늘게 휘파람을 불었다. 그의 휘파람 소리가 풀피리처럼 실내를 휘돌았다. 남자의 청색 작업복 바지에는 무릎께에 주머니가 달려 있어서 연필을 꺼낼 때마다 다리를 치켜드는 동작이 웃음을 자아냈다. 남자의 일솜씨는 더뎠다. 느린 동작으로 작업을 하는 그의 태도가 다소 답답해보이긴 해도 신뢰감을 주는데는 부족함이 없었다. 그날 따라 남자는 일손을 놓을 생각을 안 했다. 점심 시간이 지나가고 있었다. 찬밥이 좀 있는데 괜찮겠어요? 여자는 정말이지 건성으로 물었을 뿐이었다. 그런데 남자가 기다렸다는 듯이 좋죠, 하는 바람에 밥상을 마주하고 앉았다. 평소 같으면 남자는 정확히 인근의 식당에서 한 끼를 해결하고는 종이컵의 커피를 홀짝이며 들어왔을 것이다. 여자는 시어버린 오이소박이를 입맛 다셔가며 먹어대는 남자의 식성과 빈 그릇을 경이롭게 바라보았다. 김치맛 끝내주네, 아가씨가 만들었어요? 남자는 싫지 않은 표정으로 국물을 들이켰다. 그일 이후 여자는 덥다 소리없이 땀을 흘리며 작업에 몰두하는 남자에게 컵라면을 내밀거나 꿀차를 타주곤 했다. 그래서였는지 남자는 화장실 입구의 스위치를 최근 유행 스타일로 교체해주고 패킹이 헐거운 수도꼭지를 조여주었다.

색이 바랜 나뭇잎이 발 밑에 떨어진다. 나뭇잎을 주워든다. 금방이라도 부서질 듯 말라버린 나뭇잎, Y를 떠올린다. 노란 저녁햇살이 포플라 가지 위에 쏟아진다. 바람이 불자 나뭇잎이 심하게 떤다. 여자의 눈빛이 축축하게 젖는다. Y를 마지막으로 본 건 이 년 전 여름이었다.

"잉카인들이 느리게 걷는 이유는 영혼이 미처 따라오지 못할까봐서예요. 가파른 길을 안내하던 짐꾼들이 돌연 멈춰 서서 가만히 있는 것도 그 이유죠."

여자는 바람 소리처럼 귀에 꽂히는 그의 말을 떠올리곤 침울해진다. 밤마다 대문 앞에 서서 그의 방 불빛을 바라보던 일들이, 나무 둥치에 등을 기대고 새벽 하늘이 희뿌옇게 밝아지던 일들이 아득한 날의 물결처럼 흘러간다. 너무 멀게 느껴지던 그의 방, 대문에서 성당 마당을 가로질러 육중한 건물이 있고, 그 건물 뒤채에 돌아앉은 Y의 방은 세상에서 가장 먼 길이었다. 지나가던 행인이 힐끔거리며 쳐다보는 것도 아랑곳없이 나무 그늘 밑에 주저앉아 Y를 기다리던 날들이 여자의 기억을 출렁거리며 적신다.

Y와 함께 산책을 나갔던 숲길이 기억 속에서 자꾸 혼돈을 일으킨다. 산길 양켠에 길게 이어진 구상나무가 전생의 어느 한 시점에 정지한 것처럼 선명하게 살아난다. 돌아서서 어둔 하늘을 응시하는 Y의 등, 그 등을 보며 막막한 심경을 다스리기가 힘들었다. 미등을 켠 채 세워둔 차 안에서 여자는 오래 그의 등을 보고 있었다. 불안에 사로잡혔다. 차 문을 열고 Y에게 다가가고 싶었으나 마음뿐이었다.

운전석에 앉아 시동을 켜는 Y의 몸에서 새벽 이슬의 눅눅함이 배어 나왔다. 끝없이 그 길이 이어지기를, 멈추지 말고 그대로 달려가기를 간절히 염원했던 밤이었다. 나를 잊어요, 나 같은 사람을 만나면 당신만 손해예요. 나를 잊어요, Y의 목소리가 꿈 속인양 들려온다. 늦도록 그를 기다리던 시간이 어제의 기억처럼 여자를 추억에 젖게 했다.

여자는 대문 앞 나무에 기대어 멀리 있는 그의 방을 쳐다보고 있다. 사람들이 모두 돌아가고 난 밤, Y는 무얼 할까. 여자는 조심스럽게 대문 앞으로 다가간다. 갈증이 나고 몹시 춥다. 감고 있던 눈을 뜬다. 내가 왜 여기에 있지, 여자는 주위를 두리번거린다. 축축한 바닥에 주저앉아 나무에 등을 기댄 여자의 눈에 변함없이 견고한 대문이 눈에 들어온다. 백 년 동안 열리지 않아 녹슨 것처럼 대문은 여전히 닫힌 채이다. 새벽의 차고 눅눅한 습기가 온몸을 덮쳐온다. 여자는 오한이 난 듯 몸을 심하게 떤다.

유모차를 끌고 나온 아기 엄마와, 지팡이를 짚은 노인이 어정거리던 공원은 오늘따라 조용하다. 자정이 넘도록 아이들의 고함 소리와 폭죽이 터지는 소음으로 뒤섞였던 공원에는 배드민턴 공이 여기저기 널려 있다. 공원을 사이에 두고 아파트 밀집지역과 그 반대편에 먹자골목과 학원가와 각종 상가가 뒤엉켜 있는 도시는 지구의 극점처럼 조용하거나 복잡했다. 가게는 이도 저도 아닌 공원 쪽의 귀퉁이로 밀려나 측면으로 숲이 보이는 다소 불리한 위치였다.

남자는 말이 없다. 남자가 말한 유리라는 여자에 대해서 잠시 생각한다. 그녀는 과거의 인물일까, 아니면 현재의 인물일까. 아까부터 줄담배를 계속 피워대던 남자가 일어선다. 남자의 소지품이 의자 위에 놓여 있다. 여행책자와 빈 담뱃갑, 그리고 그 옆에는 나뭇잎을 둥글게 만 고치가 여러 개 놓여 있고 굼벵이 허물도 보인다. 의자 밑에는 테니스공이 길게 늘어져 있다. 몇 발자국 가던 남자가 돌아선다. 근처 테니스장에 가끔 와요. 남자는 묻지도 않은 말을 내 뱉고는 가로수 그늘 속으로 사라진다. 남자의 눈이 깊고 어둡다. 깡마른 광대뼈가 도드라진 볼이며 검은 살가죽, 여자는 뜬금없는 남자의 대답에 픽 웃고는 길게 늘여놓은 테니스공을 들여다본다.

조금 후 여자는 남자가 앉았던 의자를 찾아 다리를 꼬고 앉는다. 남자는 무얼 보고 있었을까. 새로 칠한 붉은 자줏빛 지붕과 크림색 벽면이 산뜻한 아파트, 대로를 따라 늘어선 건축물들의 하얗고 견고한, 고급 장식재로 마감한 외관을 쳐다본다. 빨래가 걸렸거나 관엽식물이 비치는 베란다, 별다른 특징이 없는 풍경이다. 팔월의 늦은 오후는 대기가 무겁게 내리누르는 느낌이다. 어린 두 아들을 데리고 롤러브레이드를 타는 젊은 아빠의 머리카락이 땀에 젖어 나부낀다. 샌들 한 짝이 벗겨진 꼬마가 맨발을 들고 겅중거리는 모양새를 바라보는 늙은 남자와, 초조하게 핸드폰을 눌러대는 십대 소녀아이, 오후의 휴식을 취하러 나온 노인의 그림자가 의자와 한 몸이 되어 석양의 그늘 밑으로 잠겨든다.

평소보다 조금 일찍 눈을 뜬다. 해 뜨기 전의 대기는 심해의 푸른 물빛이다. 그 푸른빛이 서서히 엷어진다. 작업을 중단한 가게를 떠올린다. 가게 주인은 계약을 파기하고 직접 부동산 소개업을 할 심사였다. 아직 계약기간이 육 개월 가량 남아 있다고 버텼지만 이사비용을 내놓겠다며 다른 가게를 알아보라고 말했다. 여자는 이참에

하고 싶던 일을 해볼까하는 욕심도 있었다. 이불집이었다. 허기지고 추운 기억밖에 없는 여자에게 하얀 솜이 들어간 이불을 연상하는 것만으로도 따스함이 피어오른다. 가볍고 얇은 이불자락에 기대어 깊은 잠을 자고 푸근한 아침을 맞이하는 것, 남향의 창으로 비쳐드는 햇살이 안락한 인생처럼 풍성하게 넘실대는 것, 그 이상을 바란다는 것은 욕심이라는 생각을 했다. 자연이 주는 조건마저도 아무런 걸림돌이 없이 받아들일 수 없는 게 현실이라는 걸 여자는 너무 일찍 알았다. 세상을 더 깊이 알수록 여자의 마음에서 햇살은 밀려났다.

베란다에서 내다본 공원은 적막이 돈다. 머리를 붉게 물들인 여자 둘이 지나간다. 바람이 불자 햇빛을 받은 나뭇잎이 빛을 분사한다. 테니스공이 몇 개째 잔디밭에 떨어진다. 문득 공을 줍고 싶다는 생각이 든 것과 남자가 나타난 것은 동시였다. 여자는 유리문에 바짝 기대서서 남자를 살펴본다. 스스로 노가다라고 거침없이 말하던 그를 떠올리자 공연히 미안한 마음이 든다. 서둘러 토스트기에 빵을 굽고 커피물을 올린다. 가게 고치는 일을 끝마치지 못하고 그만두게된 이유를 들어 계약금액을 깎은 게 내심 걸린다. 대충 세수를 하고 립스틱을 바른다. 보온병 가득 커피를 담고 사과잼을 바른 토스트를 랩에 싼다. 산책 나갈 때 들고 다니던 바구니에 그것을 담고 겉옷을 걸친다.

햇볕은 조금 게으르게 풀어지고 있다. 공원을 가로질러 가던 학생들도 보이지 않는다. 돌연 쇠톱날 소리가 귀청을 파고든다. 모자를 쓴 사람들 대여섯 명이 트럭에서 내리더니 입구에서부터 잔디를

깎고, 풀을 갈퀴로 걷어내기 시작한다. 이제 햇빛은 구석구석에 퍼져 나른한 하루를 예고한다. 이른 아침의 햇살은 내숭 떠는 처녀의 마음과 같다. 절대로 헤프지 않다. 나뭇잎에 수줍게 한 움큼씩 금빛 가루를 뿌려대다가 다른 잎새로 옮겨가곤 한다. 남자는 여자가 내미는 커피를 받는다. 대기의 기온이 차츰 달아오른다. 귀청을 긁어대던 톱니바퀴도 어느새 사라지고 나른한 적막이 흐른다.

"넥타이 맨 것 첨 봐요."

"나 같은 노가다는 넥타이 매면 안 돼요?"

남자는 퉁명스럽게 내뱉고 여자는 웃는다. 남자가 겉옷을 벗어 의자 위에 던져놓는다. 청첩장을 받았는데 장소를 까먹었다고 말하는 남자의 얼굴에 어두운 그림자가 스쳐간다. 그러면서도 안타까워하거나 조바심을 내지 않는 것으로 보아 남자는 그 결혼식에 별로 흥미가 없다. 나중에 잠깐 얼굴을 비쳐야겠다고 변명을 하는 남자의 입술이 바짝 말라 각질이 일어날 것 같다.

오전 열 시쯤의 아파트는 베란다 난간에 붉은 꽃화분이 더욱 살아나는 시간이다. 모든 아름다운 것, 행복, 선한 것은 거저, 쉽게 얻어질 수 없다는 것을 여자는 안다.

"유리는 말했죠. 자기는 생명이 없는 조화라고. 세상에 어떤 도움도 줄 수 없는 무익한 존재라고."

남자는 갈증이 나는지 단숨에 커피를 마신다. 침묵이 흐른다. 유방을 잘라냈다고 했던가. 아직 어린 그녀는 감당하기 어려웠으리라. 파트너가 수시로 바뀌면서도 생명에 대한 갈망으로 외로워하던 정 언니가 떠오른다. 정 언니는 산부인과에 정기검진을 받으러 갈 때마다 자궁에 이상은 없는지, 아기집은 안전한지, 임신은 가능한지, 끊임없이 확인했다. 그러고 보면 자신 역시 아무 쓸모 없는 시간을 보내고 있는 셈이다. 아이를 품어보지 못한 여자의 생은 사막이라고 정 언니가 말했던가. 그 생각을 하자 여자는 우울해진다.

다시 한번 5층 베란다를 올려다본다. 엘리베이터 없는 오층 아파트, 이른 봄, 정 언니가 당분간만 와있으라고 해서 간편한 짐만 꾸려 옮겨왔다. 아주 늦은 시간에 정 언니가 술에 취한 그의 애인과 함께 문을 거칠게 따고 들어와 얕은 잠을 방해하는 것을 빼곤 호사스러운 시간이었다. 협소한 골목들, 낡은 집들, 싸구려 술을 주문하고는 새벽까지 밍기적거리던 사내들이 스쳐간다. 이번에는 진짜야. 정 언니의 소원은 돈 많은 남자를 만나 외국으로 이민을 가서 과거의 흔적을 지우는 일이다. 몇 번이고 바뀐 정 언니의 파트너가 늦은 밤 샤워를 하고 물기를 뚝뚝 흘리며 알몸으로 거실을 나돌아다니는 장면을 더 이상 보지 않기를 진심으로 바라고 있다. 돈 많은 남자를 확실하게 물어서 그녀가 이 땅을 떠나기를, 늦은 밤 정 언니의 과장된 오르가즘 연기에 뒤척이며 한 남자의 환영에 괴로워하지 않기를 바랄 뿐이었다. 이번에는 진짜야, 믿어도 돼. 매번 똑같은 말을 들은 지도 열댓 번, 아니 스무 번이던가. 가게 인수 얘기가 나오면서 여자는 정 언니의 길고 지루한 기다림에 행운의 여신이 미소를 보내주었다고 생각한다.

밝던 하늘이 어두워지며 번개가 빛의 화살을 마구 쏘아댄다. 유리창이 흔들린다. 움찔 어깨를 움츠리는 여자의 표정이 일그러지고 그 속에는 고압선의 전류처럼 불온함이 감돈다. 번개가 지나가며 주위가 밝아졌다 다시 어두워진다. 남자는 천천히 일어나 팔을 흐느적거리며 걸어간다. 화장실에서 나온 남자가 앞섶 주머니를 뒤적거리더니 담뱃갑을 뜯는다. 공원에는 푸들푸들 살아난 나무와 잔디가 짙은 초록빛 색감으로 깊어진다.

허탈한 표정으로 허공을 쏘아보던 남자는 의자 위에 아무렇게나 던져둔 담뱃갑을 집어들고 한 개비를 꺼낸다. 그의 손이 미세한 경련을 일으킨다. 노동으로 단단해진 그의 손에 잡히면 빠져나올 것 같지 않다. Y의 기다란 손은 여리고 따뜻해보였다. Y의 손을 만지고 싶은 욕망이 여자의 가슴 안에서 융기를 할수록 그의 손은 언제나 단정하고 정갈한 표정으로 찻잔을 잡곤 했다.

여자는 자신도 한 개피를 달라고 해서 입에 문다. 남자가 불을 붙여준다. 연기를 길게 내뿜으며 남자는 다시 말을 잇는다.

"그 여자, 정말 아름다웠죠, 눈앞에서 유리가 몸을 날릴 때 나는 아무것도 할 수 없었어요, 파도가 워낙 셌고…… 유방암 절제수술을 받았다는 것을 나중에야 알게 됐죠."

말을 마친 남자가 몹시 힘들다는 듯 지친 표정을 짓는다. 혹시 보문사로 가는 바닷길이 아니었나요, 묻고 싶은 것을 눌러 참는다. 검은 물결이 뒤척이며 흐르던 바다가 또렷이 살아난다. 물결 파동이 고스란히 전달되는 듯하다. 그날, 바닷가 언덕에 서 있지만 않았어도, Y를 만나지만 않았어도, 그런 가정이 아무 소용이 없다는 것을 스스로가 너무나 잘 안다. Y의 심장이 급박하게 뛰는 것을, 그의 호흡이 거칠어지며 부축하는 팔이 전율하듯 떨리는 것을 느끼면서부터 돌연 퉁명스럽고 냉엄하게 변해버린 Y를 그녀는 이해할 수 없다. 망막이 흐려진다. 날아가는 새떼가 잡혔고, 흐린 하늘 너머 검푸른 물결이 뒤척이고 있다. 언덕 위에 지어진 빨간 지붕의 찻집에서, Y와 마주 앉아 마시던 허브차의 향기가 아직도 혀끝에 감겨드는 것 같다. 천국과 연옥 사이에는 다리가 있으며 연옥 영혼이 그 다리를 건너 천국에 이르자면 사랑이 기준이 된다고 말하던 Y.

Y의 표정에서 어두운 그림자가 스쳐가는 것을 놓치지 않는다. 붉은 어둠이 차츰 도시를 서서히 포위해오고 있다. 깊은 어둠이 여자를 휩싸고 돈다. Y는 더 수척해보인다. 꾹 다문 조개입처럼 입이 떨어지지 않는다. 무슨 말을 꺼내야 할지 아무런 생각이 나지 않는다. Y는 턱을 고이고 뭔가를 생각하는 듯하다. 고백성사를 봤어요, 유혹이 있는 곳에 은총이 있다고 노老신부님은 말했죠. 말을 마친 Y가 창 밖을 내다본다. 그는 여자의 시선을 피하며 두 손으로 찻잔을 꼭 감싸쥔다. 여자는 그 손을 만지고 싶다는 충동에 사로잡힌다. Y의 손이 움직일 때마다 속으로 마른침을 삼킨다. 어둠으로부터, 혼돈의 깊은 동굴로부터 벗어나게 해줄 것만 같은 그의 손, 자신의 몸을 더듬는 손의 환상에 빠져들던 여자는 차 다 식겠어요, 라는 그의 말에 퍼뜩 정신이 든다. 수족관의 공기방울이 반복해서 끓어오른다. 물방울 소리가 여자의 가슴에 낮게 흘러간다. 그 미세한 소리는 파문을 일으키며 차츰 요동친다.

"외로움도 때로는 힘이 되는 법이죠."

여자는 그가 무슨 말을 하려는지 알아챈다. 손톱을 만지작거리던 여자는 고개를 숙인 채 입술을 깨문다. Y의 어두운 눈빛이 건너다본다. 그건 당신의 사랑법이죠, 여자는 목구멍까지 차오른 그 말을 삼킨다. 식은 차를 다 마시고 일어서서 계단을 내려가는 Y의 둔탁한 구둣발 소리, 그 소리가 영혼에 새겨진 문신처럼 남는다. 나를 피해가고 싶었겠죠, 나 같은 여자, 모두들 그랬으니까요. 외로움도 힘이 된다고? 여자의 시야가 흐려진다.

본격적으로 가게를 시작하기 전 여자는 할 일이 그것밖에 없는 듯이 하루종일 들창에 매달려 살았다. 작은 창을 통하지 않고서는 세상을 알 수 없다는 듯이 지나가는 사람들의 표정이나 몸짓, 옷차림을 쳐다보며 그들을 멍청하게 지켜보곤 했다. Y를 만났을 때 여자는 의욕을 잃고 주저앉아 지루한 시간을 못 견뎌하고 있었다. 그날 슬리퍼를 꿰어 신고 밖으로 나와 노랫소리가 나는 문으로 조심스럽게 다가갔다. 문이 열린 건물 안을 기웃거렸다. 그때였다. 헛기침 소리에 뒤를 돌아다보았다. 검은 수단에 로만 칼라를 한 신부神父가 놀란 눈빛을 하고 여자를 뚫어지게 쳐다보았다. 아, 안녕하십니까. 여기는 어쩐 일이시죠? 신부가 아는 척하는 바람에 목례를 하며 뒷걸음질친다. 알 수 없는 일이었다. 분명 신부는 여자를 아는 듯하다. 반곱슬머리의 신부는 서른 중반 정도로 보인다. 그에게 관심을 집중하고 있을 때 주인 여자가 호기심이 가득한 얼굴로 쳐다본다.

그날 저녁, 붉은 불빛이 첨탑 끝에 걸렸을 때에야 화장터에서 그녀를 위로하던 목소리를 떠올린다. 여자의 눈에 슬픔이 어린다. 버스와 승용차가 빽빽이 서 있는 건물 마당에서 여자는 관을 따라 건물 안으로 들어가는 일행들과 마주친다. 상주들은 지친 표정이었고 조금 후 그녀의 귓등으로 울음소리가 한꺼번에 터져 나온다.

흙바닥에 아무렇게나 주저앉아 오열한다. 소복 치마가 둘둘 말려 신발에 걸리는 줄도 모르고 질긴 울음을 토해낸다. 여자는 고개를 쳐든다. 저만치 까만 수단을 입은 남자가 걸어가다가 힐끗 뒤돌아본다. 그의 손에 묵주가 쥐어져 있는 게 보인다. 정 언니가 주머니에 늘 넣고 다니던 묵주였다.

아, 비로소 그 목소리를 기억해낸다. 그 신부神父였다. 남편을 화장하던 건물의 마당에서 그를 위해 기도하라고 하던. 여자는 집으로 들어와 타일 깔린 부뚜막에 주저앉는다. 주인 여자가 부엌을 기웃대다가 바가지에 수돗물을 들이키고는 에이그, 젊은 여자가 무슨 낙으로 사나, 중얼거리며 문을 닫고 나간다. 여자는 가게에 나가 페인트를 새로 칠하고 실내장식을 하느라 잠을 줄여가며 일한다. 뒷정리를 하고 집으로 오는 시간은 늘 새벽이다. 방문을 열자 하수구 냄새가 풍겨온다. 순간적으로 여자의 표정에 그늘이 스쳐간다. 두 칸짜리 방과 부엌이 딸린 집. 세탁기를 들이기에는 터무니없이 좁은 부엌이다. 여자는 가루비누를 풀어 이불을 담근다. 가스에 물을 데우며 부뚜막에 주저앉아 담배를 한 대 문다. 모든 것 팽개치고 멀리 달아나버릴까. 유혹이 여자를 충동질한다. 담배가 타들어가는 짧은 시간. 여자는 한숨을 길게 내쉬며 담배 꽁초를 비벼 끈다.

세면 바닥에 주저앉아 이불을 빤다. 눈이 자꾸 감긴다. 여자가 한밤중에 빨래를 하기 시작한 것은 남편이 죽고 나서였다. 부옇게 하늘이 밝아올 때까지 빨래를 하고 나면 편안한 휴식에 젖어들 수 있고 그것이 버릇이 되었다. 열린 문틈으로 골목의 가로등이 비춰든다. 수돗물 흐르는 소리가 밤새 난다. 거품이 계속 생기지만 여자는 비틀어 짜고 헹구기를 반복한다. 어깨가 뻐근하다. 며칠째 눈을 붙이지 못했다. 양주병을 진열하는 선반과 부엌, 의자의 개수를 최대한 들일 수 있도록 실내를 꾸미는 동안 여자는 피곤을 눌러가며 일을 한다. 이불을 건져올리던 여자는 현기증이 나며 쓰러진다.

정신을 차린 시각은 정오 무렵이다. 어렴풋이 누군가 부르는 소리를 들은 것 같다. 바깥으로 난 문을 내다본다. Y 신부였다. 한번도 느껴본 적 없는 고요와 침묵이 휩싸고 돈다. 잠시 멍한 상태에 빠진다. 아무것도 생각나지 않는다.

운전을 하는 신부에게 힐끗 눈길을 던진 여자는 다시 창 밖을 내다본다. 나무와 수수밭과 벼포기들이 흔들린다. 들판은 온통 초록 축제이다. 여자가 세상의 한 귀퉁이에 발을 뻗기 위해 험난한 시간을 보내는 동안에도 그녀를 둘러싼 환경은 축제의 나날이다. 가까운 국내 여행조차 가볼 사이 없이 일을 했어도 늘 그 자리를 맴돈다. 뉴스에서는 해외 여행 인파로 공항이 붐빈다는 소식이 연일 쏟아졌으며 해수욕 인파의 수를 비교하는 리포터들의 안내도 뒤따른다. 여자는 한 번도 햇빛의 원무 속에 어우러져 살아온 적이 없음을 상처의 잔흔처럼 간직하고 있다. 신부가 갈림길에서 병원이라고 쓰인 표지판이 가리키는 곳으로 핸들을 꺾는다.

"저, 병원에 안 가겠어요. 제발, 부탁이에요."

여자의 말에 신부가 속도를 늦추며 갓길에 승용차를 세운다.

"정말, 괜찮겠어요?"

신부가 걱정스럽게 묻는다.

"저는 괜찮아요. 버스 정류장 앞에 세워주세요."

여자의 말에 신부는 한참 생각하더니 고개를 끄덕인다.

낯선 길이다. 얼마쯤 가다가 신부는 차를 세우더니 약국에서 드링크를 한 상자 사서 여자에게 내민다. 여자는 그날 자기 자신을 먼저 사랑하라고 말하던 신부와, 저녁놀이 붉게 타오르던 바닷가 언덕을 떠올린다. 보문사로 가는 뱃길이 끊어진 선착장은 한가했고 물결만이 출렁인다.

"해질 무렵의 바다는 아름답죠, 신비한 힘이 느껴져요. 저 바다를 바라보다가 자살한 사람이 있대요, 그러니 너무 긴 시간 서 있지 말아요."

신부가 걱정스럽게 말한다. 석양에 반사된 물결이 황금빛으로 빛난다. 넓은 대양을 향해 흔들리는 해면을 보고있노라니 자신의 몸이 자꾸 기울어지는 느낌에 어지럽다. 찻집에서 허브차를 마시며 여자는 어릴 적의 가난했던 기억, 남편을 만나기까지 혼자 살아온 날들에 대해 이야기를 한다. 현실이 팍팍한 자일수록 꿈은 늘 아름답다. 그러나 그 꿈은 너무 멀리 있다. 서서히 도시를 포위해오는 밤처럼 가파른 오르막길을 힘겹게 오르곤 했던 여자에게 삶은 늘 숨이 차다. 옥죄는 느낌이다. 풍요 속에 잠겨 있는 자들은 결코 아름다운 꿈 따위 꾸지 않는다는 것을 여자는 알고 있다. 여자 나이 서른셋. 무엇으로 살아야 하지. 세상으로 한 발을 디밀던 열아홉 살 때의 두려움이 다시 온몸을 휘감는다.

그날 밤의 일이 잔물결처럼 여자의 가슴에 찰랑인다. 몸살 기운이 있어서 새벽 1시쯤 문을 닫았다. 차량의 불빛이 드물게 지나갔고, 골목은 어두웠으며 취객의 비틀거리는 정경이 가끔 눈에 들어왔다. 그때 한 떼거리의 청년들이 어깨동무를 한 채 노래를 부르며 오고 있었다. 그것은 노래가 아닌 괴성에 가까웠다. 여자는 걸음을 멈추고 담 옆에 바짝 몸을 붙이고 그들이 지나가기를 기다렸다. 가로등 불빛에 그들의 얼굴이 들어온 순간 여자는 너무 놀란 나머지 숨을 쉴 수가 없었다. Y였다. 그가 청년들의 일행에 끼여 고래고래 소리치고 있었다.

그 일이 있은 지 얼마 후 Y가 찾아왔다. 오후 4시 무렵의 가게는 한산하다. 얼음을 띄운 칵테일을 그는 단숨에 비운다. 며칠 전 밤의 일이 전혀 낯설게 느껴질 만큼 그의 표정이 단아하고 정돈돼 보여서 여자는 꿈을 꾼 게 아니었나 하는 생각이 든다. 신학교 동기생을 만났어요. 지방에 내려갔다가 카스테레오가 찢어졌대요. 한밤중 산길에서 볼륨을 최대로 높여 음악을 틀고는 액셀레레이터를 있는 대로 밟았다나요. 경찰차가 따라오면 어떡하냐고 했더니, 그런 일은 없었다고 말하는 녀석과 한바탕 웃었어요. 당신도 그러고 싶어요? 여자의 말에 Y는 시선을 돌린다. 그는 대답 대신 조용히 일어선다. 바윗덩이가 가슴을 지그시 짓누른다. 어두운 동굴처럼 웅크린 심연에서 회오리가 몰아쳐 온다. 여자는 Y가 온전히 자기 사람이 될 수 없다는 것을 안다.

하늘이 갑자기 어두컴컴해지기 시작한다. 여자는 서둘러 보자기를 접어 바구니에 담는다. 남자는 느긋하다. 비가 올 것 같네요, 저는 그만 가봐야겠어요. 여자가 일어선다. 남자는 아무 말없이 허공을 노려본다. 돌연 남자가 벌떡 일어나 앉는다. 여자는 자리를 뜨려다 말고 묻는다.

"왜 그녀를 붙잡지 않았죠?"

"왜, 라구요."

남자가 곤혹스러운 낯빛으로 여자를 본다. 왜냐면…… 왜냐하면, 그때 난, 수행승려였거든요. 여자로 인해 내 의지가 무너질까 겁났던 거죠. 남자는 여자의 눈길을 외면하고 허공을 바라본다. 당신은 비겁해요. 그런들, 공덕이 무슨 소용이죠, 당신의 행동은 범부보다 나을 게 없다구요. 여자의 목소리가 높았는지 지나가던 사람들이 쳐다본다. 남자의 표정이 굳어진다. 그녀가 죽고 나서 나는 무간지옥의 고통을 겪었어요. 파계가 두려워 한 생명을 방기한 내가 과연 수행승의 자격이 있을까요. 유리가 죽고 나서 더 이상 정진할 수가 없었어요. 그래서 하산한 후 건설현장을 따라다녔죠, 그때 배운 기술이 밥벌이 수단이 됐어요.

"그때……만약, 적극적으로 붙잡아주었다면……유리는 죽지 않았을까요?"

그때 만약, 그랬다면 폭풍처럼 휘말렸을까요, 여자는 남자가 그렇게 말한 것이 아닐까, 잠시 엉뚱한 상상에서 깨어난다. 남자가 의혹의 눈길로 여자를 쏘아본다. 그 눈빛에 고통이 일렁인다. 남자가 유리라는 여자의 망령에 사로잡혀 자신의 인생을 소진하고 있다는 것을, 평생 그녀의 허상에 사로잡혀 고통 속에 죽어갈 것만 같은 어두운 예감이 스쳐간다. 여자는 멀리서 숲이 한 덩어리가 되어 일렁이는 것을 보며 일어난다. 나무들이 지친 듯 가지를 늘어뜨린 채 대기 속에 잠겨드는 것을 본다. 해저도시처럼 자욱히 가라앉는 것 같다.

현관문 따는 소리에 신경을 모으며 문을 연다. 옆집 새댁이 아기가 있으니 조용히 해달라고 말했던 게 이틀 전이다. '아리아'를 연속으로 들었던 날이다. 첼로의 장중한 선율과 목소리를 위한 협주곡이 여자의 심경에 파고들어 흔들어놓곤 해서 여자는 자신도 모르게 빨려들어간다. 그 곡은 자살 충동을 느끼게도 하고, 그 유혹으로부터 탈출하고 싶게도 만드는, 묘한 곡이다. 문을 두드리던 옆집 새댁은 안을 힐끔대며 아기가 잠에서 깨어 칭얼댄다고 말했다. 음악소리를 줄이며 그제서야 여자는 벌써 다섯 시간째 같은 음악만 듣고 있었음을 알았다.

집 안에 들어서자마자 소나기가 쏟아진다. 유리창이 물방울로 얼룩이진다. 통유리를 타고 흐르는 빗줄기. 후끈 흙 냄새가 올라온다. 남자는 비를 맞으며 그냥 앉아 있다. 농구 골대가 있는 모래 운동장이 붉은 황토물로 덮이기 시작한다. 초록의 대지 속에서 오직 운동장만이 뽀얀 속내를 드러내고 있다. 나뭇잎들이 한꺼번에 흔들린다. 끊임없이 물방울을 털어내며 몸체를 보호하려는 잎새의 몸짓에서 여자는 제 그늘로 자신을 감싸는 나무의 영혼을 보는 것 같다. 멀리 하늘과 숲의 경계가 사라지고 어느덧 아파트와 길과 공원이 안개 속으로 가라앉아버린다. 여자는 다시 아리아를 듣는다. 여자의 눈자위가 떨리며 눈가가 축축해진다. 여자는 아주 낮은 고도로 위험한 곡예를 하는 새떼들에게서 눈을 떼지 못한다.

Y를 마지막으로 본 것은 2년 전 8월 하순의 저녁이었고, 그를 만

난 지 한 달째 되는 날이기도 했다. 전례가 끝난 성당은 문이 닫혔고 사람들도 보이지 않았다. 여자는 천천히 계단을 밟고 올라서서 대문 앞에 이르렀다. 문을 밀자 육중한 나무 대문이 열리며 제대 맞은편의 촛불이 흔들렸다. 문은 소리없이 닫히고 스테인드글라스 유리를 통해 들어온 빛이 희미하게 내부를 비치고 있었다. 여자는 구석 자리에 힘없이 주저앉았다. 뭔가 움직이는 기척에 숨을 죽였다. 제대 앞 맨 앞좌석에 누군가 십자가를 바라보고 있었다. Y였다. 그를 부를까 하다가 참았다. 촛불이 일렁였다. Y는 바윗덩이처럼 꼼짝하지 않았다. 희미한 어둠, 검은 물체, 해저로 침몰한 잠수함처럼 고요함이 깔렸다. 여자는 Y의 뒷모습을 오랫동안 지켜보았다. 한생을 살아낸 그루터기처럼 굳어 있는 검은 동체. 여자는 조용히 일어섰다.

"Y 신부님은 로마에 가셨는데요."

"로마요?"

"유학 말이에요. 공부를 더 하신다고."

성당 마당을 쓸던 나이든 노인은 담담하게 말하고는 긴 빗자루를 들고 뒤채로 돌아나갔다. 여자는 뒤통수를 맞은 듯 한동안 그 자리에 서 있었다. Y에게 전화를 했다. 자동응답기의 앤서링이 돌았다. 저예요, 예전의 도시로 돌아갈 거예요. Y에게서는 아무 반응이 없다. 혹시 연락이 오지 않을까, 찾아오지 않을까. 여자는 지그시 입술을 깨문다. 짐을 꾸려놓고 이틀을 더 지체한다. 행상인의 발짝 소리에도, 수돗물이 새는 소리에도, 문짝 귀퉁이가 흔들리는 소리에도 여자는 혹시 그가 찾아왔을까 싶어 귀를 오무린다.

택시를 탈까 하다가 버스를 기다린다. 짐이라고는 큰 가방 한 개였다. 자잘한 살림도구들은 부서졌거나 귀퉁이가 깨졌거나 해서 버려두고 각종 양념들은 주인 여자에게 주어버렸다. 주인 여자는 카펫을 받아들고 입이 벌어진다. 여자에 대한 소문을 흘리고 다녔던 주인 여자의 면상이 전리품을 취한 병사처럼 실룩거린다.

투명 유리문으로 만든 한 평 남짓한 승강장이 열기로 후끈거린다. 8월의 폭양이 폭포수처럼 나무들이며 길 위에 쏟아져내린다. 챙 넓은 모자를 쓴 여자의 목덜미 위로 땀이 번들거린다. 맹렬한 기세로 뻗어가는 검푸른 수목이며 들판 가득 출렁이는 나락, 인상파 화가의 풍경에 나올 듯한 몇 그루의 키 큰 미루나무 사이로 마을의 지붕들이 보인다. 부모 잘 만났으면 세계적인 화가가 됐을 텐데. 정 언니는 혼자 그림을 그리다 감추는 여자를 보고 안됐다는 듯 말한다. 여고 때 전국 공모전에서 우수상을 받은 적이 있는 여자는 유난히 색깔에 민감하다. 정 언니 말대로 제대로 그림 공부를 했다면 아마도, 자신은 지금쯤 인상파의 후예가 됐을지도 모른다는 생각이든다. 여자는 쓸쓸하게 웃는다. 하늘은 불덩어리가 끓고 있다. 말복과 처서를 지났지만 둥근 해무리가 아직은 그 열기를 꺾지 않겠다는 듯 이글거린다. 강렬한 빛의 파장이 순간 여자의 눈을 찌른다. 매미 소리가 뚝 그치며 자줏빛 승용차 한 대가 빠른 속도로 지나간다. 마른침을 삼킨다. 운전석에 앉은 사람은 검은 선글라스를 낀 아가씨였다. 포도밭 가장자리에 참새 떼가 몰려다니고, 산비둘기가 유유히 포도밭을 지나 들판 쪽으로 날아간다. 철조망으로 둘러쳐진 포도밭은 무성한 줄기들이 얽혀 어두컴컴하다. Y와 자신 앞에 가로 놓인 철책도 저 포도밭처럼 어둡고 무성한 줄기들로 막혀있는 건 아닌지. 야생 고양이 한 마리가 철책을 타넘는 게 보인다. 버스가 둔탁한 몸체를 기우뚱거리며 달려오고 있다. 가방을 든 여자는 다시 한 번 포도밭 어귀를 바라본다. 변함없이 견고한 철조망이 희게 빛난다. 여자는 자주색 열병에 시달린다. 거리에 넘쳐나는 자동차 물결들, 온통 붉은 자줏빛 승용차들로 넘쳐나는 것 같아 가슴이 벅차오른다.

여자는 긴 과거의 통로에서 벗어나 빗소리를 듣는다. 그의 카스테레오가 터진 건 아니었을까. 뜨거운 물을 준비하면서도 여자의 눈길은 창 밖에 있다. 설탕 조각이 들어가자 잔 속의 커피가 부글거린다. 며칠 지나면 새 가게로 짐을 옮기고 다시 시작할 참이다.

비가 그쳤다. 남자는 아직도 그곳에 있다. 한 그루 나무처럼. 그러나 남자는 그늘이 없다. 여자는 둥그스름하게 솟아난 공원의 둔덕과, 그 둔덕에 가지런한 포플러나무들과 잔디를 바라본다. 햇빛이 봇물처럼 넘쳐흐르다가 정지해버린다. 적막이 찾아든다. 어느 순간 남자가 테니스공을 들더니 길게 팔을 뻗어 던진다. 공은 멀리 날아가버렸다. 남자는 다시, 남아 있는 공을 차례차례 던진다. 공은 가볍게 안개를 뚫고 어딘가로 날아간다.

봄의 부케

그와 헤어진 날 엄마에게서 전화가 왔다.

'롱비치'는 캘리포니아의 해변 카페를 그대로 재현한 듯했다. 해외연수단 일행으로 캘리포니아에 잠시 들러 오렌지 주스를 마시던 장면이 살아났다. 그리스풍의 백색 건물은 겉으로 보기에는 단조로웠으나 내부는 미국 남부지역의 전형적인 농가를 연상케하는 구조로 장식되어 있었다. 칠면조와 청바지를 입은 농부의 인형이 창가에 진열되어 있고 천을 씌운 소파의 색상이며 전체적인 인테리어가 밝고 산뜻했다. 엄마는 이 집에서의 한 끼 식사를 위해 몇 번을 지나쳤을 것이다. 음식 냄새 배인 앞치마를 팽개치고 짧은 시간이나마 자신만을 위해 보내고자 집착하는 엄마의 모습이 한낮의 우울처럼 스쳐갔다.

수화기 속의 엄마 목소리는 톤이 들려 있었다. 엄마의 얼굴을 못 본 지 꽤 되었다. 그녀의 목소리를 들으며 내 의식 안에 지나온 시간에 대한 연민이 주름처럼 포개졌다. 엄마는 생의 큰 고비에 맞닥뜨릴 때마다 감정의 격랑을 교묘히 숨길 줄 알았다. 외할아버지의 부음과 네 번째 남자로부터의 결별 선언을 들었을 때도 아무렇지 않은 듯 태연히 외출준비를 하고 립스틱을 덧발랐다. 그러나 엄마의 손끝이 떨리고 있다는 것을 나는 알았다. 정수기에서 물을 받아 마시는 엄마의 목 언저리가 흘러내린 물로 흥건히 젖어든 기억을 떠올리며 유리잔에 반쯤 줄어든 물을 마저 마셨다.

스무 살이 넘으면 혼자만의 방이 필요한 거야. 대학에 입학하던 봄, 엄마는 방을 따로 얻어주며 꽤나 진지하게 말했다. 좁은 방에서 이모들과 복닥거리며 살았던 엄마는 열네 살 때 처음으로 자기만의 방이 절실함을 깨달았다고 했다. 그 무렵 엄마에게는 첫 이성 친구가 생겼는데 밥을 먹거나 잠을 자거나 공부시간에도 남학생의 모습이 아른거려서 심장이 터질 것 같았으며 눈치 보지 않고 연애편지를 쓸 수 있는 방, 이것이 엄마가 방을 얻어주며 내세운 논리였다. 솔직히 나는 엄마와 함께 사는 게 조금 피곤했다. 생에 대해 터무니없는 환상을 품고 사는 엄마의 미련함이 싫었다. 더구나 나는 엄마처럼 질리도록 떠올릴 남자도 없었고 애초에 남녀 간의 사랑 따윈 믿지 않았다. 우리 모녀를 처음 보는 사람들은 자매간이거나 친구로 봐주었다. 나도 가끔은 그렇게 착각을 하곤 한다. 엄마와 나는 열여섯 해의 세월을 두고 모녀간의 인연을 맺었다. 고1 때 서클에서 만난 남학생과 단 한 번의 실수로 덜컥 임신이 된 뒤 겁이 난 엄마는 가출을 했고 남들보다 몇 년은 앞질러서 세상에 뛰어들었다. 생각해보면 엄마에게는 연애시절이 없었다. 어쩌다 한 번 만난 남학생과의 사건은 어두운 밤을 가로질러간 빛살처럼 너무나 짧았고, 그 대가는 혹독했다. 로맨틱한 시간도 없이 흘려보낸 세월에 대해 결핍된 욕망을 간직하고 있는 엄마가 말끝마다 근사한 연애를 내뱉는 것이 지겹다 못해 철딱서니없어 보였다. 젓갈 냄새 나는 앞치마를 벗어 던진 엄마가 매번 남의 식당에 순례하는 광경은 도무지 이해할 수 없었다. 그 어느 시기, 밤마다 어둔 하늘을 바라보며 발코니를 서성대던 엄마가 어둠 속의 불빛처럼 그녀 안에 사그라지지 않을 불꽃을 피워내려 애쓰는 모습은 내 안에 쓸쓸한 그림자를 드리웠다. 시장 사람들을 상대로 해장국을 팔며, 그들과 걸쭉한 농담을 주고받으면서도 어느 순간 외출복으로 갈아입고 남의 식당에서 우아하게 앉아 밥을 먹는 것은 비천한 과거에 대한 콤플렉스일 것이다. 나는 우울한 생각을 떨쳐버리고 에어컨 바람으로 서늘해진 팔을 문질렀다.

"오래 기다렸어?"

흰 셔츠에 검정 나비넥타이를 맨 남자의 안내를 받으며 엄마가 내 쪽을 향해 말했다. 빨강 원피스 차림의 엄마는 양산을 접으며 맞은편에 앉았다. 향수 냄새가 풀썩 올라왔다. 갈색이나 검정 톤이 주조를 이루는 내 옷을 보며 늙은이같이 칙칙한 것만 찾는다고 구시렁거리는 엄마는 색깔이 운명을 바꾼다고 믿는 쪽이었다.

"무슨 바람이 불었수."

"쌀쌀맞기는…… 딸년 얼굴 잊어먹겠다."

눈을 흘기는 엄마의 얼굴을 쳐다보며 나는 기분이 가라앉았다. 월요일 아침의 일 때문이었다. 월요일이면 항상 나를 먼저 맞아주던 화병이 그날 따라 보이지 않았다. 나는 그의 책상을 건너다보았다. 그는 신입사원으로 갓 들어온 미스 송과 복도에서 커피를 마시고 있었다. 그냥 지나칠 수도 있는 문제였다. 그러나 내가 출근한 기척을 느꼈을 텐데도 그는 돌아보지 않았다. 무심코 새로 온 미스 송 책상 위로 시선을 돌린 나는 갓 피어난 꽃들이 마치 어린 소녀들의 피부처럼 신선하게 흔들리는 것을 확인하고는 씁쓸한 심정이 되었다. 엄마에 대해서도 숨김없이 드러내놓는 것 또한 그에 대한 배려라는 것을 모르는 것인지. 나는 엄마의 성을 딴 내 출생과 가계에 대해 숨기고 싶지 않았고, 당연히 알려야한다고 믿었다.

그를 내 방에 최초로 불러들인 후 나는 보조키의 비밀번호를 바꾸었다. 오랫동안 동굴에 웅크려 있다 나온 아이처럼 조금은 불안한 표정으로 그와 마주 섰을 때 나는 갇혀 있던 지난 시간의 어둠이 내려다보고 있다는 것을 알았다. 나는 서둘러 술병을 땄고, 그와 술잔을 부딪쳤고, 조금은 술의 기운에 의지해서 나를 끌고 가려는 그 기억으로부터 벗어나려고 발버둥쳤다. 햇볕이 들지 않는 응달의 식물처럼 오그리고 있던 내 안의 두려움이 서서히 걷혀갔다. 그와 헤어진 후 나는 불안증상에 시달렸다.

언제 인사시킬 거야? 그와의 만남이 길어질수록 그의 모호한 태도를 견딜 수 없었다. 오래 참았던 말이었다. 순간 그가 인상을 찌푸리며 담배를 빼어 물었다. 담배 연기를 허공에 날리며 그가 다시 생각해보자고 내뱉을 때 나는 모멸감에 떨었다. 서른 초반의 과장이라니, 대단해요. 선배님, 잘 부탁합니다. 사회 초년생으로 그가 내 앞에서 결재서류를 들고 허리를 숙이며 인사할 때의 그 환한 미소와 목소리는 정체된 사무실 공기를 단박에 날려버릴 것처럼 경쾌했다. 점심시간이나 휴게실에서의 커피 타임에 잠깐 눈인사를 주고받을 때마다 그는 예의 밝은 미소로 목례를 했고, 그 미소의 여운이 내 가슴에 오래 남아 있었다.

메뉴를 들여다보던 엄마가 결정한 듯이 손바닥을 마주쳤다. 이게 괜찮겠다. 엄마는 내 의견은 들으나마나라는 듯 '롱비치 메인 정식'을 주문했다. 유리문 밖 등나무 그늘이 깊었다. 보라색 등꽃이 만개한 나뭇가지는 검푸르게 뻗어가고 있었다.

보라색 꽃봉오리.

정원을 내다보며 나는 내 이름이 지어진 배경을 떠올리고 한결 기분이 밝아졌다. 엄마에게는 아무리 현실이 어려워도 그것을 이겨나갈 낙천적인 기질이 있었다. 돌이켜보면 그런 게 없었다면 나는 지금 엄마와 나란히 마주앉아 있지 못했을 것이다. 내가 태어났을 때 병원 뜰에 보랏빛 등꽃이 환했다며 엄마는 '자영'이라는 이름을 떠올렸다고 했다.

스테이크와 왕새우를 썰어 내 접시에 담아주는 엄마는 벌써 식사를 마치고 거울을 꺼내 입술을 고치는 중이었다.

"엄마 왜 더 안 먹어?"

"다이어트 해야지."

엄마의 대답에 나는 그만 웃고 말았다. 엄마의 표정 때문이었다. 손거울을 들고 이리저리 비춰보는 엄마의 생기 넘치는 에너지는 주말에도 집 안에만 박혀 사는 나와 무척 대조적이었다. 멋진 영감님, 생겼나봐. 농담처럼 건넨 내 말에 엄마는 정색을 했다. 안 그래도 그일 때문에 너를 만나자고 했다. 나는 가슴이 덜컥 내려앉았다. 다른 한편으로는 이제 엄마가 평범한 주부로서의 삶을 살기를 바라는 마음이 있었다. 엄마는 여지껏 퇴근하는 남편을 위해 요리를 해놓고 기다리는 여자의 행복 같은 것을 느껴볼 겨를이 없었다. 그래서 아주 어려서부터 나는 퓨전요리에 익숙해져 있다. 냉장고에 돌아다니는 양파나 호박 나부랭이를 썰어 햄이나 감자를 넣고 볶아 밥과 함께 접시에 담아주는 음식을 먹다가 어느 날 친구네 집에서 맛 본 음식들. 그날의 기억은 평생 나를 끌고다녔다. 매콤하게 끓인 된장찌개와 더덕구이, 황태무침과 배추겉절이 그리고 정성스럽게 갈치살을 발라 수저에 얹어주던 친구 엄마의 모습에 나는 충격을 받았다. 물론 딸의 친구가 온다고 평소보다 두 배는 더 신경을 썼다는 친구의 은근한 자랑이 아니더라도 그날의 음식은 갓 쪄낸 절편에 참기름을 묻힌 것만큼이나 기름기가 잘잘 흘렀다. 엄마의 존재가 얼마나 풍요로움으로 식탁을 장식할 수 있는지 그날 처음으로 알았다. 나는 늘 먹는 것에 허기를 느꼈다. 회식 자리에서도 끝까지 젓가락을 들고 있는 것은 나였다.

"너는 언제 짝을 만들래?"

"……."

"서른이 넘도록 넌 여태 남자 하나 못 만들어?"

"난 아무래도 엄마 딸이 아닌가봐."

내 대답에 엄마는 눈을 흘겼다. 한때 나 역시 평범한 여자의 일상

을 기대했었다. 많은 것을 바라지는 않았지만 이상하게 모두 어긋
난 인연으로 끝났다. 대학 졸업반 때 만나 짧게 교제하다 헤어진 사
람은 맞벌이 부모를 둔 기억 때문에 가사를 돌보는 여자를 원했고,
두 번째로 만난 사람은 장모를 보고 결혼을 하겠다는 남자였다. 엄
마의 얘기를 듣고 난 두 번째 남자는 나를 놓치고 싶지 않지만 어쩔
수 없노라고 술에 취해 횡설수설했다. 김 대리는 세 살이 아래인 연
하였다. 그가 군대 생활을 하며 사회에서의 시간을 유예시킨 그 기
간에 나는 치열하게 승진시험을 치렀고 수석을 차지했다. 나는 편
하게 그를 대했고 그러다 퇴근 후에 같이 밥을 먹고 커피를 마시고
야외의 경치를 찾아 드라이브를 나갔다. 함께 요리를 먹을 수 있는
관계가 나에겐 필요해. 당신이 그렇게 돼 줄 거지? 어느 날 달궈진
철판 위에서 오그라든 낙지토막을 우물거리던 그가 물끄러미 내 표
정을 바라보며 말했다. '당신'이라는 어휘가 던져주는 그 의미. '과
장님'이 아닌 '당신'이라는 말은 단박에 그와 나 사이를 가깝게 만
들었다. 잠깐 어지러웠던 것 같다. 맛있는 요리를 함께 먹을 사람이
필요하다는 그의 말. 나는 그것을 청혼으로 알아들었다. 그는 정말
이지 나를 사랑하는 게 아니라 음식에 집착하고 있는 게 아닌가하
는 의혹이 잠깐 스쳐갔지만 나는 별로 심각하게 고민하지 않았다.

"내 얼굴에 뭐 묻었어?"

엄마는 뚫어지게 나를 쳐다보았다.

"그 인간은 잘 살고 있을까. 너를 빼닮은 사람 말이다."

아쉬움과 쓸쓸함이 교차되는 엄마의 표정을 보며 입 안의 음식이
팩팩하게 겉돌았다. 그리하여 매번 그 남자와의 환영에 시달릴 때

마다 입맛이 떨어져 의욕이 꺾인 일을 떠올리며 포크를 소리나게 내려놓았다. 나와 꼭 닮았다는 것으로 네 번째 남자를 받아들인 엄마는 셋이 외식하기를 좋아했다. 쌍꺼풀이 없는 큰 눈과 둥그스름한 코와 사각의 턱선까지 남자를 빼닮아서 엄마를 아는 사람들은 진짜 내 아버지인 줄 착각할 정도였다. 식탁에 마주앉아 남자가 시시껄렁한 얘기를 풀어놓으면 엄마는 과장된 몸짓으로 웃었다. 주위 사람들이 다 쳐다보았지만 엄마는 신경쓰는 눈치가 아니었다. 비슷한 외모에서 어떤 동질성을 느낀 것일까. 남자는 나에게 잘했다. 하지만 그의 손이 내 머리를 쓰다듬고 내 등을 훑어내리자 비명을 질렀고, 과민반응을 나타내는 나에 대해 은혜도 모르는 년이라며 욕설을 퍼붓더니 태도가 돌변했다. 그일 이후 그의 눈빛은 더 이상 너그럽지 않았고, 기회를 포착하려는 사냥꾼처럼 매서웠다. 엄마는 새아빠에게 싹싹하게 잘해야 한다고 누누이 강조했지만 그 남자와의 관계는 허무하게 끝이 났다.

나는 가리비의 살점을 집어먹다 말고 화장을 고치는 엄마를 바라보았다. 넌 이 어미보다도 더 구닥다리냐. 머리에 물도 들이고 귀도 뚫고 젊은애들처럼 살아야지 인생의 말년에 이른 노인같이 그게 뭐니. 엄마는 한숨을 내쉬었다. 꼭 일 핑계를 대지 않더라도 몸에 장신구를 걸거나 치장을 하는 데는 소질이 없었다. 서른이 넘도록 남자가 안 붙는 건 문제라고 엄마는 말했다. 엄마 몫이 보태어진 음식은 양이 많아 결국 남겨야 했다. 마저 먹지 그러니. 왜 남겨, 아깝게시리. 엄마는 내 앞의 접시를 끌어당기더니 바닥을 훑어가며 비워냈다. 입으로는 다이어트 타령이지만 언제나 음식을 깨끗하게 비우는 엄마의 모습이 나는 창피했다. 빈 그릇을 챙겨가려던 종업원은 잠깐 서 있더니 도로 가버렸다. 한 달 내내 고구마죽으로 연명하던 얘기는 엄마의 단골 메뉴였다. 나는 별로 기억에 없다. 그러나 까마득한 시간의 틈새에 끼여든 것은 다름 아닌 라면이었다. 여섯 살 무렵의 나는 언제나 라면 부스러기를 손에 쥐고 핥았다. 엄마가 이층 집의 노인에게 가기 바로 전까지 라면으로 끼니를 때웠던 것 같다. 그해 여름 내내 배고파 운 기억이 났다. 허기진 배를 움켜쥐고 울던 나는 병원차가 엄마를 싣고 가자 악을 쓰며 울어댔다. 라면에 대한 기억은 또렷하다. 지금도 라면이 진열된 장소는 피해서 물건을 구입하곤 한다. 엄마, 사람들이 보잖아. 나는 작은 소리로 소곤거렸다. 후식으로 나온 커피를 후후 불며 엄마는 눈을 흘겼다.

롱비치 문을 밀고 나오자 칠월의 햇살이 눈부셨다. 나는 엄마의 구겨진 등을 쓸어주었다. 외출을 할 때나 옷이 바뀌어 거울 앞에서 주춤거리는 엄마는 어떠니, 괜찮지, 수도 없이 묻고 또 물었다. 엄마가 옷을 사 입는 건 자기 만족감이라기보다는 순전히 남자를 의식해서였다. 카우보이 모자를 쓴 마네킹이 등나무 옆에서 우리 모녀를 향해 커다란 입을 벌려 웃고 있었다.

헤어지기 전에 나는 엄마를 꼭 껴안았다. 아이고 망칙해라. 엄마는 말은 그렇게 하면서도 싫지 않은 표정이었다. 저녁 7시에 '한성 가든'으로 나와. 엄마는 다짜고짜 일방적으로 말하고는 양산을 펼쳐들었다. 택시를 탔다. 공평아트센터로 가주세요. 행선지를 말하고 뒤를 돌아보았다. 조수석 옆 거울에 비친 엄마의 모습이 점점 작아졌다. 택시는 곡예를 하듯 내달렸다. 손잡이를 꼭 움켜잡았다. 조계사 앞 가로수 사이로 색이 바랜 등이 내 걸린 게 보였다. 지갑에 든 오만 원을 엄마에게 주었더니 천 원짜리 지폐가 달랑 두 장 남았다. 엄마는 내가 내미는 용돈을 당연하다는 듯 받았다. 그녀는 나에 관한한 너무나 당당했다. 가끔 그런 엄마의 태도가 부담스럽다.

'세계명화초대전'은 학생들로 붐볐다. 예전에 덕수궁에서도 르네상스 시대의 작품을 순회 전시한 적이 있었다. 그때 인파에 떠밀려 대충 눈으로 훑고 나온 경험이 있어서 우선 초입에서부터 안을 살폈다. 그러나 안내인을 둘러싼 한두 무리의 사람들 외에는 비교적 한산했다. 레오나르도 다빈치에서 파블로 피카소까지를 두루 볼 수 있는 기회는 흔치 않았다. 하체가 터무니없이 길고 풍만하게 그려진 중세 누드의 기형적인 형태를 벗어나자 산뜻하고 밝은 색감이 다가왔다. 르느와르의 '연주회에서'와 '테라스에서'는 인물의 묘사가 자연스럽고 부드러웠다. 모녀의 테라스 풍경은 평화로운 정오를 연상시켰다. 그러나 나는 르느와르의 다른 작품에 눈길이 갔다. 정물화로 그려진 '봄꽃'은 조금 거리를 두고 보아야만 형태가 살아났다. 그것은 난시인 르느와르의 한계였다. 목화꽃이 부풀어오른 듯 벌어진 흰 꽃송이와 보라색 라일락, 노랗거나 흰 야생 수선화와 작은 꽃들이 화병에 넘칠 듯 풍성했다. 가까이에서 본 작품의 꽃들은 두루 뭉개듯이 형체가 불분명했다. 화가에게는 눈이 생명이다. 난시인 그는 세상을 자기 안에 끌어들여 재해석하지 않았을까 하는 생각이 들었다. 그의 화풍은 밝고 따뜻했다. 그는 세상을 꿈꾸는 눈으로 바라보지 않았을까.

엄마가 간병인으로 일하던 집의 이층 발코니는 작은 꽃화분이 많았다. 소개를 해준 YWCA 총무는 어려울 거라며 의사를 타진해보라고 말했다. 여섯 살 꼬마를 데려가도 좋다는 승낙을 한 건 노인의 아들이었다. 그는 모 대학 전임교수였다. 엄마 손을 잡고 대문을 들어서던 날이 선명하게 떠올랐다. 잔디가 깔린 정원은 손질이 잘 돼 있었다. 군데군데 정원석이 놓여 있고 수목이 윤기를 내뿜었다. 돌계단을 따라가자 현관으로 통하는 나무 계단이 나왔다. 끈 달린 푸른색 원피스 차림의 여자가 우리를 발코니로 안내했다. 나는 지금도 목선이 우아한 여자를 보면 그 여자가 떠오른다. 여자는 영양이 좋아 윤기가 흐르는 피부를 갖고 있었던 것 같다. 그녀는 남편과 같이 교환교수로 이 년간 집을 비우게 된다며 그때까지 화분이 잘 살아있을지 걱정된다고 말했다. 노인을 만난 건 그 다음이었다. 중풍으로 쓰러져 다른 사람의 도움 없이는 기본적인 처리조차 제대로 못하는 노인이었다.

"아이를 유치원에 넣지 그래요. 어린이집에 맡기던가."

여자는 나와 엄마를 번갈아 흘깃거리며 이해할 수 없다는 표정을 지었다. 끼니가 없어 영양실조로 쓰러졌던 모녀, 한 달 내내 고구마죽으로 연명해야만 했던 우리 사정을 알 리 없는 여자의 말에 엄마는 대꾸할 필요도 없다는 듯 멀뚱히 서 있었고 여자는 내 볼을 만지며 귀엽게 생겼다고 말했다. 하긴 우리집 남편도 노인네를 시설에 맡기면 큰일나는 줄 아는 사람이니까요. 의료진이 돌봐주어서 안전할텐데도 왜 고집을 부리는지 모르겠어요. 여자는 남편에 대한 불만을 은근히 드러냈다. 아무튼 이 년 후에 돌아와서 사는데 불편함이 없도록 부탁해요. 마침 상주할 사람을 찾게 되어 우리로선 다행

이에요. 여자는 화분을 매만지며 다소 냉정하게 내뱉었다. 물조리
개를 들고 조심스럽게 물을 주는 여자의 행동은 평온한 일상을 누
리는 평범한 주부로 비쳤다. 노인이 누워 있는 작은방을 제외하고
는 집 안에 환자가 있다는 느낌은 없었다. 노인 방에서는 어둡고 음
습한 냄새가 났다. 여자는 벌써 간병인이 네 번이나 바뀌었다며 낯
빛을 찌푸렸다.

　다시 화병 속의 꽃다발에 시선을 옮겼다. 정신이 혼미했다. 두통
이 왔다. 다리가 뻐근해서 몇 번이고 앉을 곳을 찾아보았으나 마땅
하지가 않았다. 밖으로 나와 계단 손잡이에 등을 대고 서 있었다.
먼 거리에서 쳐다본 '봄꽃'은 더 확실한 형태를 자아냈다. 그것은
너무 자연스러워서 방금 꽃을 꺾은 흔적이 화면에 남아 날비린내를
뿜고 있는 듯했다. 자판기에서 밀크 커피를 뽑아들고 나는 다시 르
느와르 앞에 섰다. 무엇인지 알 수 없는 끌림 때문에 제법 오랫동안
화가와 마주했다. 짐작하건데 르느와르는 분명 생의 어두운 나날
속에서도 환상을 믿는 낭만적인 소유자였다. 왕으로부터 작품을 위
임받고 그가 얼마나 큰 부담감에 짓눌렸는지를 보여준 게 '피아노
치는 소녀'였다. 구도와 색상은 완벽했다. 그러나 다른 그림과 달리
딱딱하고 경직되어 있었다. 피아노 치는 소녀 앞에서 커피를 마저
삼켰다.

　김 교수의 가라앉은 눈빛이 스쳐갔다. 간병인은 쉽게 구할 수 있
지만 우리집은 몇 가지 조항이 있습니다만. 저녁에 들어온 아들은
조심스러운 어투로 주위를 살폈다. 혹시 중간에 그만둘까봐 염려도
되고 해서요, 계약서를 작성했으면 합니다. 아들은 노인을 두고 떠

나는 게 몹시 걸린다는 듯 몇 번이고 다짐을 했다. 엄마는 손도장을 눌러 찍었다. 김 교수는 엄마의 나이를 보고 놀란 듯했다. 그럴 만도 했다. 그렇다면 저 아이가. 김 교수가 나를 돌아보았다. 그 눈빛에는 경이와 안됐다는 감정이 교차하고 있었다. 그런데, 나이가 좀 걸려서요. 김 교수는 미심쩍은 듯 엄마를 주시했다. 전 갈곳도 없어요. 딸아이도 길러야 하고요. 그런 점은 염려 마세요. 엄마의 단호한 의지를 확인한 김 교수는 비로소 웃었다. 처음 만나는 순간부터 내내 그는 긴장을 풀지 않고 있었다. 술을 마셨는지 그의 목 주위와 볼때기가 불그스레했다.

발코니의 화분 옆에서 나는 잠이 들곤 했다. 붉거나 노란 꽃술을 들여다보며 소꿉놀이를 하다보면 짙은 향내가 코로, 입으로, 머리와 가슴으로 솔솔 파고 들어왔다. 엄마는 꽃과 노는 나를 훔쳐보며 집 안을 닦고 또 닦았다. 집 안엔 광택이 났다. 청소가 끝나면 엄마는 재래시장에서 환자에게 좋다는 약재를 사왔다. 몇 번 나를 데려가던 엄마는 바삐 시장을 돌고는 서둘러 집으로 왔다. 나중에는 나를 떼어놓고 혼자 다녀왔다. 시장에 가는 것 외엔 엄마는 외출을 하지 않았다. 주치의가 간호사와 주기적으로 방문하는 것을 제외하곤 집 안은 적막했다. 저녁 무렵 엄마는 커피를 들고 발코니에 서서 자주 생각에 잠겼다. 엄마는 내가 말하면 건성으로 응, 응 대답을 했다. 언젠가부터 엄마는 자주 발코니에 서서 먼 곳을 바라보곤 했다. 불빛이 참 곱지. 샌프란시스코의 다리가 유명하다며? 엄마는 어린 나에게 동의를 구하려는 듯 돌아보았다. 뜬금없는 엄마의 질문에 나는 피식 웃었다. 한강철교도 있고, 하다못해 남해대교, 또 서해대

교도 멋있는데 왜 하필이면 한 번도 가본 적이 없는 미국의 도시일까. 나는 지금에서야 김 교수를 떠올릴 수가 있었다. 김 교수는 샌프란시스코 근교에 살며 대학과 벤처기업이 연계된 프로젝트 사업에 공동연구자로 선임되었다고 들었다. 엄마가 온 뒤 정원에는 노인의 빨래가 가득 펄럭였다. 침대 시트를 매일 갈고 하루에 몇 번씩 노인의 배설물을 받아내는 엄마는 분명 무언가에 홀려 있었다.

어느 날, 누군가 내 이름을 부르는 소리가 났다. 그 소리는 너무 약해서 하마터면 놓쳐버릴 뻔했다. 자…영…아. 노인이었다. 나는 노인을 쳐다보았다. 노인의 눈에 눈물이 고였다.

"할아버지, 말을 할 줄 아시네."

나는 노인의 침대 모서리를 붙잡고 신기한 듯 말했다. 노인은 엄마를 찾았다. 시장에서 돌아온 엄마는 발코니에 오랫동안 서 있었다. 다시 걷게 된 현실이 믿어지지 않는지 노인은 집 안을 자주 돌아다녔다. 지팡이에 의지해서 천천히, 아주 조심스럽게 한 발을 내딛는 노인의 뒷목에 힘줄이 돋았다. 몇 발짝 돈 노인은 지친 듯 소파에 주저앉았고 이마에는 땀이 배어 나왔다. 노인은 임종을 맞을 때까지 그 일을 멈추지 않았다.

학교에 입학하던 봄이었다. 현관에 남자의 구두가 놓였다. 김 교수였다. 많이 컸구나. 김 교수는 내 머리를 쓰다듬었다. 너에게 줄 게 있구나. 트렁크에서 커다란 선물 상자를 꺼내어 그가 내밀었다. 공주가 사는 궁전세트였다. 그날 밤, 김 교수와 엄마는 함께 포도주를 마셨다. 둘은 밤이 깊도록 긴 이야기를 했다. 나는 소파에서 잠이 들었고, 잠결에 두 사람의 대화가 토막토막 귀에 꽂혔다.

"아무래도 그쪽에 눌러앉아야 될 것 같습니다. 더구나 대학에 자리가 나기도 쉽지 않고요, 동양인에게는 오기 힘든 기회죠."

"네."

김 교수가 주로 얘기하고 엄마는 듣는 편이었다. 염치없는 부탁인 줄은 압니다만…… 김 교수는 뭔가 어려운 말을 꺼내려다가 입을 다물었다. 침묵이 무겁게 내리눌렀다. 아버님의 일은 기적입니다. 아버님과도 의논을 했는데, 다른 사람은 못미더워하고 그러니…… 그들의 목소리가 워낙 나직해서 나는 잠에 깊이 빠져버렸다. 다음날 김 교수는 떠나고 없었다.

창 밖으로 자귀나무 가지 끝에 우산 모양의 빨간 꽃이 흔들렸다. 천막을 씌운 지붕들이 군데군데 보였다. 종로의 뒷골목은 아직도 옛길 그대로 남아 과거의 어느 시간쯤에 머물러 있었다. 가끔 그 골목에서 길을 잃고 헤매는 착각에 빠지기도 했다. 모래먼지가 달려왔다. 창 밖의 건물과 사람과 가로수가 햇살을 받아 경계선을 허물고 부옇게 잠겨 있다. 나는 혼곤한 잠에서 깬 듯 정신을 수습했다.

'봄꽃' 그림은 내게 엄마를 돌아보게 한다. 류머티스로 붓을 잡을 수 없는 말년의 상황은 더욱 절망적이었으나 르느와르는 명랑하고 격조 높은 누드화를 그렸다. 그 시기 붉은 색채와의 밀월에 빠져들었다는 것만으로도 인생의 경이를 즐길 줄 아는 화가였다. 나는 한 예술가의 색채순례에 동승하여 절망적인 상태에서도 삶을 사랑한 한 인간의 내면을 들여다보았다.

엄마의 세 번째 남자 역시 낭만적인 만남이 아니라 구차한 삶으로부터 벗어나고자 했던 발버둥이었다. 노인에 대한 감정은 무채색이다. 마치 모래자갈 위를 구르는 물살같이 아무런 색채도 지니지 못한 관계였다. 미혼모인 엄마가 할 수 있는 일이라곤 한정되어 있었고, 따라서 엄마는 현실적인 도움이 필요했다. YWCA의 취업교육을 통해 몇 개인가의 자격증을 땄으나 아이 딸린 여자를 원하는 곳은 없었다. 무엇보다도 엄마의 나이가 너무 어리다는 것도 그녀에게는 약점이 되었다. 마지막으로 간병인 교육을 마친 후 외국으로 나간 아들내외 대신 혼자 남겨진 칠순 노인의 수발을 드는 것은 막다른 골목에서 선택권이 없는 엄마에게 주어진 운명이었다.

폐렴에 걸려 죽을 고비를 넘긴 나를 들여다보던 엄마의 자책에 떠는 음성이 들려온다. 무슨 짓을 해서라도 딸 하나만을 잘 키우겠다는 엄마의 독한 결심은 남자와의 일이 잘 안 풀릴수록 더 단단해지고 견고해졌다. 엄마가 남자에게 기대어 그녀의 인생을 열어갈 동안 나는 엄마의 인생에 기대지 못하고 나만의 동굴 안에 갇혀 지냈다. 노인을 떠날까봐 전전긍긍하던 김 교수는 자주 전화를 했다. 아마도 짐작하건대 김 교수는 엄마에게 어떤 조건을 내걸었으리라. 구체적인 내용에 대해서는 나는 지금도 잘 알지 못한다. 김 교수가 전화를 하건 말건 엄마는 노인의 병수발을 정성껏 들었다. 한동안 집 안은 평화로웠다. 노인의 눈길은 따뜻했고 너그러웠으며 엄마 역시 조금은 안정돼 보였다. 아주 가끔 앞치마를 두른 엄마가 화분에 물을 주고 잔디밭의 잡초를 솎아낼 때는 이 집의 안주인이 아닌가 하는 착각에 빠져들었다. 일을 끝낸 엄마가 젖은 머리를 말리며 소파에 앉아 커피를 마실 때면 방금 물을 먹어 촉촉한 화분의 녹색 이파리처럼 여유와 생기가 잠깐 동안 머물곤 했다. 하지만 그 시간은 짧았다. 노인의 뒤척이는 기척에 엄마는 커피잔을 내려놓기가 바쁘게 달려갔다.

지팡이에 의지해 외출을 하던 노인이 하루는 화난 음성으로 엄마를 찾았다. 그날 따라 엄마는 늦게 들어왔다. 현관에 들어서는 엄마에게 노인이 소리쳤다.

"너, 그 소문이 사실이야? 나, 나를 속였어."

노인의 음성은 노여움에 떨었다. 분노의 진동이 나에게 고스란히 옮겨왔다. 무슨 말씀이신지. 의외로 엄마는 담담했다. 내 아들을 꼬여서 나를 우습게 만들다니. 노인은 주먹을 움켜쥐고 다리를 심하게 떨었다. 처음부터 계획적이었지. 말해 봐. 노인은 지팡이를 들어 던지려고 했다. 엄마는 피하지 않았다. 노인은 문을 소리나게 닫고 자기 방으로 들어갔다. 다음날 아침 의외로 노인은 침착했다. 그러나 노인의 표정에 번져가던 너그러운 빛은 사라졌다. 침대에 누워 눈빛 가득 부드러움을 담고 하늘을 바라보던 그 눈길이 아니었다. 금방이라도 어디론가 가볍게 떠날 사람처럼 보였는데 더 이상 그 모습을 찾을 수 없었다.

그날 이후 노인의 성격은 차츰 변해갔다. 엄마에 대해 예전처럼 조심스럽게 도움을 청하는 게 아니라 당연한 듯이 명령을 내렸고 또 요구를 했다. 내가 학교에서 돌아와 인사를 하면 노인의 눈빛은 가라앉아 있고 가만히 쳐다보기만 했다. 노인의 얼굴에는 검버섯 같은 그늘이 덮이고 표정은 어두웠다. 햇살이 실내에 넘실대면 노인은 안정감을 찾는 듯했다. 더할 나위 없이 잔잔한 물결이 엄마와 노인과 나를 지나갔다. 해가 지고 저녁이 오면 노인의 태도는 급격

한 변화를 보였다. 노인이 포악해질수록 엄마는 더욱 정성을 다했다. 잠이 안 와. 노인은 당신의 침대 옆에 엄마가 있어주길 원했다. 잠옷 차림으로 엄마가 노인의 방으로 들어갔다. 나는 살그머니 일어나 문을 밀었다.

"내가…… 빨리…… 죽어야 니가 편하겠지."

노인이 엄마의 손을 끌어다 볼에 비벼댔다. 내 다 알아. 노인의 음성은 평소와 달리 목이 쉰 것 같았다. 울음이 잠겨 있었다. 나, 나는, 너를 보고 있으면 고통스러워. 너를 보고 있으면 죽어버린 내 젊음이 원망스러워. 노인의 말은 계속 되었다. 너를 위해서라도 빨리 죽고 싶구나. 노인이 엄마 손을 잡고 그의 거죽만 남은 살갗에 문질러댔다. 나는 속이 울렁거렸다. 구역질이 나서 화장실로 뛰어갔다.

"엄마, 우리 이 집 나가."

다음날 나는 엄마에게 말했다. 엄마는 벼락맞을 소리하지 말라고 손을 내저었다. 다 누구 덕에 사는데. 그렇게 말하는 엄마의 목소리는 힘이 없었다. 그날 밤 엄마는 발코니에 앉아 울었다. 반찬 투정 안하고 고분고분 따라주던 노인이 어느 날부터 온갖 간섭과 참견을 해도 제법 잘 견딘 엄마였다. 열여섯 살 엄마. 서른둘을 몇 달 앞둔 나는 엄마의 흰 머리카락을 뽑아줄 때마다 가슴속에 안개가 덮이곤 했다. 커피를 앞에 놓고 엄마와 마주앉으면 나는 늘 편치 않았다.

"이해가 잘 되세요?"

동글동글하게 생긴 안내인이 내 옆에 서서 물었다. 아, 아니에요. 나는 황급히 그 자리를 벗어났다. 접수처에서 작은 액자에 담긴 '봄꽃' 그림을 샀다. 대량 복사판이라 전체적인 색상이 흐릿했다.

"저녁 약속 잊지 말아라."

엄마의 음성이 다시 살아나 채근하고 있었다. 나가고 싶지 않은 자리였지만 한번은 부딪쳐야 할 문제였다. 내가 이해할 수 없는 것은 남자에 대한 엄마의 태도였다. 무엇이 엄마를 남자에게 집착하도록 만드는지 불가사의였다. 늦은 시각 발코니에서 멍하니 먼 곳을 쳐다보던 엄마의 모습이 조명이 꺼진 무대 위의 배우처럼 흐린 실루엣으로 남아 있다. 내가 놀던 자리는 종려나무 한 그루와 선인장만이 살아남았다. 엄마의 눈에 화분은 단지 남편 잘 만난 여자의 소일거리였다.

방을 따로 얻어나간 후 나는 엄마를 피했다. 엄마가 아프다는 전갈을 받고서야 나는 엄마를 찾아갔다. 방문을 열자 엄마는 오이팩을 하고 누워 있었다. 나는 끓어오르는 적의를 누그러뜨리며 소리쳤다.

"엄마, 도대체 왜 그래? 사람 놀리는 이유가 뭐야."

화를 삭이며 노려보는 내 눈빛에 엄마가 피식 웃으며 일어났다. 딸년이 나를 피하는데 죽을병에 걸려도 안 찾아오지 싶어 연락했다. 그년, 성질머리하고는. 엄마가 내 손목을 끌어 당겼다. 피곤이 몰려왔다. 엄마와 나란히 누워 지나간 과거를 더듬던 나는 새삼스럽게 엄마의 옆모습을 바라보았다. 모녀의 밀착된 관계는 서로에게 삶을 객관적으로 바라보고 선택할 수 없게 만든다. 엄마와 처음으로 여행을 떠났을 때 나는 그 여행이 모녀간에 최악의 상황으로 치닫게 될 줄 몰랐었다. 얼음골이 어디 있다더라. 엄마가 내뱉은 한 마디에 여행 도중 얼음골을 찾아 나섰다가 길을 잃어 엉뚱한 곳을 돌고 와야 했다. 여행잡지에 한 컷으로 소개된 정보는 부실하기 짝이 없었다. 해안도로에서 산길을 꺾어 들어간 그곳은 인적이라곤 없는, 바위투성이 산이었다. 원래는 속초의 설악산에서 일박하고 강릉을 거쳐 동해안의 해안도로를 따라 구룡포까지 갈 예정이었다. 물론 내 의견에 엄마는 맘대로 하라고 동의한 상태였다. 그런데 뜬금없이 얼음골을 찾아가자는 엄마의 요구에 나는 난감했고 예측은 빗나갔다.

그날 저녁, 지친 몸을 이끌고 쉴 곳을 찾느라 또 시내를 몇 바퀴 돌아야 했다. 성수기라 객실마다 방이 들어차 있었다. 겨우 비워둔 다락방을 선심 쓰듯 내어주는 주인 남자에게 고맙다는 말을 반복하면서 곰팡내 풍기는 방에 쓰러졌다.

"이것아, 굶으면 어쩌자는 거니. 밴댕이 소갈딱지만도 못한 속을 가지고 험한 세상 어찌 살아가려고."

곰탕을 배달시킨 엄마는 돌아누운 내 등뒤에 대고 쏘아부쳤다.

"니가 내 속을 알기나 하겠니. 스무 살이 되기도 전에 애 딸린 과부라니. 내가 생각해도 이해가 안 가. 그래두, 키가 훤칠하고 잘 생긴 청년을 보면 가슴이 벌렁거리고 심장에서 불기둥이 솟아나는 걸 어떡하겠니."

엄마는 넋두리를 하면서도 곰탕 국물을 다 비웠다. 방을 따로 얻어 독립하기까지는 보이지 않는 엄마와의 균열이 있었다. 엄마가 식당 일에 매이면서 엄마와는 일상의 대화마저도 힘들었다. 그녀는 늘 앞치마를 두르고 종종걸음 쳐야 했다. 어쩌다 할 이야기가 있어서 전화를 하면 나, 장사하는 사람이야, 라며 주문 받기에 급급해서 미처 하고 싶은 말은 꺼내지도 못하고 수화기를 내려놓아야 했다.

달아오른 아스팔트가 잔물결처럼 이랑을 만들었다. 건물 앞을 지나갈 때마다 에어컨 후드가 뿜어내는 열기로 훅훅 쪘다. 그늘이 한 뼘이라도 남아 있는 처마 밑을 찾아 걷다보니 인사동 입구였다. 곧바로 엄마를 만나러가기에는 어정쩡한 시각, 조금 피곤했다. 다음에 보겠다고 전화를 할까 하다가 엄마의 생기 도는 눈빛이 떠올랐다. 진열장 안을 들여다보다가 앳돼 보이는 긴 생머리의 아가씨와 눈이 마주쳤다.

"맘에 드는 물건 있으세요?"

"아, 네, 보는 중이에요."

가지런한 치아의 아가씨가 목걸이와 나를 번갈아 쳐다보았다. 구리 동판을 소재로 한 링 모양의 목걸이는 어떤 인물의 두상을 표현했다. 목걸이를 집어들고 만지작거렸다. 이집트의 피라미드가 연상되는 물건이었다.

"람세스 2세예요."

아가씨가 설명을 했다. 강력한 군주였던 람세스 2세가 먼 시간의 회랑을 돌아 상품진열대에서 흥정의 대상이 되리라고는 짐작하지 못했을 것이다. 유폐된 흔적을 드러내기라도 하듯 목걸이는 우중충하니 먼지가 끼여 있다. 목걸이를 사서 목에 걸었다. 엄마는 또 제대로 된, 좀 비싸 보이는 장신구를 하라고 성화를 해댈 게 분명했다.

삼십 분이 지나도록 엄마는 나타나지 않았다. 금문교의 현란한 야경 사진이 걸린 벽은 크림색 벽지로 안정감을 주었다. 샌프란시스코의 벤처지대 얘기를 하던 김 교수의 넉넉한 몸집이 떠올랐다. 김 교수는 내가 인형을 졸업할 나이가 되었는데도 여전히 인형을 사왔다. 인형을 내밀던 김 교수의 그 눈길에서 나는 아주 익숙한 시선을 느꼈다. 그것은 회복되기 전의 노인이 침대에 누워 쳐다보던 눈빛이었다. 엄마와의 대화 속에서 나는 그가 이혼했다는 것을 알았다. 김 교수가 떠나던 날 밤, 엄마는 식탁에서 포도주 잔을 기울였다. 어두운 창 밖을 내다보던 엄마의 한숨이 집 안의 분위기를 칙칙하게 휘감았다. 프랑스의 보르도를 여행하던 중에 사왔다며 김 교수가 선물한 포도주는 말끔하게 비워졌다. 가끔 김 교수의 사진이 붙박인 액자를 엄마가 정성스레 닦는 광경을 볼 수 있었다. 노인이 죽고 돈 한 푼 없이 그 집을 나오던 날도 엄마는 김 교수의 사진을 닦고 물끄러미 쳐다보았다. 이혼 후 집의 명의가 부인에게 넘어갔다는 것을, 위자료에 자녀 양육비로 부인 소유가 되었다는 것을 알았을 때도 엄마는 울지 않았다. 늦은 밤, 엄마의 방에서 잠옷 차림으로 나와 살그머니 자기 방으로 들어가던 김 교수의 허둥대는 모습이 망막에 흐릿하게 잡혔다. 그 남자, 새벽마다 내 가슴을 짓누르고는 숨이 꼴딱 넘어갈 지경이 되어야 겨우 놓아주고는 허둥대며 자기 방으로 사라지던 엄마의 세 번째 남자가 겹쳐졌다. 처음에 나는 그것이 무엇을 의미하는지 몰랐다. 그 남자에 대한 증오의 바이러스는 긴 잠복기를 거친 뒤 서서히 내 살과 심장과 뼈를 파먹으며 나를 벼랑 끝으로 몰고 갔다. 밤마다 그 남자가 내 목을 짓누르는 꿈을 꾸었다. 나는 자꾸 가라앉는 마음을 추스르며 손톱을 매만졌다.

생수 한 컵을 다 비우도록 나타나지 않는 엄마로 인해 나는 신경이 곤두섰다. 이런 일이 한 번도 없었는데 무슨 일일까. 저녁 햇살이 기웃대는 창문을 내다보며 나는 기운이 빠졌다. 핸드백을 메고 일어서려는 찰나 누군가 내 앞을 스쳐갔다. 화장실에서 나와 막 안으로 사라지는 남자, 그였다.

"김 대리……."

그는 내 목소리를 알아듣지 못했다. 그의 흔적을 쫓아 안쪽으로 시선을 집중했으나 벤자민 화분에 가려 잘 보이지 않았다. 엄마와의 약속도 잊고 그가 앉아 있는 자리로 천천히 다가갔다. 등을 보이고 앉은 그의 맞은편에는 미스 송이 선물 포장지를 뜯으며 즐거운 표정을 짓고 있다. 황급히 식당을 나오는데 허겁지겁 택시에서 내리는 엄마의 모습이 보였다. 옆 건물로 얼른 몸을 숨겼다. 연녹색 반팔 셔츠에 방금 사우나에서 나온 듯한 그의 젖은 머리와 세이브 로션 냄새가 아직도 남아 있는 것 같다. 그때 휴대폰 벨이 울렸다. 자영이니? 활기찬 엄마의 말에 오늘 몸이 아파 못나간다고 둘러댔다.

"오늘 중요한 약속인데, 진통제 한 알 삼키고 나와, 이것아. 너에게 꼭 소개시켜 줄 사람이 있는데……."

엄마의 채근이 길어질 것 같아 얼른 폴더를 닫았다. 창 밖으로 저녁 해가 옅어지고 있었다. 엄마도, 김 대리도, 열패감에 사로잡혔던 내 기억도 서서히 어둠이 덮이는 거리로 흘러가고 있었다. 여름꽃 향기가 곳곳에 떠다녔다. 그것은 나무들이 내뿜는 체취이기도 하고 더위를 머금은 여름꽃의 땀내인지도 몰랐다. 달아오른 아스팔트와 건물이 뿜어내는 열기, 그 열기 속에서 자신의 존재를 드러내고자 기를 쓰는 식물들의 체취로 어지러웠다.

　자영 양, 보내준 편지는 잘 받았어요. 인형에 대한 기억을 그리 자세히 안고 있다니 쑥스러울 따름입니다. 어머니께는 내 따로 연락할 것이오. 자영 양을 생각하는 어머니의 마음이나 그런 어머니를 위하는 자영 양이나, 나로서는 많은 것을 느끼게 해준 바요. 조만간 이곳을 정리하고 한국에 나갈 예정이니 그때 봅시다. 자영 양 어머니와 함께 하는 자리를 마련해보겠어요……

김 교수로부터 받은 답장을 나는 몇 번이고 곱씹어서 읽었다. 몇 구절은 외울 지경이다. 한 번도 제대로 된 웨딩드레스 한 번 입어본 적 없는 엄마. 봄의 들녘에 핀 하얀 꽃무더기처럼 순결한 면사포를 쓰고 싶은 엄마. 나는 엄마를 위해서 김 교수에게 편지를 보냈다. 한 달 전이다.

　엄마의 소원은 흰 면사포를 쓰는 것이에요……

이렇게 시작했던가. 김 교수로부터 답장이 온 것은 이 주 뒤였다. 김 교수는 무척이나 반가워했다. 예상은 빗나가지 않았다. 그는 엄마에게 특별한 감정을 갖고 있었다. 그것은 이미 오래 전 노인의 간병을 할 때부터 짐작했었다. 김 교수가 엄마에게 약속한 집 문제는 결국 미결로 남았고, 챙겨주지 못했지만 두 사람의 감정만은 확고해졌다.

엄마에게 면사포를 쓴 결혼 사진은 의미가 있을 것이다. 한 번도 제대로 된 결혼식을 치르지 못한 엄마는 외가댁 친척들과는 철저하게 절연한 채 스스로를 격리시키고 있다. 그것은 결핍감이거나 콤플렉스거나 떳떳하지 못한 삶이 던져주는 생채기였다. 무엇보다도 엄마에게는 지난 상처에 대한 보상이 필요했다. 엄마가 자유로울 때 나 역시 자유로운 영혼으로 남은 생을 살아갈 수 있으리라. 김 교수의 편지에는 조만간 귀국할 것이며 엄마에 대해 나와 의논할 것이며, 엄마 마음을 알았으니 나의 협조를 구한다는 확실한 다짐까지 요청하고 있었다. 엄마를 위한 나만의 선물.

봄의 부케.

모든 것은 김 교수와 의논해서 준비가 진행되고 있었다. 노인의 집에서 나온 후 엄마는 일체 김 교수 얘기는 기피했다. 그러나 늦은 밤 엄마가 술에 취해 외롭다며 전화를 해온 날은 어김없이 김 교수 얘기를 꺼냈다.

"엄마 그러지 말고 확 고백해버려. 엄마답지 않게 왜 그래."

"나다운 게 뭔데, 니가 알기나 해?"

"엄마가 그분 좋아하는 것 다 알아, 그런데 뭐가 문제야?"

"글쎄다, 내 마음을 나도 잘 모르겠다, 자영아, 나 지금 외롭다."

"나 내일 일찍 출근해야 돼."

"으이그, 쌀쌀맞긴. 알았다, 전화 끊는다."

엄마는 서운한 감정을 숨기지 않았다. 늦은 밤 술을 마시고 외롭다며 전화하는 엄마를 보면 가슴이 먹먹했다. 다행히 김 교수의 주소가 나에게 있었다. 김 교수는 엄마에 대한 미안함 때문에 연락을 못했다고 했다.

더운 열기와 비릿한 여름꽃 향기가 코끝을 간지럽혔다. 르느와르의 풍성한 꽃그림이 연상되었다. 거리에는 불빛이 현란했다. 한꺼번에 사람들이 어딘가에서 쏟아져나온 듯 도심에는 인파로 북적였다. 나는 그들 인파에 쓸려 어디인가로 걸어갔다.

4월의 전설

산철쭉이 지고 있다. 청개구리 한 마리가 인기척을 느꼈는지 연못 속으로 뛰어든다. 물은 녹빛 이끼에 덮여 검은색을 띠고, 흰 수련이 떠 있는 수면에는 무심한 듯 구름이 기웃댄다. 길을 잘못 든 게 아닌가 하여 배낭에서 지도를 꺼내들고 세밀하게 살피지만 분명히 이 근처였다. 그나마 마을 초입의 나무푯말이 없었다면 엄두를 못 냈을 것이다.

은일사隱逸寺 1.8km.

표지판은 그렇게 가리켰다. 30여 분이면 웬만한 목적지가 가까웠다는 어떤 표시가 있을만한데 주위는 아무것도 없고 길은 끊어져 있다. 도로 돌아가기에도 어정쩡한 거리였다. 사진을 하는 친구가 '영산재'가 있다는 말을 전해줄 때만 하여도 쉽게 찾을 거라 생각했었다. 산길로 한 시간은 족히 온 것 같은데 산봉우리가 떠받친 하늘만 빼꼼이 보일 뿐 인적이라곤 없고 골짜기는 정적이 무겁게 내리누르고 있다. 중턱에서 숨을 몰아쉬며 주위를 둘러보자 나무로 된 긴 의자가 보인다. 색이 바래서 금방이라도 삭을 듯 오래됐긴 했지만 그 주변에서 유일하게 인공적인 냄새가 나는 물체여서 조금 안심이 된다. 그래, 엉뚱한 길로 오진 않았을 거야, 스스로에게 중얼거리며 걸음을 재촉한다.

아, 몸으로 뛰어봐. 스카웃 제의 받던 그 기백 어디 갔어? 부장은 잡지사가 문을 닫을 지도 모른다는 최근의 소문에 예민해져 예전 같으면 터부였을 타 잡지사와의 일을 끄집어내며 스스로를 닦달했다. 누군 뭐 좋은 기사감을 몰라서 안 찾나. 산골 구석구석 전기에, 전화에 인터넷까지, 문명은 몇천 년 동안 묻혀 있던 시간의 화석을 들춰내어 세상에 펼쳐놓았고, 묻혀 있어도 좋을 법한 삶의 모습들을 적나라하게 파헤쳐놓았다. 어두운 동굴과 어두운 밤이 있었기에 이야기가 만들어졌고, 풍부한 설화문학이 덩굴을 뻗어갈 수 있었다고 믿는 나는 모든 이야기가 세상에 까발려지는 시대, 비밀이 없는 시대, 동일화되어가는 시대에 좀 더 새로운 것, 인간의 냄새가 나는 것, 자연적인 것을 찾아 발품을 팔았다.

다큐멘터리 작가.

너무 오래 이 일에 매달려왔다는 생각을 한다. 이번 일만 잘 마무리되면 지중해의 어느 소도시, 협소한 골목 끝 파란 대문을 밀고 들어가면 사방 지붕과 벽이 온통 흰색인 건물의 골방에 틀어박히고 싶다는 상상을 부쩍 하는 것도 이즈음이다. 아무도 찾아내지 못하도록, 스스로 자물쇠를 따고 나올 때까지 몇백 년 혹은 몇천 년 동안 자신만의 방에 스스로를 유폐시키고 싶었다. 한껏 게으름을 피우며 낮잠에서 깨어난 몽환적인 눈빛으로 초저녁 밤하늘 빛깔과 닮은 바다를 바라보는 것, 오래오래 먹지도 씻지도 않고 수평선을 응시하는 것, 긴 시간 자신과 사물과의 무언 속에서 살아갈 의미를 발견하는 것을 바라는 것은 사치일까. 녹슨 대문을 따고 나와 맨처음 만나는 이방인에게 손을 흔들어주거나 안녕하냐고 밝은 인사를 하는 자신의 모습을 상상한다. 지쳤다는 증거였다. 어느 날 삶이 나에게 별 의미를 주지 못할 때 조용히 바다, 그 짙은 어둠의 바닥으로 걸어 들어가는 것도 괜찮으리라 생각하면서.

부장이 잔소리를 해댈 때마다 이 짓거리도 못해먹겠다고, 때려치워야겠다고 다짐한 게 몇 년째다. 가족이 딸린 가장의 지친 눈빛을 부장에게서 발견할 때마다 그나마 결혼을 안하고 독신으로 지내는 걸 내심 안도하곤 했다.

주위는 온통 산철쭉이다. 사방을 둘러보았으나 길도 산도 보이지 않는다. 사월의 마지막 주말을 산 속에서 보내는 것도 괜찮을 것 같다는 생각을 하며 하늘을 쳐다본다. 옅은 남빛이 투명하게 펼쳐져 있고, 먼지 한 점 없을 것 같은 그 푸른 배경의 중심에 오래 전 강원도 여행길에서 만난 노파가 떠오른다. 흰 철쭉 속에서 노파를 떠올리다니. 노파의 일을 잊은 듯 했지만 가슴 한켠에는 그녀의 이야기가 깊게 웅크린 채 발아하고 있었다. 세상에는 길을 잃은 자만이 갈 수 있는 곳이 있다. 산봉우리를 덮은 눈, 푸른 연기, 폭설에 갇힌 짐승의 검은 눈…… 그 언제였던가. 오래 전에 본 장면이 잠에서 깨어

나듯 부스스 살아난다.

창호지가 환하게 밝아왔다. 지난 밤 꿈을 떠올리며 여자는 퍼뜩 정신을 차렸다. 옷자락이 헤집어져 있고 방바닥은 따뜻했다. 방이 더워서 얇은 면티를 벗어 던진 모양이라고 생각했다. 여자는 새벽마다 아궁이에서 불꽃이 튀는 소리를 들었다. 장작이 타는 매캐한 냄새가 문틈으로 들어왔다. 그 냄새는 여자가 오던 날부터 마을을 떠돌았다.

상 위에는 어김없이 묵은 나물이 놓여 있다. 곰취, 고사리, 호박나물, 더덕장아찌, 말린 표고와 고춧잎…… 여자는 사흘째 똑같은 반찬을 먹었다. 평소에 토스트와 커피로 아침을 먹던 습관이라 밥을 먹는 것이 부담스러웠다. 아침밥을 안 먹는다고 말해도 노파는 기어코 상을 들이밀었다. 노파의 채근에 변명하기가 귀찮아서 한 술 떴다. 노파를 처음 만났던 날이 생각났다. 어데 갔다 이제 왔노. 빨리 집에 가자. 노파는 여자의 손을 잡아 흔들더니 앞장서 걸어갔다. 추위에 몸이 얼어 따뜻한 불을 쬐고 싶은 생각밖에 없었던 터라 노파가 무슨 말을 하는지도 몰랐다. 그렇게 노파와의 첫날이 시작되었다.

상을 밀쳐놓고 방문을 여니 멀리 산봉우리 위로 햇빛이 미끄러지며 산맥과 들과 마을의 지붕들을 환하게 비춰주었다. 여자는 엉거주춤 일어나 마루 끝에 나와 앉았다. 마당에는 허벅지 부근까지 눈이 쌓여 있고 개가 짖었다.

"흐흐흐, 짐승들이 또 잡히겠구먼, 제까짓 게 발버둥쳐봐야 소용

없지 암, 소용없구 말구."

노파는 여자가 들으라는 듯 힐끗 쳐다보며 구시렁거렸다. 마을로 들어오던 날 눈 속에 우두커니 서 있던 다리 긴 짐승이 떠올랐다. 그것은 하늘과 땅, 시간과 공간, 지상의 어느 구역을 구분짓는 경계 구역과 같은 느낌이 들게 했다.

"할머니, 눈이 또 올까요?"

대답 대신 힐끗 돌아보는 노파의 눈초리가 사나웠다. 깡마른 살 가죽은 검은빛을 띠고 콧날은 날카로웠다. 눈빛에는 귀기가 서렸다. 보통 사람의 눈빛과는 사뭇 달랐다.

"산 너머 밭에 옥수수를 파종해야하는데 오월 중순이 지나도 눈이 안 녹아 작년 농사는 망쳤지."

무안해진 여자는 아랑곳 않고 노파는 혼자 중얼거렸다.

"우째 요번 겨울도 수상해. 동지섣달에 벌써 이렇게 눈이 쌓이다니 말이야."

노파는 계속 주절거렸다. 화로에 올려놓은 주전자에서는 김이 솟았다. 커피믹스에 뜨거운 물을 부어 휘저은 다음 여자는 혼자 커피를 마셨다. 노파는 보이지 않았다. 바람처럼 사라졌다 다시 나타나곤 하는 노파에게 여자는 어디에 다녀오는지 묻지 않았다. 부엌 뒤쪽 산길로 향해 발자국이 나있는 것을 발견한 건 한참 뒤의 일이었다. 공기가 눅눅했다. 지난 일들이 모두 번잡하고 골치 아픈 유물처럼 인식되며 여자의 기억 속에서 차츰 밀려나기 시작했다. 종종거리며 바쁘게 뛰어다니던 일들이 먼 세상에서 오래 전에 일어났던 일처럼 아득해졌다. 몇 날 며칠이 지났는지 몰랐다. 여자는 날짜를 세고 싶지 않았다. 더디게 가는 하루, 적요로움, 고요 속의 시간이 느긋하면서도 안정감을 가져다주었다. 아무도 여자의 존재에 대해 찾지 않을 것이다. 아쉬워하거나 미련두지 않을 것이다. 그런 의문이 들자 이상하게도 후련했다.

사람들 사이에는 알 수 없는 기류가 떠다녔다. 그것은 설명하기 어려운 부분이었다. 마을에는 약간의 미열 같은 열기가 흘렀는데 그것은 여자를 바라보는 시선들의 묘한 얽힘이었다. 여자의 하얀 피부와 선이 가는 허리를 쳐다보는 시선의 촉수에는 끈끈함이 묻어났다. 여자의 찰랑이는 검은 머리카락에서는 향기로운 냄새가 났다. 여자가 마을 부녀회에서 운영하는 가게에 식빵이나 커피믹스, 담배를 사러 나오면 마을 청년들은 탐스러운 눈빛으로 바라보았고, 여자는 아랑곳없이 고개를 들고 일정한 발소리를 내며 그들 사이를 지나가곤 했다. 마을에는 생기가 돌았고, 눈은 녹을 기미를 보이지 않았다. 여자가 온 뒤에도 몇 번의 폭설이 내렸고, 라디오의 전파는 잡히지 않았다.

아궁이에 불을 지핀 지 한 시간이 채 지나지 않아 방바닥은 끓어오르고 여자는 동굴과도 같은 길고 깊은 잠 속에 빠져들어갔다. 여자는 악몽을 꾸었다. 묵직한 바윗덩이에 눌려 숨을 쉴 수 없는 꿈을 꾸고 일어나면 온몸이 땀에 흠뻑 젖었다. 들창에 그림자 하나가 언뜻 움직인 듯했으나 아무 일도 아니라는 듯 바람 소리만이 작은 들창을 흔들었다.

새벽녘 악몽에서 깨어난 여자는 잠을 더 이루지 못하고 방문을 열었다. 안채에서 코고는 소리가 심하게 났다. 문이 울릴 정도였다.

동쪽 하늘이 어슴푸레해졌다. 코트를 걸쳐 입고 방에서 나와 뒷산을 비척비척 오르기 시작했다. 높이 올라갈수록 눈의 두께는 점점 두터워져 허벅지까지 쌓여 있었다. 여자는 휘청거리면서 때로는 쓰러지면서도 계속 걸어올라갔다. 눈길 위에는 발자국도 길도 없었다. 눈 속을 헤매던 여자는 지쳐서 쓰러졌다. 감은 눈 속으로 현란한 간판과 혼자 맥주를 마시는 여자의 환영이 지나갔다. 늘 쫓기는 꿈을 꾸었고 뭔가 해야한다는 강박증에 시달리던 날들이었다.

정신을 차린 것은 정오 무렵이었다. 머리맡에는 처음 보는 낯선 부인이 앉아 있었다.

"몸은 괜찮아요?"

부인의 말투는 차분했고, 절제된 감정이 느껴졌다. 아주 잠깐이었지만 묘한 색깔이 전해졌다. 생머리를 뒤로 틀어 올린 부인에게서 한 세기를 건너뛴 듯한 분위기가 났다. 마치 과거로 들어와 있는 듯했다. 부인이 건네준 꿀차를 마시고서야 여자는 정신이 들었다.

"산에 갔던 남편이 당신을 발견했어요. 조금만 늦었어도 큰일날 뻔했죠. 어쩌자고……."

나무로 만든 이층짜리 선반 위에는 자잘한 항아리들이 놓여 있었고 크기와 모양이 각각이었다. 산골짜기에 웬 도자기지? 여자는 낯선 부인의 말을 귓등으로 들으며 주위를 둘러보았다. 벽에는 짚신과 복조리가 어긋나게 걸려 있었다. 전체적으로 농가에서 흔히 보는 생활용품으로서가 아니라 필요에 의해 진열한 소품 같다는 인상이 짙었다. 갖가지 다양한 모양의 도자기류는 생활용품으로 쓰기에는 지나치게 오밀조밀했고 예술적이었다.

"어쩌다가…… 오게…… 되었지요?"

부인의 질문에 여자는 말없이 창호지를 바라보았다. 부인의 앞이마와 귀밑으로 희끗희끗한 머리카락이 수북이 돋아나고 있는 것으로보아 마흔 중반은 넘어보였다.

"이름이 뭐죠?"

"해미예요. 바다해, 아름다울미…… 부모님이 바닷가에서 살았거든요…… 열세 살까지는요."

"그랬군요. 어쩌면 당신이 저 산 너머 바다에서 왔을 것 같은 예감이 들었어요."

서울에서 왔는걸요, 라고 여자는 말하지 않았다. 부인의 표정이워낙 진지해서 여자가 서울에서 왔다고 하면 실망할 것 같은 분위기였다.

"남편의 조부가 옹기장이였어요. 오래 전 이 산골로 들어왔구요."

부인 남편의 조부면 몇대 조가 옹기를 구웠다는 얘기인가, 그렇다면 아들 대를 이어서 그렇다는 것인지, 예전에 그랬었다는 것인지 여자는 헷갈렸다.

"가마터를 보고 싶어요."

여자의 말에 부인이 고개를 끄덕였다. 취재를 통해 대부분의 현대작가들이 가스로 도자기를 굽고 있었고 전통 가마는 보기 어려웠다. 직업의식이 발동을 하는 모양이라고 속으로 웃었다. 옷은 잘 말려져 윗목에 가지런히 포개져 있었다. 마루에 내려서기 전 부인이털신을 꺼내주었고 두툼한 외투를 건네주었다. 바람이 사납게 불었다. 눈을 뒤집어쓴 지붕 위에서 간간이 푸른 연기가 피어올랐다. 멀리 눈 속에서 검은 짐승 한 마리가 우두커니 서서 여자를 바라보고 있었다. 여자는 짐승의 눈과 정면으로 부딪혔고 순간적으로 짐승의 마음을 읽은 듯했다. 외로움이었다. 한 발짝도 움직이지 못하는 감옥에서 서서히 포위해오는 죽음을 맞이하는 짐승의 눈빛에는 슬픔이 담겨 있다고, 느꼈다. 어쩌면 짐승은 여자를 다른 종의 암컷으로 볼 지도 몰랐다.

커다란 창고 같은 건물 안으로 부인이 들어가자 여자도 뒤따라갔다. 안에는 항아리들이 크기의 순서로 진열되어 있고 진흙이 봉분처럼 쌓여 있었다. 한쪽에는 흰 사발 그릇이 수북하니 깨어진 채 모여 있었다. 노파 집에서나 부인의 집에서 사용하던 사발이었다.

"내 작업장이에요. 언젠가 전시회를 열 계획이에요."

"직접 구운 건가요."

"이 집 대대로 내려온 기술이죠."

"팔아도 되겠어요. 이 정도면 충분히 성공할 거예요."

여자의 말에 부인의 눈빛에 일렁이던 희열 같은 게 걷히며 갑자기 차가운 목소리로 되물었다.

"판다구? 어떻게? 해미 씨는 여길 몰라서 그래요. 사방 꽉 막혔는데, 어디로 나가지?"

"네?"

여자는 무슨 말인지 도통 모른다는 표정으로 물끄러미 부인을 쳐다보았다. 집으로 돌아오는 동안 부인은 한 마디도 하지 않았다.

이튿날 부인이 찾아왔다. 노파는 집에 없었다. 부인은 집 안을 휘이 둘러보더니 처녀적 자신의 방이 생각난다고 말했다. 너그러운 눈빛이었다. 여자는 궁금한 것을 물어보았다.

"그런데 지난번 말한 게 무슨 뜻이죠. 어디로 나가다뇨, 그게 무슨 말이에요."

여자의 말에 부인은 대꾸도 없이 커피 한 잔 달라고 말했다. 커피를 다 비울 때쯤에야 부인이 입을 열었다. 눈치챘겠지만…… 여긴 아무나 올 수 없는 곳이야. 길을 잃은 자만이 오는 곳이지. 낮은 톤으로 말하는 부인의 음성은 어쩐지 비감스럽게 들렸다.

"친구들과 등반을 왔어. 그런데 어린 사슴 한 마리가 내 운명을 바꿔버렸지. 사슴의 검은 눈망울만 아니었다면…… 눈 속에 발이 빠진 사슴을 안고 앞서간 일행을 따라가다가 길을 잃어버렸지. 같은 장소를 맴돌다가 두려움에 정신을 잃었고 깨어났을 때는 숲 속 한가운데였어. 나무꾼에게 발견되어 지게에 얹혀왔어. 숯을 굽거나 나무를 하거나 사냥을 해서 먹고사는 사람들뿐이었지."

"후회 안 하세요?"

부인이 대답 대신 가만히 바라보았다. 종잡을 수 없는 눈빛이었다. 안채 노파에게서도 비슷한 느낌을 발견했었다. 마을 여자들 대부분이 그런 묘한 눈빛과 표정과 분위기를 지니고 있었다. 뭔가 짚이는 게 있어서 주인 노파에 대해 넌지시 물어보았다. 여자는 그때 부인의 표정에 스쳐가는 미묘한 표정을 읽었는데 설명하기 어려웠다.

"아들 땜에 머리가 헷가닥 돌았지. 그렇지만 진짜로 미쳤는지는 알 수 없어. 나를 피하려하는 것만 봐도 말야."

"왜 피하죠?"

"내 시어머니였어. 옛날 일이긴 하지만…… 이젠 미움도 분노도 없어. 그런 감정이라도 남아있다면 좋겠어. 너무 끔찍한 기억이라 꿈을 꾼 것 같아."

갑자기 부인이 머리를 감싸쥐며 괴로운 표정을 지었다. 부인의 얼굴이 노래지더니 진땀을 흘렸다.

"여긴 세상의 시계와 거꾸로야. 몇 번의 전쟁도 비켜간 곳이지. 오랜 옛날, 죄수들이 도망쳐와서 만들어진 마을이라는 말도 있어. 사실인지 아닌지 모르지만."

이마를 짚었던 손을 떼며 부인이 낯을 찌푸렸다. 여자는 '소도'라는 땅을 떠올렸다. 살인자가 피신하면 왕도 함부로 들어갈 수 없는 곳, 소도. 어쩌면 그곳이 지상의 낙원, 유토피아가 아니었을까, 여자는 문득 엉뚱한 상상에 사로잡혔다. 길눈이 워낙 어두워서 매번 엉뚱한 길을 헤매다닌 경험이 있는 터라 별로 걱정은 안 했었다. 지도를 꺼내놓고 수많은 길을 돌고 돌아서야 비로소 녹초가 되었을 때쯤 목적지에 다다르곤 하던 경험이 여자에게는 많았다. 서른 중반이 넘어가도록 부모에게 의존해야 하는 자신의 처지가 한심하다는 생각에 사로잡힐 때면 집을 떠나 낯선 곳을 유랑했다. 철교 위에서 푸른 강물을 내려다 본 적도, 20층 옥상에서 아래를 내려다 본 적도 있었다.

한 달쯤 일상을 벗어나 보고 싶은 갈망이 절정에 달했을 때 여자는 여행정보 책에서 강원도 오지 마을의 폭설을 접했다. 낯선 골짜기에서 폭설에 갇히는 꿈을 늘 꾸었다. 그렇게 최악의 상황을 맞닥뜨리는 망상을 수도 없이 했다.

길을 잃은 자만이 올 수 있는 곳.

여자는 무슨 선문답 같은 말을 도무지 이해할 수 없었다. 모든 소통과 관계가 막혀버린 이곳이 여자는 편안했고 나름대로는 이 상황을 받아들이고 있었다.

"아이들은…… 외지에 나가 있나요?"

"아이들……."

여자의 질문에 순간적으로 부인의 표정이 어두워지며 해가 들이비치는 문 쪽으로 고개를 돌렸다. 그리고는 낮은 목소리로 중얼거렸다. 다 인과응보지…… 그런데 해미 씨는 집이 걱정 안되나요, 집 떠난 지 꽤 됐을 텐데. 부인이 돌아보며 물었을 때에야 여자는 홀가분하다는 투로 내뱉었다.

"걱정도 안 해요. 저 귀신 누가 안 잡아가냐고, 우리 집안에 노처녀 귀신은 없다고 구박이 여간 아니에요. 맏딸이 돼 갖구 집안 망신만 시킨다고 눈에 안 보이면 속이 시원해하죠. 여동생이 먼저 결혼해서 조카가 벌써 둘이에요. 자유롭게 살고 싶은데 그것두 내맘대로 안되네요."

가족 이야기에 부인의 눈빛이 잠시 빛났다. 아니, 빛났다고 느낀 것인지도 모르겠다. 집안 이야기를 해서인지 부인의 굳어 있던 얼굴이 부드러워지더니 커피 한 잔을 더 달라고 했다.

"이곳에 온 지 이십 년이 되었나. 아이를 셋 낳기까지 바깥세상을 몰랐어요. 처음엔 단순히 폭설 때문이라고 생각했는데 나중에는 나가는 길을 모른다는 거예요. 이 안에는 모든 게 자급자족이죠. 유래를 알고 나서 그들을 이해했지만."

"그들이라뇨."

"……."

노파의 기침 소리에 부인은 입을 다물었다. 나뭇가지 꺾는 기척이 났다. 부인이 가봐야겠다며 일어서자 여자는 따라 일어서서 마당까지 나와 배웅을 했다. 산봉우리 위로 오후의 겨울 해가 느리게 넘어가고, 산맥과 산맥이 겹쳐진 능선들이 하얗게 빛을 반사했다.

노파는 구부정한 허리를 힘겹게 펴며 일어서더니 멀어져가는 부인의 뒷모습을 오래 쳐다보았다. 복잡하고도 근원을 알 수 없는 표정은 괴기스러웠다. 여자가 인사를 하자 밤에 춥지 않았냐고 노파는 말했고 여자는 다시 옹기장이 부인의 이야기를 물었다. 노파가 낯을 찌푸렸다. 노파가 정신이 이상한지 여자로서는 잘 분간이 가지 않았다. 자식 잡아먹은 년. 노파는 한 손으로 코를 횡 풀며 중얼거리더니 돌연 넋두리를 했다.

"다, 즈들 잘되라고 해줬더니만 에미를 버리고 도망을 가다니, 산신령님도 무심하시지, 착한 내 아들을 데려가고 여우 같은 그년은 살려두다니 아이고, 억울하고 원통해서 못살겠네. 서방 잡아먹은 년, 일 년도 안 돼 다른 놈 품에 안기다니, 저승에 간 내 아들이 불쌍하지. 어이구, 불쌍타, 내 아들, 가엾은 내 손주들……."

돌연 노파가 훌쩍거리며 울기 시작했다. 여자는 당황했다. 짐승이 울부짖듯 괴상한 울음소리를 내던 노파는 두텁고 구부러진 손톱을 내밀며 마른 삭정이를 아궁이에 밀어넣었다. 살가죽만 남은 노파의 손과 마른 나뭇가지가 구분이 안 갈 정도였다. 노파의 구부러진 손톱이 쭉 뻗어나올 것만 같았다. 아궁이는 끝이 보이지 않을 정도로 깊고 어두웠다. 순식간에 장작에 불이 붙었다. 여자는 불꽃의 파편을 바라보았다. 여자의 몸 속 깊은 곳에서도 불길이 너울대는 것 같았다. 몸이 금세 따뜻해졌다.

며칠 후 마을에서는 잔치가 벌어졌다. 멀쩡한 멧돼지가 비어 있던 외양간에 들어와 여물을 먹고 있는 것을 주인이 발견하고는 동네 청년들을 불러모아 생포했다. 마을은 축제 분위기였다. 회관 마당에는 천막이 쳐지고 가마에 물이 끓었다. 여자는 회관 앞을 지나다 돼지의 고통에 절규하는 울음소리를 들었다. 돼지의 처절한 울부짖음이 귀청을 후벼파며 떠돌았다.

부인은 여자를 반갑게 맞았다. 여자가 부인에게 회관에 안 갔냐고 묻자 그들만의 제의에 끼고 싶지 않다며, 그들은 그런 식으로 결속력을 행사한다고 담담하게 말했다. 모과 차를 마시며 여자는 궁금했던 것을 물었다.

"그들이 누구죠?"

부인이 물끄러미 바라보더니 뜨거운 물을 찻잔에 부으며 지나온 이야기를 들려주었다. 노파가 친절하게 해줘서 믿었다는 내용과 잠결에 노파의 아들에게 겁탈을 당한 이야기를 말할 때 부인의 눈빛은 담담했다. 방 안에 밥상과 요강을 들이밀고는 밖에서 자물쇠를 잠그는 노파 얘기를 할 때 부인의 눈에 물기가 보인 것 같았다. 부인이 임신하자 비로소 바깥나들이가 허용되었으며 그렇게 3남매를 낳았는데 다 죽었다고 말할 때 아주 잠깐 부인의 목이 잠겼다. 고함을 질러도 보고 애원도 해보았지만 소용없었노라고 말하는 부인은 한숨을 길게 내쉬며 허망하다고, 한순간에 인생이 지나가버렸다고 아무렇지 않게 말했다.

여자는 오던 날 저녁부터 줄기차게 아궁이 앞에 앉아 중얼거리며 불을 지피는 노파를 떠올렸다. 방이 덥다고 적당히 불을 지펴달라고 말해도 노파는 들은 척도 안 했다. 매일 밤 꾸는 악몽에 대해 부인에게 말을 할까 하다가 여자는 입을 다물었다. 밤마다 여자는 남자들을 만났다. 다음날 구멍가게에 들러 담배와 소주를 사는 여자의 눈에 청년들이 보였고 놀랍게도 그들은 모두 악몽 속에서 여자가 만났거나 그녀와 밤을 보낸 얼굴들이었다. 부인이 다시 어둡고 우울한 얼굴로 힘겹게 입을 열었다.

"이 마을 사람들은 아주 결속력이 뛰어나요. 공모자이기 때문이죠. 그들은 외부 세계로 나갈 수 없는 운명이었어요. 조상대대로 그래왔죠. 나물 뜯으러 나온 처녀가 길을 잃으면 연장자 순으로 강제 합방을 시킨 뒤 처녀가 체념할 때까지 감시를 하죠. 아이가 태어나고 운명에 순종할 때까지. 외부 세계와 단절된 공간, 숨어지내는 그들로서는 그렇게 대를 이어갈 수밖에 없겠죠. 길 잃은 여자의 운명은 공동체의 음모와 모의에 하루아침에 낭떠러지로 추락하고, 추락한 그 순간부터 다시는 벗어날 수 없는 구조, 집단의 감시망에 포위되어버리죠. 처녀와 순서에 의해 뽑힌 남자를 한 방에 집어넣고 밖에서 문을 잠근 적도 있었는데 직접 보진 못했고, 오래 전 그런 일이 있었다는군요."

여자는 부인의 말을 듣는 내내 몸에서는 소름이 돋고 희열이랄까, 묘한 미열이 돋는 것을 느꼈다. 여자의 처지가 그랬다면…… 여자는 상상만으로도 전율이 솟았다. 살아남기 위해, 종족을 보존하기 위한 그들의 비열함이 이상하게 여자의 마음을 잡아끌었다. 부인이 느꼈을 분노나 절망감과는 다른 감정이었다. 여자는 식어버린 차를 목 안으로 넘겼다.

"바깥세상으로 나가고 싶어 발이 아프도록 마을을 헤매고 다녔지만 길을 찾을 수 없을 때의 절망감은 이해할 수 없을 거예요. 나중에는 자포자기 심정이 되죠. 마음을 닫게 되고."

"여자들이 모두 돌아가고 싶어했나요?"

여자는 아차 싶었지만 이내 자신의 심정 일부를 들킨 것 같아 얼굴이 붉어졌다. 부인은 희미한 미소를 지었다.

"적응을 잘하는 사람도 있었죠. 남의 집 노비로 심부름하다가 온 경우와 환갑 노인의 첩실로 부모가 혼인을 정해주자 죽으려고 산에 올랐다가 따라온 여자들은 활기차고 적극적으로 살았죠. 그녀들에겐 이곳이 보호막이자 낙원인 셈이죠."

"지금도 외부로 나가는 길이 닫혀 있을까요? 눈이 녹은 후에도 말이에요."

여자의 말에 부인이 처음으로 소리내어 웃었다. 그러면서 해미 씨는 참 재밌는 거 같아요. 정말 그렇게 되고 싶은 표정이네, 라며 부인은 농담을 했다. 여자는 자신 안에서 꿈틀대는 복잡한 심경을 생각했다. 여행을 떠날 때마다 일탈의 환영에 젖었던 자신의 기억을 환기하며 세상에서 잊혀지는 존재로 살아간다는 의미를 떠올렸다. 여자를 둘러싸고 있는 상황은 불확실했다.

여자에게 있어서 새로움의 탐구는 하는 일의 결과와도 상관이 있었다. 세상 속에 숨어 있는 미지의 삶이란 것도 따지고 보면 새로울 것이라곤 없었다. 이미 누군가의 발자국을 따라 딛은 흔적의 그림자에 불과했다. 기껏 만든 작품이 외면당했을 때의 심정은 참담했다. 여자의 실종된 작품들은 어딘가 허공에 흩어진 채 영영 그 존재를 찾을 수 없을 것이다. 바다라고는 상관도 없는 이름인 해미를 부모로부터 받았을 때부터 여자의 생은 스스로도 어찌할 수 없는 운명 속으로 걸어들어가고 있었다. 여자는 팍팍하고 외로운 시간을 돌아보며 자신의 이름을 소리내어 불렀다. 그러면서 짧은 생애가 푸른 물결로 출렁거리길, 먼 대양을 향해 질주하는 아름다운 생이기를 내심 갈망했다. 사막에서 우물을 찾아헤매듯 정신과 육신의 고통스러운 결정체를 짜내어 건져올린 시간들이, 그 피말리는 작업의 순환이 여자에게 남긴 것은 무엇이었을까. 흔적 없는 나날들이었다.

풍물 소리가 났다. 그들만의 축제가 벌어지고 있었다. 골짜기의 눈은 파란색을 띠었다. 그 파란빛은 때때로 낮의 햇빛을 흡수해서 자신의 거대한 몸을 더욱 환하게 밝혔다. 간간이 그 파란빛은 계곡이 갈라지는 곳에서 검푸른 빛을 띠기도 했는데 거대한 감옥으로 마을을 에워싸고 있는 듯했다. 실체를 드러내지 않은 채 신비의 자락을 펼쳐놓는 저 희고도 순결해보이는 눈더미가 짐승을 가둬 죽음으로 몰고간다 생각하니 돌연 눈앞의 흰빛이 검은 천막을 친 채 자신에게 덮쳐오는 환각에 부르르 진저리를 쳤다. 여자는 점점 검은빛을 띠는 설경을 바라보며 산등성이 너머의 도시를 잠깐 떠올렸다.

노파는 발짝 소리를 내는 법이 없었다. 올이 드러나는 낡은 모직 상의 깃을 턱밑까지 올리고는 불쑥 나타나서는 아궁이 군불을 뒤적거렸다. 노파의 사라진 아들과 그의 연인을 생각하며 여자는 한 가닥 의혹이 피어올랐다. 그리고 마을 청년들의 눈에 일렁이던 욕망과 고독의 그림자를 언뜻 떠올렸다. 마을을 빠져나가는 열쇠를 남자가 쥐고 있다면 그 열쇠를 따는 키는 여자가 쥘 수도 있었다. 노파의 수수께끼를 풀어보리라 작정한 여자는 일찌감치 잠자리에 들었다. 그러나 잠이 오지 않아 뒤척였다. 달빛이 창호지를 뚫고 들어왔다. 여자는 밖으로 나왔다. 파란빛으로 반짝이던 산들은 달빛을 품어 안고 있는 듯 어둠에 잠긴 마을을 비춰주었다.

다음날 여자는 노파의 뒤를 밟았다. 노파의 발자국은 전나무 숲으로 이어졌다. 하루종일 나무 타는 냄새를 뿌려대는 굴뚝의 연기가 지붕 너머로 보였을 때 여자는 발이 시려옴을 느꼈다. 가파른 절벽과 얼음 폭포, 전나무와 낙엽송 군락이 시야에서 사라졌을 때 발걸음을 멈춰 선 노파가 뒤돌아보았다. 미처 몸을 피하지 못한 여자는 노파의 시선 속에 고스란히 포박당했다.

"뭐하노, 퍼뜩 따라오지 않고."

여자는 놀라서 눈을 크게 떴다. 십여 분쯤 더 가자 돌탑이 보였고 탑은 아랫단이 넓고 둥글게 쌓여 있었고 위쪽으로 갈수록 뾰족했다. 노파가 돌을 얹었다. 아들을 떠나보내고 매일 돌을 올렸지…… 노파는 혼자 중얼거리더니 계곡 아래로 내려갔다. 문득 여자는 노파의 아들이 살아있을 지도 모른다는 상상을 했다. 닫힌 세상에서 열린 세상으로 아들을 보내고 그것을 은폐시키려 미친 척하는 게 아닌가 하는 의혹이 피어났다.

마른 덤불 앞에서 걸음을 멈춘 노파는 여자를 할퀼 듯이 노려보았다. 그 눈빛에는 비웃음이랄까, 살의가 가득 담겨 있었다. 다 내

죄지, 동네 총각들 칼부림 나기 전에 속히 떠나거라. 생긴 건 암노루새끼처럼 얌전하게 생겨갖고는…… 이젠 나도 죽을 때가 됐지. 할머니 무슨 말씀을…… 여자가 미처 말을 끝맺기도 전에 노파의 가래 끓는 소리가 귀를 후볐다.

"동네 총각들 다 잡아먹을 년."

여자는 노파의 눈초리를 피하며 매일 밤 악몽 속에서 형체를 모르는 그림자에 짓눌려 비명을 질러대던 꿈을, 그 열기에 휩싸여 눈밭을 달려가는 자신의 모습을 기억해내려 애썼다. 여자는 자신의 내부에 숨겨진 욕망의 근원을 지우며 노파를 노려보았다.

"할머니, 왜 아들 찾아 이곳을 떠나지 않는 거죠."

노파는 흠칫 놀라더니 여자의 얼굴을 정면으로 바라보았다. 노파의 입술이 조금 움직이는가 싶더니 혼잣소리로 중얼거렸다. 자세히 들리지는 않았지만 자신의 운명이라고 한 것 같았다. 아니, 웬 잔말이 그리 많냐고 한 것 같기도 했다. 한참 여자를 노려보며 음흉한 웃음을 입가에 흘리던 노파는 침을 퉤 뱉고는 바람같이 사라졌다.

따뜻한 바람이 불어왔다. 어느 사이 눈은 다 녹아 형체를 찾아볼 수 없었다. 세상으로 열린 문고리를 잡고 있는 이상 여자에게 마을은 아무 의미가 없었다. 그저 어디서나 흔하게 만나는 오지 마을에 불과했다.

여자는 오래도록 흰 등성이가 검붉은 놀을 받아 검은빛으로 서서히 채색되어 가는 풍경을 바라보았다.

철쭉가지를 헤치고 나서자 가지런한 밭고랑이 보였고, 낡은 기와

집이 나타난다. 마당에는 노란 유채꽃과 복사꽃이 한창이다. 마당과 밭두렁을 경계로 오백여 평 돼보이는 밭이 있다. 그렇지만 행사 흔적이라곤 찾을 수 없다. 나는 뭔가 잘못됐음을 직감한다.

"보살님, 이 골짝에는 웬 일인교?"

목소리가 나는 쪽으로 돌아보자 밀짚모자를 쓰고 예비군 윗도리를 걸친 중년의 남자가 합장을 한다. 남자의 손에는 곡괭이가 들려 있고 검정고무신을 신었으며 한쪽 바짓단이 무릎까지 말려 있다. 얼떨결에 아, 안녕하세요, 인사를 하고는 주위를 두리번거린다.

"부처님 대전에 인사는 했능교?"

"아, 아직요."

"아, 그럼 퍼뜩 인사부터 하이소. 마 그기 예의가 아니겠습니꺼."

"저……."

"점심공양은 하셨능교."

남자가 내 행색을 훑어보며 말하자 비로소 아무것도 먹지 못한 것을 알았다. 사찰 인근에 가면 식당이 있겠거니 방심한 게 잘못이었다. 시계를 보니 오후 3시 40분이다. 남자는 무슨 생각이었는지 부엌을 가리키며 말한다.

"공양간에 가면 부뚜막에 찬밥이 있을 거요. 찬장에는 김치랑 반찬이 있으니 알아서 마 드시쇼. 그동안 밭을 마저 갈고 오겠심더."

고개를 숙여 고맙다는 표시를 하고 모퉁이를 돌아 부엌으로 간다. 아궁이가 깊어서 문지방을 넘을 때 엉덩이를 걸치고 타넘는다. 부엌은 단출하다. 무쇠솥 하나, 양은솥이 하나 걸려 있고 진흙을 거칠게 이겨바른 벽에는 거미줄이 흔들리고, 아궁이 주변과 천장은 시커멓게 그을려 있다. 찬장에는 묵은 배추김치와 깍두기, 취나물 무침과 김치찌개가 작은 그릇에 담겨 있다. 쟁반에 밥과 반찬을 담아 부뚜막 위에 앉아 먹는다. 부엌 문 밖에서 남자가 수건으로 땀을 닦으며 방에 들어가 드시라고, 드시고, 차도 한 잔 마시고 가라고 말하더니 냉큼 쟁반을 들어 방 안에 들여놓아준다. 수저를 든 채 운동화를 벗는다.

"보살님, 찬은 없지만 찬찬히 드시소, 보살님이 내 저녁공양 축내시는 거요, 허허."

남자가 웃으며 휴대용 가스레인지를 켜고 주전자를 올려놓는다. 먹다보니 스텐식기에 반 넘게 담겨 있던 밥을 다 비웠다. 주전자 물이 끓기 시작하자 남자가 종이상자를 밀어놓으며 식성대로 마시라고 말한다. 커피믹스와 설록차, 홍차 티백이 담겨 있다. 커피믹스를 꺼내며 그를 쳐다본다. 뭘로 드시겠어요, 내 물음에 그는 녹차나 한 잔 주이소, 라고 대답하는 태도가 내가 주인이고 그가 손님 같아 웃음이 나온다.

"스님이신가 봐요."

"중 같지 않아 보입니꺼. 처자께서는 어데서 오셨능교, 이 골짝에는 무슨 일로."

"영산재가 있다고 해서 취재를 왔거든요."

"취재라. 기잔교?

"그게 아니고, 저어……."

"영산재는 본사찰에서 다음 달에나 있을 예정인데, 그때나 와보소."

나는 대충 둘러대고 방문 밖 산등성이 위의 나무들이 연둣빛 잎 사귀를 흔들어대는 것을 내다본다. 오리나무 소사나무 상수리나무 같은 활엽수가 주종을 이루고 있다. 흰색과 분홍색 꽃나무들이 연녹빛 나뭇잎 사이에서 환하게 번져가고 있다. 조용히 흔들리는 나뭇가지들마저 고요 속으로 가라앉으며 시간은 주변의 모든 것들을 자신의 품 안에 넉넉히 침잠시키고 있다. 산길로 접어들기 전 마을의 초입에서 농사를 시작하던 사람들의 분주함 속에서 발견했던 평화로움이었다. 중국의 고사에 나오는 어느 농부가 발견했다는 무릉도원이 눈앞에 펼쳐진 듯하다. 농부가 사람들을 데리고 무릉도원을 다시 찾아나섰으나 끝내 찾지 못했다는 이야기는 무얼 말하는 것일까. 이러다 갇혀버리는 게 아닌가, 산철쭉 무더기가 막아서던 상황이 오래 전에 있었던 일인 양 멀게만 생각된다.

"스님, 이곳을 나가는 길이 없는 건 아니겠죠."

말해놓고도 쑥스럽다. 이 깊은 산중 암자에까지 오게 된 인연은 또 무엇인지, 해가 지기 전에 돌아가야한다고 마음먹지만 두 다리가 무거워오고 눈꺼풀이 자꾸 무겁게 내려앉는 것을 참을 수 없다. 열린 문으로 대웅전의 빛바랜 탱화가 어지럽다. 마루와 대웅전이 붙어 있는, 신라 말, 고려 초의 건물이다. 군데군데 진흙이 떨어져 나간 벽과 나무기둥은 삭아서 개미 떼가 기어다니고 지붕 한쪽은 비스듬히 내려앉고 있다.

"잘 알려지지 않아 신도들의 행적이 끊긴 지 오래되다 보니 지탱하기가 힘들지예. 보살님이 여기까지 온 것도 다 인연 아니겠능교. 토방 하나가 비어 있으니 마 얼마든지 묵어가이소."

몇 달 들어앉아 작업을 하면 좋겠다는 생각을 하던 중이었다. 차를 마시면서 그는 벽장문을 밀더니 땅콩 비스킷이며 옥수수 뻥튀기를 꺼내놓는다.

"심심하면 주전부리하던 겁니다. 산중이라 대접할 건 없고."

그의 환대에 선뜻 일어서질 못하고 미적거린다. 오랜 시간 혼자 살아와서인지 사람에 대한 허기가 간간이 비쳤다. 열어놓은 방문으로 앞산 봉우리들이 붉은빛으로 출렁이며 흔들리고 있다. 문득 그림자 하나가 뒤채를 돌아나가고 있는 게 얼핏 보인다. 나는 자신도 모르게 아, 하고 소리를 지를 뻔했다. 구부정한 허리에 지팡이를 짚고 뒤채로 돌아나가던 모습은 분명히 그 노파였다.

"왜 그러능교, 우리 공양주보살 아주머니신데 산에서 막 돌아왔나봅디더. 고사리는 좀 꺾었을라나. 봄 한 철 나물 뜯어 말려서 팔기도 하고, 겨울 양식도 하고 그러지예."

그의 말을 건성으로 들으며 노파를 생각한다. 노파의 뒷모습이 자꾸 눈에 걸린다. 차를 마저 마시고 일어나 부엌을 기웃거리자 아궁이에 불을 지피고 있던 노파가 힐끔 쳐다보더니 오래 전에 알고 지낸 표정으로 반갑게 말한다.

"오느라 얼마나 힘들었을꼬. 군불 팍팍 때줄 테니 비어 있는 방에 맘껏 묵어가소."

나는 네, 대답하고 나서 노파의 얼굴을 유심히 뜯어본다. 오래 전, 강원도 산 속에서 만난 그 노파와 닮은 것 같기도 하고 아닌 것 같기도 하다.

"언제부터 여기 계셨어요?"

"나 말인가, 그야, 알 수 없지. 백 년이고 천 년이고 인간이 그렇게 경계를 지어놨지. 그기 다 무슨 소용이고."

선문답 같은 노파의 말을 알아들을 수 없다. 산그늘이 지고 경 소리가 울려온다. 꼼짝없이 이곳에서 발이 묶이는 건 아닌지. 영영 길을 잃어버릴 지도. 그리하여 세상 밖으로 나가는 길을 내 안에서 스스로 차단하고 싶은 지도 모른다는 의문이 피어오른다.

남자가 상체를 벗은 채 장작을 패고 있다. 도끼 날에 쩍 소리가 나도록 갈라지는 나무의 비명 소리가 골짝을 한 바퀴 들었다 놓는다. 순간 높은 산봉우리가 희게 빛나며 그 푸른빛이 산맥을 타고 내려오는 환영에 부르르 몸을 떤다. 자세히 보니 온 산에 만개한 산철쭉이다. 흰빛 같기도 하고 푸른 연기 같기도 하고 연한 살구빛 같은 꽃나무가 온 산 가득 빛무리를 이루며 번져가고 있다. 환하다.

비, 쏟아지다

비는 유월의 메마른 대지와 수목을 적시며 한꺼번에 내리꽂혔다. 뿌리까지 깊숙이 물에 잠긴 골목이며 집들이 무겁게 침잠하고 있었다. 유리문 밖으로 도시 전체를 집어삼킬 듯이 빠르게 몰려오는 먹구름을 보며 불안한 예감과 동시에 번개가 지나갔다. 밖이 소란스러웠다. 나는 자리에서 일어났다. 몇 개의 우산 사이로 사람들의 움직임이 보였고 누군가 밀치고 잡아당기는 풍경이 눈에 들어왔다. 웃통을 벗어제친 남자가 여자의 멱살을 잡아채자 여자의 머리가 힘없이 흔들렸다. 고개를 수그린 여자의 등이 보였다. 고스란히 비를 맞고 주저앉은 여자는 남자가 머리채를 잡아당기는 손을 피할 생각도 안하고 있었다. 여자의 몸에 내리꽂히는 비처럼 욕설과 비난이 그녀의 몸에 내리꽂혔다. 방충망을 열어젖히고 그들의 말에 귀를 기울였다. 그러나 더 이상 그들의 말은 들려오지 않았고 거친 몸동작만이 빗줄기 사이로 흩어졌다. 삼층 높이의 베란다에서 내려다본 풍경은 비현실적이었다.

사람들이 하나 둘 사라지고 여자 혼자 남았다. 여자는 바닥에 두 손을 짚은 채 허리를 측면으로 기우뚱하니 비틀고는 비를 맞고 있었다. 나는 우산을 들고 계단을 따라 밖으로 나갔다. 감기 걸리겠어요. 여자의 팔을 잡고 부축해서 일으켜 세웠다. 젖은 여자의 옷이 내 팔과 다리에 닿자 서늘한 냉기가 휘감아왔다. 옷이라도 말렸다 가세요. 여자의 팔을 잡아끌자 그녀는 비칠거리며 일어나 따라왔다.

거실 소파에 여자를 안내하고는 수건을 건네주었으나 그녀는 그 것을 받아 놓을 뿐 빗물을 닦지 않았다. 가스레인지 불을 켜고 물을 끓였다. 따뜻한 커피를 손에 든 여자는 파란 입술을 맞부딪쳤다. 귀여운 인상이긴 하지만 핏기없는 창백한 얼굴이 경직돼 있었고 무표정했으며 화장기 없는 볼에는 언뜻 검은 기미 자국이 보였다. 가죽 소파 주위에는 물이 흥건했고 여자가 몸을 떨 때마다 커피잔이 그녀의 손에서 벗어나 깨질 것 같은 불안감이 엄습했다. 어서 마셔요, 괜찮아질 거예요. 겨우 몇 모금 마신 커피를 내려놓고 여자는 비 오는 밖을 내다보았다. 그녀의 눈에서 금방이라도 눈물방울이 고여 떨어질 것 같았다. 집 안은 눅눅한 습기로 가득했다. 웬 비가 이렇게 내릴까. 부자연스러운 분위기를 해소하려고 비가 들이치는 창문을 닫으며 중얼거렸다. 맨홀 속으로 빠르게 몰려드는 붉은 물이 거리 곳곳에 넘쳐났다. 플라스틱 그릇과 고무장갑이 떠다녔다. 방파제를 달리던 승용차가 파도에 휩쓸린 소식도 들려왔고 피서객이 골짜기에 고립되어 구조대의 도움을 기다리는 장면도 되풀이되고 있었다. 그 계곡은 해마다 급류를 타고 사람들을 구조하는 구조대의 모습이 화면에 드러나는 장소였다. 같은 피해를 반복하고 있었다. 장마가 일찍 왔다고 기상캐스터는 발표했다. 요즘은 기후 탓인지 꽃도 피는 시기를 헷갈려 오월 말경 벌써 장미가 담장을 수놓고 있었다.

"고마웠어요."

여자는 작은 소리로 겨우 말하고는 일어나 현관문 쪽으로 걸어갔다. 그녀의 몸이 휘청 흔들린 것 같았다. 여자는 나를 기억하지 못했다. 내가 그녀를 본 건 지난봄이었다. 운동삼아 가까운 산에 갔다가 중턱쯤에서 물고기를 파는 여자를 만났다. 산에서 바다 생선을 파는 게 신기해서 여자를 자세히 쳐다보았다. 요 앞바다에서 잡은 건가요? 그래요, 동막에서 방금 건져왔어요. 1키로에 4천 원 해줄 테니 소라 좀 사가요. 삶아서 초고추장에 찍어먹으면 맛이 그만이지, 옆에서 구경하던 노파가 참견을 했다. 여자는 금방 잡아온 거라 싱싱하다고 말했다. 산의 높이는 해발 4백 미터. 중턱에는 음료수와 커피를 파는 곳이 두어 군데, 그러나 바다 물고기를 파는 여자는 처음 보았다. 잡어가 뒤섞인 커다란 함지박에는 지느러미를 움직이며 물방울을 퉁겨내는 물고기들이 요동을 쳤다. 딱새, 가재, 소라, 게, 망둥어……가까운 바다에서 볼 수 있는 것들이었다. 한 무리의 사람들이 빙 둘러서서 구경을 하고는 돌아서들 갔다. 올라갈 때 본 물고기 여자는 내가 두 시간 남짓 산에서 머물다 내려온 시간에도 여전히 그 자리에 앉아 있었다. 산나물이면 몰라도 바다 고기를 산에서 만난 게 좀 뜻밖이라 나는 한참 함지박을 들여다보다가 그냥 돌아섰다. 사람들이 여자의 함지박 주위에 모여들어 구경을 했지만 사 가는 사람은 없었다. 그들도 나처럼 산에서 만난 물고기가 생소해서 관심을 보였는지도 모른다.

　나뭇가지가 심하게 흔들리는 것으로 보아 태풍이 올 모양이었다. 태풍의 경고는 심상치 않았다. 제주도와 남해안을 북상하는 태풍의 위력은 비를 뿌려댔고, 저온 현상이 이어졌으며 사람을 무기력하게 만들었다. 며칠째 꼼짝 못하고 집에만 있는 것도 고역이었다. 집을 보러오는 사람은 한 명도 없었다. 전망이 좋아 다른 집보다는 쉽게 팔릴 줄 알았다. 조망권이 어떻고 설명을 해도 부동산 사람들은 엘리베이터가 없다는 이유로 시큰둥한 반응이었다. 5층 건물에 엘리베이터라니, 말도 안 되는 소리였지만 수요자가 그걸 원한다니 할 말이 없었다. 전망이 좋다는 것 때문에 덜컥 계약을 하고 이사를 온 삼 년 전의 상황이 이번에도 재연되고 있었다. 시골로 내려갈 계획은 원래 십 년쯤 뒤에나 잡혀 있었다. 그런데 갑자기 인도네시아에서 자리를 잡은 남편 따라 온 가족이 출국하게 됐다며 기왕이면 아는 사람에게 넘기고 싶다고 정애가 말했을 때 나는 웃어넘겼다. 정애는 니가 맡아야 잠깐씩 고국에 나올 때 마음놓고 쉬어갈 수 있지 않겠냐고 끈질기게 물고 늘어졌다. 한지를 사다 벽지를 바른 거며 황토방에 들인 땀과 노동의 시간을 줄줄이 엮었고, 들기름 두 병으로 무쇠솥 길들이는데 3개월이 걸렸다며 욕심 같아선 무쇠솥을 갖고 가고 싶다고 말하는 표정이 농담 같지 않고 진지했다. 정애는 이사하기 전 같은 아파트 옆집에 살았다. 비슷한 시기에 결혼해 딸 한 명을 둔 것도 같았고 산에도 같이 다녔다. 정애를 따라 시골에 내려 갈 때 나는 가볍게 드라이브나 하고 올 심사였다. 막상 정애가 살고 있는 집 마당에 들어서자 단박 마음에 들었다. 앞이 훤히 트였고 마을과 마을 사이에 외딴집이라 동네 사람들의 시선에서 자유로웠다. 그날 저녁을 함께 먹으며 계약을 덜컥 해버렸다.

아침의 그 소동이 언제 있었더냐 싶게 상가 건물 앞은 적막이 돌았다. 부동산에 들러봐야겠다고 핸드백을 챙겨들다가 문득 산에서 본 물고기 여자의 함지박이 생각났다. 그 여자가 다시 나왔을까. 비를 쫄딱 맞으며 항의 한 번 안하고 남자의 손아귀에 전신을 무방비 상태로 내던지던 상황이 무대 위의 장면처럼 스쳐갔다. 무엇이 여자로 하여금 삶의 의욕을 포기하게 만들었을까. 내가 본 건 분명 애착을 잃어버린 여자의 텅 빈 눈빛이었다. 그 눈에는 아무것도 담겨 있지 않았다.

집 안에서 밖으로 나오자 햇살이 비쳤다. 젖어 있던 길은 말라 부석거렸다. 부동산에는 몇몇의 얼굴들이 있었고, 더러는 낯익은 얼굴이었다. 장사가 안된다며 울상을 짓는 횟집 사내가 세를 놓을 작정이라며 상담을 하고 있는 게 눈에 들어왔다. 워낙 목소리가 괄괄해서 일부러 듣지 않아도 귀에 꽂혔다. 권리금은 포기 할테니 원금만이라도 건질 수 있게 해달라는 횟집 주인의 목덜미가 붉게 상기되어 있었다. 정수기에서 물을 따라 마신 후 횟집 사내는 소파에 털썩 주저앉아 덥다는 소리를 반복했다. 아직, 소식 없나요. 내 물음에 꼬인 전화기 줄을 손에 감고 있던 여자가 손톱에 칠한 빨간 메니큐어를 후후 불면서 미소를 지었고, 반대편 책상 앞에 앉은 여자는 볼펜을 돌리며 낙서를 하고 있다가 낯을 찡그리며 울상을 짓는 시늉을 했다. 빨간 매니큐어가 아침에 그 일 봤죠, 라며 말을 꺼내자 볼펜을 든 여자가 호기심을 드러내며 맞장구를 쳤다. 남자가 생겼대. 남자 집에서 나오는 걸 시댁 식구들에게 들켰는데 낯빛 하나 변하지 않더래. 벌써 여러 번 들켰는데 시댁에서 아무리 난리를 쳐도 소용없대. 그렇지만 여자에게 폭력은 좀 심했지, 남자의 이모부라나 뭐라나…… 그들의 말을 귓등으로 들으며 왜 도망가지 않고 수모를 당하며 눌러 살까, 하는 의문이 들었다.

부동산 뒤로는 빌라촌이 있고 빌라 건물이 끝나는 지점에서부터 길이 있다. 길은 산을 향해 뻗어 있다. 산의 초입에는 파, 얼갈이배추, 열뭇단, 풋고추, 호박 몇 덩이를 놓고 파는 할머니 둘이 앉아 한담을 나누고 있었다. 등산로에는 전에 없이 길이 나있고 길은 사방으로 이어졌다. 백여 미터쯤 갔는데도 사람들의 행렬이 줄을 이었다. 경기가 좋지 않아 헬스나 수영장 스포츠 댄스를 하던 사람들이 돈 안 드는 운동을 찾아 산으로 몰려든다는 뉴스가 떠올랐다. 불과 한 달 전만 해도 인적이 드물었는데 몇 걸음 걷다보니 내려오거나 걸음을 빠르게 올라가는 사람들과 어깨가 부딪칠 정도였다.

정상에 올라섰을 때 사방으로 뻗친 길들은 마치 분화구 주변의 용암이 지나간 흔적 같았다. 등산로가 개미굴처럼 숲의 그늘 사이에 숨어 얽히고 설켜 있었다. 나는 무수한 발길에 하얗게 변해 풀한 포기 남아 있지 않은 그 길을 피해 산자락 경사면의 옆구리를 따라 걸었고 —이 길은 등산로가 아닙니다. 해병산악회—라고 쓰인

픗말을 보며 길 위로 올라섰고 순간 바다가 훤하게 내려다보이는 곳에 다다랐다. 아주 잠깐이지만 나는 당황했다. 내가 다니던 그 길이 아니라 전혀 엉뚱한 장소였다. 나는 주위를 둘레둘레 살피다가 곧 난감해졌다. 방향을 종잡을 수가 없었다. 바다는 은회색으로 빛났다. 그러나 내가 본 게 바다였는지 갯벌이었는지는 정확하지 않았다. 공장의 굴뚝에서 연기가 솟았고 항구에는 원목을 실은 커다란 배가 고동을 울리며 아주 느리게 갑문 안으로 들어서고 있었다. 먼 바다에 떠 있는 준설선이 게으른 고래 등짝처럼 엎드려 있는 풍경도 눈에 들어왔다. 배 주위에는 갈매기들이 몰려다녔다. 먼바다에서 비린내를 담은 바람이 몰려왔다. 그 바람은 어쩔 수 없이 떠돌아다닌 어머니의 냄새였고, 섬의 냄새였고 거역할 수 없는 운명의 어둡고 부패한 냄새였다. 나를 따라 다니는 질긴 그림자를 떨쳐내려는 듯 머리를 흔들었다.

다시 거꾸로 오던 길을 되짚어가기 시작했다. 산등성이를 향해 걸어가는 내 귀에 여자들의 웃음이 들려왔다. 김밥과 음료수를 펼쳐놓고 먹고 마시는 한 무리의 사람들이었다. 그들이 어찌나 크게 떠들어대는지 산에 온 건지 동네 시장에 온 것인지 알 수 없을 정도였다. 나는 그들의 대화 내용에 관심이 없었지만 어쩔 수 없이 그들의 소리를 귀에 담아야 했다.

나는 무심한 척 듣고 있었다. 그들 중의 한 여자가 날이 선 목소리로 쏘아부쳤다. 지금 소설 쓰는 거니? 느들이 막상 닥쳐봐라, 그렇게 고상하게 나오겠니. 여자의 말끝에서 베어진 말들은 피를 뚝뚝 흘리며 바닥에 흩어졌고 더러는 등산객의 어깨에 부딪히거나 더러는 나뭇가지에 걸려 흔들리며 내 귀에 들어와 박혔다. 그 말의 여운이 얼마나 날카로운지 나는 내 귀의 어느 부분이 베어진 것 같은 느낌에 무심코 귀를 어루만졌다. 나는 손가락을 귀에 넣어 쑤셔대며 여자의 표정을 살폈다. 함께 있던 다른 여자들이 놀란 눈을 동그랗게 뜨고 입을 다물었다. 스스로의 날카로움에 베인 듯 다리를 휘청거리며 여자가 일어섰다.

물고기 여자는 없었다. 나이든 여자가 중턱에 앉아 음료수와 커피, 녹차, 마차를 팔았다. 나이든 여자 주위에는 비슷비슷해 보이는 늙은 남자들이 모여 앉아 잡담을 나누다가 지나가는 여자들을 힐끔거렸다. 늙은 남자들의 곁눈길이 뒤에 와 닿는 것을 느끼며 빠른 걸음으로 내려왔다. 한참 내려오다가 나무에 기대섰다. 피곤해서 더 걸을 힘이 없었다. 각종 고지서를 전해주러 왔다가 차를 같이 마신 반장의 목소리가 귀에 울렸다. 잘못하고 있는 거야. 아저씨 바람 피면 어쩌려구 젊은 여자가 혼자 내려가, 세상을 좀 더 오래 산 사람의 말을 새겨들어 둬. 부동산 사무실의 붉은 매니큐어 여자와 볼펜을 손에서 놓지 않고 돌리던 여자, 반모임에서도 다들 측은한 시선으로 바라보며 한 마디씩 던졌다. 왜 모두 한통속이 되어 그런 말을 하는지 이해할 수 없었다. 왜 남편 쪽을 문제삼는지, 여자인 내 쪽을 문제삼는 이들은 없었다. 막상 집을 강제로 넘기다시피한 정애도 그 점을 염려했다. 너, 남편 잘 챙겨라. 나는 정애의 말에 화를 내며 전화를 끊어버렸다.

남편과 나는 일반적인 부부관계와 달랐다. 딸아이는 입양했고, 시댁이나 친척들 모르게 친딸처럼 키웠다. 결혼 후 얼마간 부부 생활이 있긴 했지만 두 사람 모두 그 분야에서 특별한 의미를 찾지 못했다. 다른 것은 지극히 정상적으로 생활했다. 남들 눈에 우리 부부는 한 쌍의 잉꼬였다. 서로의 개인 생활에 대해 일체 간섭을 안하고 존중해주는 편이었다. 그러니 큰소리가 날 턱이 없었다. 나 역시 불만이 없었다. 남편은 내가 하는 일에 대해 반대하거나 자기 의견을 내세운 적이 없었고, 내 요구 사항에 대해서도 웬만한 일에는 오케이였다. 나는 사람들의 반응이 목에 걸린 가시처럼 껄끄러웠다. 한두름에 엮어 똑같이 취급하려는 그런 시선이 거북했다. 사람들이 뭐라는 줄 알아. 우리 부부는 정상이 아니래. 며칠 전 저녁 식사 후 캔 맥주를 마시며 지나가는 소리로 말했으나 남편은 웃기만 할뿐 별다른 반응을 보이지 않았다. 정상과 비정상을 재는 척도가 있기는 한 걸까. 어쩌면 너무나 덤덤한 남편의 태도 때문이었을까. 속이 답답하고 두통이 왔다. 두통은 일 년 전부터 있었다. 소화제 알약 두 알을 물컵과 함께 남편이 건넸다. 나는 알약을 던져버렸다. 빈 호두껍질 같아. 당신과 나를 연결해주는 게 뭐지? 말해봐, 이렇게 고상하고 품위 유지하는 부부가 세상에 또 있을라구. 내 반응에 남편은 두 눈을 크게 뜨고 쳐다보았다. 당신답지 않게 왜 그래, 무슨 일 있어? 집 때문에 예민해 있는 것 같애, 푹 쉬면 괜찮을 거야. 남편은 조용히 말하고는 침실로 들어갔다. 남편 말이 맞을 지도 모른다는 생각을 하며 소파에서 잠이 들었다.

다음날 부동산에서 전화가 왔다. 가격을 좀 더 다운시켜서 내놓으면 안 되겠냐고. 팔릴 수 있는 금액으로 알아서 조정해보라고 말하고는 외출 준비를 했다. 은행에 들러 볼일을 마치고 나오다 문득 공원에 나무들이 큰 숲을 이루고 있음이 시선을 잡고 놓지 않았다. 늘 다니던 길이었는데 예전에는 나무의 존재를 몰랐다. 산에 올랐을 때 낯선 길을 만났던 것처럼 생소한 공원의 정경을 한참이나 바라보다가 길을 건넜다. 그때 물고기 여자가 공원으로 들어가는 게 보였다. 나도 모르게 물고기 여자를 쫓기 시작했다. 공원은 그늘이 깊었다. 아무리 찾아도 물고기 여자는 없었다. 가운데 원형 연못이 있고 연못 주위로 길이 사방으로 뻗어 있었다. 나는 물고기 여자 찾는 것을 포기하고 나무 의자에 앉아 뻐근해진 다리를 주물렀다. 어디선가 울음소리가 났다. 플라타너스 나무숲을 헤치고 들어가자 물고기 여자가 보였다. 그녀는 나무 의자에 앉아 허리를 숙인 자세로 울고 있었다. 선뜻 다가갈 수가 없었다. 이상하게도 그녀를 둘러싼 주위 기류가 나를 밀어내는 것 같았다. 물고기 여자에게 들킬까 봐 나는 조용히 뒷걸음질을 했다.

"가지 말아요."

등을 막 돌려 그늘을 벗어나려는 순간 목소리가 뒷덜미를 낚아챘다. 뒤돌아보니 물고기 여자가 빨개진 눈동자로 나를 쳐다보았다. 나는 잘못을 들킨 아이처럼 여자 옆에 다소곳이 앉았다. 한동안 아무 말 없이 하늘을 보았다. 당신을 본 적이 있어요. 이 무슨 소리인가. 나는 의아한 표정으로 여자를 노려보았다. 보았다는 건 틀린 표현일지 몰라요. 당신을 닮은 여자를 만난 적이 있어요. 나는 경계의 눈초리를 풀지 않았다. 오래 전 내 주변의 사람들은 항상 말했다. 어쩜 니 엄마를 빼다박았니. 그 말은 결코 칭찬이 아니었다. 엄마를 닮았다는 말 속에 숨은 의미를 떠올리며 나는 몸을 떨었다. 아무렇지도 않은 듯 앉아 있는 여자를 향해 이야기를 시작했다. 지난번에는 괜찮았어요? 젖은 옷을 입은 채로 그냥 가시게 해서요. 여자는 대꾸도 안하고 묵묵히 바닥을 발로 긁었다. 한참 후 여자가 먼 곳을 보며 혼잣말하듯이 내뱉었다. 사는 게 재미없어요. 상실감, 그래요, 상실감이 언제부터 찾아왔는지 몰라요. 아마 어머니가 돌아가신 뒤부터 일거예요. 여자는 한숨을 깊게 내쉬더니 말문을 닫았다. 꽤 긴 시간이 지나갔다. 여자는 더 이상 말을 하지 않았다. 나는 나뭇잎을 뜯어 허공에 뿌리며 그 무료한 시간을 견뎠다.

그날은 여자와 그렇게 헤어졌다. 무더위가 계속되었다. 해가 나는가 싶다가도 어느새 비를 뿌렸다. 집 안 곳곳에 습기가 가득했다. 집을 보러 오는 사람은 없었다. 나는 내심 후회가 되었지만 엎질러진 물이었다. 서울은 조망권 값만 몇천만 원씩 한다던데 지방은 역시 지방이라 다른가봐요. 어쩌다 들른 부동산에서 애꿎은 지역을 탓하기도 했다. 한적하고 숲이 보이는 곳보다는 전철역에서 오 분 거리, 고속도로 진입로 가까움, 교통편리한 곳…… 이런 곳이 쉽게 빠진다고 붉은 매니큐어 여자가 말할 때 나는 대꾸도 못하고 가만히 있었다. 매매가 한 건 이뤄지면 이 근방이 다 들썩거려요. 경기가 그만큼 어려워요. 아이엠에프 때보다 더 안 좋아요.

호우주의보가 발령되었다. 대전에서는 고속도로에 흙더미가 무너져내려 하행선이 끊겼고 홍천과 철원에서는 바윗덩이가 굴러 떨어지며 큰 나무가 뿌리째 뽑혀 도로를 가로막았다는 뉴스가 이어졌다. 사방에서 황토물이 넘쳐났다. 먹구름이 낀 하늘은 보름째 계속되었다. 개미와 거미가 비를 피해 집 안을 기어다녔다. 빨래는 눅눅해서 곰팡이가 피고 젖은 우산에서는 녹내가 났다.

고소한 기름 냄새가 났다. 요 며칠째 열린 베란다 유리문을 통해 빈대떡 냄새가 진하게 났다. 아래층에서는 일정한 도마질 소리가 나더니 멸치국물 냄새가 떠다녔다. 냄새는 더욱 집요하게 공기층을 파고들었다.

여자를 세 번째 본 것은 부동산에서 온 전화를 받고 집을 보러 오겠다는 손님을 기다리며 밖을 내다보던 참이었다. 휠체어에 탄 남자와 휠체어를 미는 여자. 낯이 익었다. 세심하게 살폈는데 물고기 여자였다. 남자는 누굴까? 호기심이 일어났다. 여자는 휠체어를 천천히 밀며 공원 쪽으로 가고 있었다.

그때 집을 보러 오겠다는 사람에게 사정이 생겨 다른 날 약속을 잡자는 연락이 왔다. 집을 나와 부동산으로 향했다.

그 여자가 무슨 잘못이 있겠어. 휠체어를 타는 남편이 문제이지. 남자 구실을 하나, 아이가 있나, 무슨 낙으로 살아…… 볼펜 여자가 입을 비죽이며 고개를 흔들자 돌연 횟집 사내가 버럭 고함을 질렀다. 아무리 그래도 그렇지 눈 멀쩡히 뜬 남편이 있는데 바람을 피워? 나는 죽어도 그 꼴 못 본다. 둘 다 칵 죽어버리든지 해야지. 횟집 사내의 고함에 사무실 분위기가 썰렁해졌다. 사장님도 말이 그렇다는 거지 흥분하시기는. 빨간 매니큐어 여자가 생긋 웃으며 달래자 횟집 사내는 헛기침을 하더니 문을 소리나게 닫고는 나가버렸다. 그렇다면 그 휠체어 탄 남자가 물고기 여자 남편이란 말인가. 호기심이 일어났지만 묻지 않았다. 사모님, 가격을 더 양보하시죠, 지금 어려워요. 빨간 매니큐어 여자가 애원하는 듯한 표정으로 나를 쳐다보았다. 글쎄요, 좀 더 생각해보죠. 나는 한순간 갈등이 생기는 걸 누르며 부동산을 나왔다. 답답했다. 집 팔기가 왜 그리 힘든지. 시세보다 훨씬 싸게 내놓았는데도 진척이 없어서 한숨부터 나왔다.

공원 산책로에 시 공무원들이 가꾸어 놓은 야생화 군락지가 생각났다. 요즘은 공원 곳곳에 토종 야생화뿐만 아니라 수입 식물이 지천이었다. 도로변을 장식한 꽃들은 대부분 수입산인데 빛깔이 곱고 화사했다. 분홍, 보라, 흰색의 꽃들이 소담하게 장식된 길을 보면 인공적인 냄새가 나긴 해도 보기는 좋았다.

소나무 향이 짙게 코끝에 스며들었다. 그때 울음소리가 났다. 남자 울음소리인가 했더니 조금 후에는 여자 울음소리로 들렸다. 다시 가만히 들어보면 이번에는 남자 울음소리였다. 발소리를 죽이며 울음소리가 나는 곳으로 다가갔다. 그곳에는 휠체어를 탄 남자와 물고기 여자가 서로 부둥켜 안고 울고 있었다.

"어서 가, 어서, 내 걱정 말고."

"여보……."

여자가 말을 잇지 못하고 울음을 삼키자 남자가 여자를 밀쳐내며 손짓을 했다.

"어서 가봐."

"미안해요, 미안해요."

남자가 울먹이며 어깨를 들썩이자 여자가 다시 남자 어깨를 잡고 서럽게 울었다. 남자가 휠체어를 양 손에 잡고 천천히, 아주 천천히 큰 도로 쪽으로 가고 있었다. 남겨진 여자가 바닥에 무너지듯 주저앉아 고개를 떨구는 게 보였다. 나는 침을 삼켰다. 여자는 움직일 줄 몰랐다. 한참 울고난 후 여자가 주위를 살피더니 비틀거리며 걸어갔다. 기우뚱 넘어질 것 같던 여자가 다시 중심을 잡고 숲길을 따라 가고 있었다. 나는 차마 부르지도 못하고 여자가 멀어질 때까지 그 자리에 서 있었다.

어머니의 얼굴이 보였다. 여행 가방 하나 꾸려서 떠돌다가 어느날 섬에 닻을 내렸다.

서해의 작은 섬이었다. 육십 년대만 하더라도 간첩이 숨어들어 살던 마을이라 지금도 해안초소에는 군인이 교대근무를 서고 있었다. 가끔 순시선이 지나가기도 하는 섬에서 나는 막막한 시간을 보냈다. 아마 그 무렵부터 내 안에는 생에 대해 기대를 품거나 쓸데없는 희망 같은 것을 갖지 않았는지도 모른다. 생은 그저 회색빛 갯벌처럼 선명하지도 치열하지도 않은 막막함으로 내 의식을 지배해왔다.

어머니가 섬에 들어갈 때 나는 일곱 살이었다. 어린 딸은 어머니에게 있어서 그녀의 살아온 시간만큼이나 무거운 인생이었을 것이다. 바닷가 기슭의 작고 오래된 집. 어머니는 누군가 버리고 떠난 빈집에 들어가 살았다. 거미줄이 곳곳에 뒤엉켜 있는 집 안은 어둡고 축축한 냄새가 났다. 조개를 캐거나 바다에서 물질을 하기에 어머니는 힘이 부쳤다. 어머니의 에너지는 자신의 한 몸 겨우 건사하기에도 버거웠다. 아무도 찾아오지 않는 바닷가 외딴집. 이따금 해가 지고 나면 검은 그림자가 스며들었다. 그림자에서는 비린내가 났다. 바다 냄새도 났다. 나는 바다 냄새 속에서 해뜨는 수평선을 헤쳐온 바람 냄새를 맡았다. 검은 그림자가 어머니의 방에 스며드는 날이면 나는 낯선 바람의 냄새를 깊이 들이마시고는 바람 속을 걸어가는 꿈을 꾸었다. 어머니가 섬 여자에게 머리끄덩이를 잡혀 동네를 한 바퀴 돌기 전까지 바다 마을은 평화롭고 단조로운 나날로 내 안에 들어차 있었다. 바닷가 기슭의 외딴집. 가끔 들러 말린 생선이나 채소를 나누어 먹던 사람들이 발길을 끊으면서 섬은 더 이상 나에게 평화가 아니었다. 무수한 눈들이 어머니를 향해 내리 꽂혔다. 아무도 어머니를 동정하지 않았다. 처마 밑에서 구경하는 무리 중에는 담배를 물고 있는 남자들과 아이들과 늙은 얼굴들이 있었다. 나는 그 속에서 검은 그림자에서 풍겨지던 비린내와 바다 냄새를 알아차렸다. 아무도 나서지 않았다. 엄마를 살려달라고 울부짖는 내 눈앞에서 그들이 하나 둘 흩어졌다.

어느 날, 친구 집에서 놀다가 어두워질 무렵 집으로 돌아왔을 때였다. 낯선 남자 신발이 마루 밑에 놓여 있었다. 조심스럽게 내 방으로 들어가려던 나는 방에서 새어나오는 어머니의 목소리를 들었다.

"육지에 잘 아는 친척이 건재상 약재를 하고 있어서 주문한 것이에요. 잘 달여 마나님 낫게 해주소. 그래야 내 맘도 편할 거고."

"신경 안 써도 되는 디 아무튼 고맙구만이라. 자네 정성을 봐서라도 집사람 나을 거구면."

"그래야지요."

"딸내미는 어디 갔는가?"

"친구 집에 놀러갔으니까 저녁밥 먹고 올 거예요."

방으로 들어가려던 나는 조심조심 뒷발을 들고 대문을 나왔다. 앞집 담 너머에서 조기구이 냄새가 피어올랐다. 뱃속에서 꼬르륵 소리가 났다. 마을을 벗어나 바다로 달려갔다. 갯벌은 어둠에 서서히 잠겨 있고 하늘이 불그스레 땅을 물들이고 있었다. 그냥 눈물이 났다. 마을이 끝나는 곳, 방파제 주변에는 가로등이 서 있고 등대 불빛이 일정한 시간을 두고 스쳐지나갔다. 가로등이 보이는 방파제에 두 다리를 뻗고 앉아서 검붉은 하늘을 쳐다보았다.

어머니가 그 섬을 떠난 것은 바다에서 시신으로 돌아온 마을 남자 장례식이 끝난 며칠 후였다. 섬을 떠나기 전 마루 기둥에 기대어 어머니가 치마말기로 눈물을 찍어내는 걸 목격했다. 어머니는 그날 이후 담배를 피기 시작했다.

자주 공원으로 산책을 나갔다. 막연히 여자를 만날 수 있지 않을까 하는 기대감 때문이었다. 한동안 여자는 보이지 않았다. 공원에서 돌아온 늦은 밤, 남편은 아직도 돌아오지 않고 고장난 시계가 덩그러니 벽을 장식한 채 멈춰져 있는 풍경이 낯설게 다가왔다. 언젠가부터 남편은 자정이 지나거나 새벽에 들어왔다. 남편 옷에서는 술 냄새와 담배 냄새가 짙게 배어 있고 어느 땐가는 짙은 화장품 냄새도 났다. 늦게 들어온 남편이 매번 곯아떨어져서 코를 골면 오래 묵은 술 냄새와 기름안주 냄새가 올라왔다. 간혹 등허리를 웅크리고는 끙끙 앓는 소리를 내질렀다. 코 고는 소리는 불면증을 가져왔다. 그가 세상 모르고 잠에 떨어져서 잘 때 나는 잠들지 못했다. 시계가 고장 났어. 알아서 해. 출근하는 남편에게 말했으나 그는 대수

롭지 않게 대답했다. 그러고는 벌써 보름째 아니 그보다 더 오래되었는지도 모를 시계가 12시에 바늘이 멈춰져 있는 채로 가라앉아버린 집 안 분위기를 더욱 칙칙하게 했다. 건전지를 새로 갈아끼워야지 하면서도 자꾸 잊어버렸다. 남편이 퇴근하면서 건전지를 사와 고쳐주기를 바라는 기대심리는 번번이 어긋났다.

손지갑을 들고 부동산으로 향하다가 물고기 여자를 보았다. 저…… 반가워서 그녀를 부르려는데 그녀는 못들은 것 같았다. 그녀는 어디인가 종종걸음으로 걸어가고 있었다. 나도 모르게 그녀 뒤를 따라가기 시작했다. 그녀는 큰 도로를 건너 원형 연못이 있는 공원 쪽으로 가고 있었다. 숲 그늘이 우거진 공원은 적막이 감돌았다. 멀찌감치 따라가던 내 눈에 휠체어 남자와 물고기 여자가 함께 있는 모습이 들어왔다. 그들은 뭔가 한참 이야기를 나누고 있었고 표정은 심각했다. 조금 후 휠체어 남자가 화를 내며 공원 입구 반대 방향으로 가고 있었다. 물고기 여자는 멍하니 휠체어 남자의 뒷모습을 보며 꼼짝 안 했다. 물고기 여자가 가방에서 담배를 꺼내더니 불을 붙여 물었다. 길게 연기를 들이마셨다가 내뿜는 모습에서 짙은 외로움이 묻어났다. 그 장면은 담배 피던 어머니의 모습과 겹쳐졌다. 물고기 여자의 모습에서 나는 외로움을 보았다. 세상의 모든 담배 피는 여자는 외로워서일 거라고 그 순간 생각했다.

같이 필래요? 물고기 여자가 돌아보며 말했고 나는 고개를 끄덕였다. 여자가 담배 한 개비를 건네주고는 라이터 불을 켜주었다. 담배 한 개비가 다 타들어가도록 그녀나 나나 아무런 말이 없이 앉아 담배 연기를 뿜어냈다. 한동안 침묵이 흘렀다. 여자가 한숨을 길게 내쉬더니 전 남편이에요, 라고 말했고, 나는 곧 휠체어 남자를 가리키킨다는 것을 알았다. 물고기 여자가 담담하게 자신의 이야기를 들려줬다. 사고로 하체를 못 쓰게 된 남편이 물고기 여자를 시집보낸 이야기였다. 물론 처음에는 오해로 빚어진 일이었지만 나중에는 휠체어 남자가 물고기 여자를 위해 꾸민 일이라는 걸 알게 되고나서 그녀는 자책감에 괴로워했다. 새로 결혼한 남자 몰래 휠체어 남자를 만나러 오는 여자의 이야기는 가슴을 먹먹하게 했다. 휠체어 남자를 만나러 한 달에 한 번, 혹은 보름에 한 번씩 올 때마다 두 사람이 부등켜 안고 울곤한다는 이야기에 나는 가슴 안에 큰 바윗덩이가 휘청 움직인 것 같은 울림이 일어났다. 휠체어 남자는 물고기 여자에게 다시는 찾아오지 말라며 화를 냈고, 여자는 자기를 용서해 달라며 죄책감에 울먹이는 장면이 스쳐갔다. 언제까지 이렇게 만날 수는 없지 않겠느냐고 물고기 여자가 말했고 나는 고개를 숙인 채 그녀의 말에 귀를 기울였다. 참 딱한 사연이었다.

예전에 남편은 분재를 했어요. 물고기 여자가 멀리 원형 연못 쪽을 바라보며 무심하게 입을 열었는데 현 남편을 말하는 건지, 전 남편을 말하는 건지 알 수 없었으나 나는 가만히 듣고만 있었다.

"분재를 하다보면 나무들이 치열하게 삶을 살아내는 걸 느껴요. 분재로서 오래 싱싱하게 살아남으려면 가운데 가장 튼실한 뿌리를 잘라내야 해요. 그대로 두면 분재된 나무는 죽어버려요. 뿌리를 잘라내야 새뿌리가 올라와 다시 오래오래 살아남을 수 있죠."

"튼실한 중심 뿌리를 잘리면서까지 살아야 할 이유가 있다면 그나마 다행이죠."

"그렇죠. 뿌리가 잘리는 고통도 만만치 않겠죠."

"나무나 인생이나 비슷한 거 같아요. 꽃이 피려고 꽃망울이 맺혔을 때와 나뭇잎이 떨어질 때 식물들의 스트레스가 가장 심하다고 해요."

나는 어디선가 들은 이야기를 주절거리며 물고기 여자와 이야기를 주고받았다. 탄생과 죽음. 생명과 쇠락을 이야기하자니 괜히 마음이 숙연해졌다. 오래 산 고목나무를 볼 때마다 느끼던 엄숙한 심경이 나무의 일생을 바라보며 다시 되새겨졌다.

여자는 분재 이야기를 끝내고는 다시 담배 한 개비를 꺼내 불을 붙여 물었다. 나에게 권했으나 나는 되었다고 손을 내저었다. 물고기 여자가 무슨 뜻으로 그 말을 한 건지 어렴풋이 짐작이 될 뿐이었다. 물고기 여자 이야기를 들으니 독수리가 떠올랐다. 독수리가 고통을 통해 새롭게 생명을 연장하는 이야기는 한 편의 서사극이다. 독수리는 조류 중에서 가장 오래 산다. 최고 70년까지 살 수 있다. 그러나 모든 독수리가 다 오래 사는 것은 아니다. 하지만 보통의 독수리도 일반 새들보다는 오래 산다고 볼 수 있다. 독수리는 태어난 지 40년쯤 되면 몸에 변화가 온다. 발톱은 안으로 구부러져 먹이를 낚아챌 수 없고 부리는 가슴 쪽으로 휘어져 먹이를 잡아먹을 수 없다. 그래서 결단을 내려야 한다. 이대로 굶어죽느냐 아니면 고통을 감내하며 다시 태어나느냐. 독수리는 절벽 낭떠러지 바위에 부리가 깨져 없어질 때까지 부딪친다. 이 같은 행위는 150여 일간 계속된다. 부리를 부딪쳐 깨어져야 새 부리가 나기 때문이다. 그 다음 새로 부리가 날 때까지 기다림의 시간을 견뎌야 한다. 새 부리가 나면 독수리는 쓸모없어진 자신의 발톱을 하나하나 뽑아낸다. 그리고 낡아버린 깃털을 또 하나씩 제거한다. 5개월 여에 걸친 이러한 행위는 고통스러운 시간이지만 다시 생명을 40여 년 연장할 수 있다. 겁많은 독수리는 40여 년의 삶으로 주어진 생을 마친다. 그러나 용기 있는 독수리는 다시 40여 년의 삶을 연장한다.

인간의 행로도 그와 같지 않을까. 치열한 견딤과 고통을 통해 연약함이 강함으로, 날카로움이 마모되지 않을까. 인생의 고통을 알게 된다는 것은 다른 세계를 엿보게 되는 것과 같다고 본다. 자기 안에 갇혀서 살아가는 사람은 타인의 좋은 점이나 배려, 이해심 인간애를 받아들이지 못한다. 나는 물고기 여자를 보며 그녀의 고통을 다만 짐작할 뿐이다.

물고기 여자를 위해, 사랑하는 여자의 장래를 위해 자신의 마음까지도 내려놓은 휠체어 남자 이야기는 그녀와 헤어져 집으로 오는 내내 가슴을 무겁게 내리눌렀다. 저녁 늦게서야 퇴근한 남편에게 나는 다짜고짜 나를 사랑하느냐고 물었다. 남편은 피곤하다고 일찍 자야겠다고 말하고는 곧 침대로 들어갔다. 나는 레드와인을 꺼내 한 잔 따라마셨다. 품위 있고 우아하게 보여지는 두 사람의 삶은 어쩌면 가짜가 아닐까. 남들 눈에 잉꼬부부로 보이는 게 무슨 대수라고, 가슴 안이 메마른 사막으로 번져가는데 열정이 사라진 관계는 다만 의무와 책임만이 남아 오래오래 서걱이는 소리로 생의 마른 모래밭을 건너는 것 같았다. 품격 있는 삶을 당신과 함께 살고 싶다던 남편의 청혼은 내 마음을 움직였고, 그는 약속대로 충실히 책임을 다하고 있다. 한 번도 언성을 높이거나 물건을 집어던지거나 요란하게 부부싸움을 한 적이 없는, 아주 조용하고 고상한 부부. 언젠가부터 나는 잘 정돈된 잔디밭 같고 정물화 같은 일상이 조화같다는 생각을 지울 수 없었다. 아침이면 포옹을 하고 가벼운 입맞춤으로 출근 인사를 대신하는 남편을 배웅하며 삶의 행복이란 이런 거라고 스스로 중얼거렸었다. 어느 날 저녁, 앞집에서 들리는 요란한 부부싸움 소리에 남편은 이맛살을 찡그렸고, 나는 호기심으로 귀를 기울인 적이 있다. 다음날 엘리베이터 앞에서 만난 여자의 얼굴이 언제 싸웠나 싶게 비 갠 오후의 잔디밭처럼 싱싱해보여서 신기했다. 물건이 깨지고 비명 소리가 나고, 119를 불러야 하나 말아야 하나 긴장하던 시간은 몇 번인가 앞집 부부의 싸움 패턴을 알고부터는 관망하는 자세로 돌아섰다. 다음날 여전히 아무렇지 않은 듯한 얼굴로 마트를 가고 미장원을 가는 앞집 여자의 윤기 흐르는 얼굴은 삶의 불가사의함을 엿보게 했다.

벽시계는 멈춰 선 채 아직 그대로였다. 왜 늘 건전지 사는 걸 까먹는지 외출했다 집에 오면 그때 건전지 생각이 났다. 한심했다. 남편에게 말했지만 그 역시 잊어버리기는 마찬가지였다. 고장난 시계는 오래 집을 비웠다 돌아온 후 먼지 앉은 집 안을 보는 것 같았다. 12시에 멈춰버린 시계. 내 인생이 정체되어 있었다. 녹슨 철대문, 거미줄이 쳐진 구석, 그리고 곰팡내. 어느 순간부터 나는 빈 호두껍질처럼 속이 텅 비어버린 자신을 보았다. 동생들이나 지인에게 그런 말을 하면 복에 겨워 별소릴 다한다는 답이 돌아왔다.

부동산에서는 여전히 소식이 없다. 집을 팔고 이사가려던 계획은 당분간 보류해야 할 판이다. 계획대로 되는 게 아무것도 없다는 사

실이 답답하다. 물고기 여자가 오해로 인해 헤어진 휠체어 남편을
못잊어 하는 장면을 보는 것도 답답하다. 인간이 할 수 있는 거라고
는 주어진 운명을 받아들이는 것뿐이라면 쓸쓸해진다.

　저녁 햇살이 창가를 기웃댄다. 벽시계를 쳐다보던 나는 무심코
창 밖으로 시선을 돌렸다. 거리는 한적했다. 개 한 마리가 어슬렁거
리고 있다. 그때 휠체어 남자가 천천히 지나가는 게 보였다. 휠체어
남자는 비닐봉지를 매달고 주택가 쪽으로 가고 있었다. 그는 혼자
였다. 나는 문득 물고기 여자가 다가와 휠체어 남자를 뒤에서 미는
환영을 본 듯했다. 눈을 비비고 다시 쳐다보았다. 어느 사이 휠체어
남자는 사라지고 없었다. 고층 건물 너머로 저녁 노을이 붉게 물들
고 있었다.

수선화

　뭔가 허전하다 했더니 마당 초입에 있던 은행나무가 안보였다. 이상하다, 그럴 리가 없는데, 나는 혼자 중얼거리며 주위를 둘레둘레 살폈다. 어디에도 은행의 흔적은 없었다. 근 두 해를 넘치다 싶게 열매를 매달았었는데 누군가 뽑아간 모양이었다. 차라리 잘됐다 싶었다. 서툰 내 후진 실력 때문에 초입에 서 있던 은행나무는 두세 번인가 범퍼에 받히는 사고를 겪어야 했다. 잘 키워주는 주인이나 만난다면 매번 범퍼에 부딪히며 생채기를 입는 일이야 당하지 않겠지. 나는 애써 자위하면서도 내심 서운했다.

　그 시골집을 구입한 첫해 남편과 유실수 몇 그루를 사다 심었다. 석류와 모과나무는 애초에 뿌리가 말라 비틀어진 것을 잘못 사와서 죽어버렸고, 그나마 살아 있는 게 은행과 매실과 사과나무였다. 사과와 매실은 어린 묘목이라 꽃이나 피웠지 열매는 맺을 기미가 보이지 않았다. 그런데 은행나무는 달랐다. 첫해부터 똘똘한 열매를 줄줄이 매달기 시작하더니 그 다음해에도 알찬 열매를 남기며 씩씩하게 살아가는 게 대견하고 고마워서 오며가며 쓰다듬어주기도 했다.

담배 한 개비를 꺼내 라이터에 불을 붙여 물었다. 담배를 피기 시작한 건 일곱 달쯤 전에 만난 태호가 권해서였다. 담배를 처음으로 입에 댔는데도 기침을 한다거나 어색하지 않아서 태호는 체질이라고 놀려댔다. 당신은 골초가 될 관상이야. 태호는 느물대며 웃었다. 태호는 줄담배를 피웠다. 기침을 하고 가래침을 아무데나 뱉어내면서도 담배를 줄이지 않았다. 태호는 어떤 모임에 초대받아온 손님이었는데 그때 나도 초대를 받은 터였다. 태호의 첫인상은 너무 평범해서 기억을 못했는데 두세 번인가 초대한 선배 언니의 소개로 다시 인사를 나눈 후에야 기억할 수 있었다. 둘 다 싱글이니 잘해봐. 나 볼일이 있어서 그러는데 니가 나 대신 문단속 잘하고 가 알았지? 선배는 두 사람을 남겨놓고 휭하니 가버렸다. 어색함을 깨뜨리려고 나는 음악을 크게 틀었다. 쇼팽의 녹턴이었는데 태호가 눈살을 찌푸렸다.

"이 음악 별로예요?"

"우울하네요."

태호는 상대방의 기분은 아랑곳 않고 자신의 감정을 표현했다. 당신이 더 우울하네요. 나는 그 말이 입 밖으로 나오려는 것을 꾹 눌러 참았다. 맥주병이 서너 병 비워지자 태호가 뜬금없이 물었다.

"남편과는 어떻게 헤어졌어요?"

"죽었어요."

그렇게 말해놓고 나서 나는 스스로도 놀랐다. 그래 어쩌면 이미 나의 마음 안에서 남편은 죽은 사람이었다. 그게 편했다. 그날 밤, 나는 소파 위에서 잠이 들었고 깨어나니 태호는 없었다. 나중에 물으니 불가마에서 잤다는 대답이 돌아왔다.

나는 담배 연기를 깊이 들이마셨다가 길게 뿜어냈다. 담뱃잎이 입 안에 착 달라붙는 느낌이 좋았다. 다시 두 개비째 담배를 꺼내 불을 붙였다. 집 안은 엉망이었다. 황토방은 부엌 아궁이를 통해 쥐가 들어와 휘젓고 다녀서 여기저기 흙부스러기가 흩어져 있고, 쌀자루에는 구멍이 뚫려 있었다. 방마다 쌀알이 흩어져서 빗자루로 쓸어낼 엄두도 못낸 채 나는 맥이 빠져버렸다. 삼 년 전 남편이 노후에 은퇴하면 살 요량으로 이 집을 구입했다. 첫해에는 주말마다 내려와 마당에서 숯을 피워 바비큐 파티를 했다. 텃밭에는 온갖 채소와 참외 수박 묘목까지 사다 심었다. 참외는 두더지가 속을 파내 먹었고, 채소는 미처 솎아주기도 전에 꽃을 피웠다. 연보라색 무꽃에 흰나비가 돌아다니는 것을 보고 무를 못 먹어도 좋다고 생각할 즈음이 나에게는 인생의 절정기였다. 아름다운 대상을 바라보며 그 것을 감상하고 느낄 환경에 대해 무한히 감사의 마음이 솟구칠 때 다른 한편에서는 인생의 내리막길이 시작되고 있음을 그때는 몰랐다.

거의 일 년여 만에 다시 이 집을 들여다볼 여유가 생겼다. 보일러실 기름은 바닥이었다. 겨울을 용케도 버텨준 집이었다. 배가 고파

왔다. 오전 11시쯤 출발해서 여태 아무것도 안 먹었다. 텃밭에는 냉이와 달래가 지천이었다. 쌀을 씻어 밥솥에 안치고 집 뒤채로 돌아나갔다. 머위가 뒤란을 가득 채웠는데 남편은 유난히 머위나물을 좋아했다. 살짝 데쳐 돼지고기 삶은 것을 된장에 싸먹으면서 남편은 엄지손가락을 치켜세우며 좋아했고, 당신 덕분에 백 살은 살겠다고 너스레를 떨었었다. 머위 잎은 푸지게도 자랐다. 한 움큼 뜯다가 일어섰다. 배고픈 게 사라지고 마음은 텅 비어버린 들판처럼 휭하니 바람이 지나갔다. 들판에는 객토가 한창이었다. 누런 먼지가 시야에 가득했다. 멀리 십 리 밖 면소재지 건물들이 낮게 엎드린 채 변함없는 일상을 채우고 있는 게 눈에 들어왔다. 아궁이를 열어젖히자 타다만 쓰레기가 가득했다. 연기를 빨아내는 전기선이 고장나서 이 주 전에는 불을 피우다가 매캐한 연기만 실컷 마시고는 잠시 기절하기도 했다. 황토방 벽마다 틈새에서 연기가 솟아나고 있었다. 남편의 자리가 비어 있다는 것을 실감한 날이기도 했다. 혼자 잘 먹고 잘 살자고 이 시골 구석에 정착할 꿈을 꾸었을까. 어학연수를 떠난 아들은 달랑 메일 하나 보내더니 소식이 없었다. 밥 짓는 냄새가 올라왔다. 머위 잎을 끓는 물에 데치고는 된장에 양념을 했다. 혼자 밥을 먹다가 갑자기 체하는 느낌이 들면 얼른 수저를 내려놓아야 했다. 몇 번이고 체해서 고생한 경험을 떠올리며 나는 조심스럽게 천천히 밥알을 씹었다. 뒤뜰에는 돌나물과 쑥이 자잘하게 돋아나고 있었다.

　뭐하고 있소 ─.

　밥을 먹고 있는데 태호에게서 문자가 왔다. 태호와는 선배 언니

찾집 이후 계속 만나는 관계였다. 함께 밥을 사 먹은 횟수는 꽤 되었다. 한 끼 밥을 같이 먹는 게 백 번 만나는 것보다 더 가까워진다는 게 그의 말이었다. 태호는 평소에 전화가 없다가 술을 마신 날 새벽에는 연락을 했다. 자다가 몇 번 그의 전화를 받았다. 보고 싶네. 한 마디 하고는 더 이상 말이 없었다. 보고 싶다는 말을 나는 좋아한다는 말로 알아들었다. 그러나 그 말이 아무런 의미가 없음을 안 건 최근이었다.

"당신에게 나의 의미는 뭐야? 좋아한다든가, 사랑한다든가, 뭐 그런 말쯤 한 마디 하면 안되나."

"사랑이라는 말이 쉽게 나오나. 적어도 긴 시간 사귀어보아야 알지, 만나자마자 좋아합네, 사랑합네, 그건 상대방에 대한 기만이야."

태호의 말에 아무 대답도 못했다. 그렇다면 당신과의 만남은 어떤 의미지? 섹스를 나눈 사이라면 적어도 어떤 진정성 같은 게 있지 않을까. 좋아한다는 최소한의 감정적 교류가 있어야만 가능하지 않을까. 태호의 심리를 이해할 수 없었다. 여자는 마음이 가면 몸이 가고 몸이 가면 마음도 가는 거야. 나는 그 말을 끝내 뱉어내지 못하고 쓸쓸하게 웃었다. 그러고는 다시 한 번 남편에 대한 원망이 솟구쳐 올랐다. 이상하게도 남자와의 관계가 절망적일 때 남편이 생각났다. 나쁜 놈, 나를 이렇게 내몰다니. 평범하게, 아주 평범하게 살다가 백 년 해로할 줄 알았던 나는 어느 날 남편에게 여자가 있다는 것을 알고 나서 모든 가치관이 뒤바뀌는 경험을 해버렸다. 지금까지 고수해온 도덕적 가치나 인생관, 세상에 대한 나름대로의 기준이 뒤죽박죽 엉망이 돼버렸다. 그리고 겉으로 드러난 사안에 대해 믿지 않기로 했다.

태호가 보고 싶었다. 가장 힘겨울 때 태호가 옆에 있어서 위로가 되었다. 담배를 마당에 던지고 천천히 일어나 텃밭으로 나갔다. 텃밭 귀퉁이에 노란 수선화 무더기가 흔들렸다. 이른 봄 매화가 피고 나서 제일 먼저 꽃을 피우는 수선화 무더기는 뜰 군데군데 주인이 손을 보거나 말거나 저 스스로 열심히 꽃을 피워냈다. 꽃을 보노라니 울컥 감정이 북받쳤다. 남편이 수선화 알뿌리를 한 움큼 사 와서 심을 때 나는 얼마나 잘 견디며 꽃을 피우나 보자며 약간은 냉소적으로 대했던 것 같다. 사실 나는 남편에게서 남자다움을 기대했는지도 모른다. 과일나무나 좀 사다 심지. 그 말을 하며 남편의 취향에 대해 조금은 불만을 토로했다. 남편은 작고 자잘한 것들을 좋아했다. 집 안 꾸미기도 아기자기한 것들을 좋아하는 편이었다. 여백을 좋아하는 나와는 전혀 맞지 않는, 동떨어진 기대심리는 막연하게 깊은 심층의 바닥에 알게 모르게 허전함과 실망을 키워냈는지도 모른다. 당신은 남자로 태어났으면 좋았을 걸. 남편이 던진 그 말에 나는 지지 않고 당신은 여자로 태어났어야 해, 라고 응대를 했는데 그것은 서로에 대한 결점을 꼬집는 말 이외에 아무것도 아니었다. 나는 남편이 과일나무를 사다가 집 둘레에 심기를 원했다. 과일나무 울타리는 남편에게 기대하는 것 이상의 의미가 있었다. 그러나 과일나무 울타리는 나의 바람일 뿐 그는 별로 관심없어 했다. 귀찮아. 몇 번의 채근에 남편은 몹시 성가셔했다. 남편에게서 세상의 바람을 막아줄 튼실한 울타리가 되어주기를 바라는 내 마음은 번번이

빗나갔다. 내가 그에게 과도한 기대를 한 만큼 남편도 나에게서 그것을 바랐다는 것을 지금에야 알 것 같다. 남편의 예민하고 섬세한 성격은 때때로 예기치 않은 곳에서 갈등을 일으켰다. 남편은 가끔 때 아닌 뭐하고 있어, 라거나 저녁 메뉴는 뭐야, 같은 문자를 보냈는데 미처 확인하지 못해 시간이 흐르면 마음에 앙금이 남는 듯했다. 물론 추측이지만 그런 사소한 일들의 반복이 겹쳐 작은 일에도 화를 내고는 삐쳐서 말을 안했다. 일방적인 침묵은 고문이었다. 나는 남편이 좀 더 소탈하거나 무심하기를, 좀 더 남성답기를 내심 갈망했다. 남자답다는 게 뭔지 나 자신도 정확한 판단을 내리지 못하면서 막연히 좀 무뎠으면 싶었다.

남편의 기억을 털어내려 고추대궁을 뽑기 시작했다. 지난 해 봄에 심은 고추대궁은 말라버린 채 땅에 뿌리를 박고 있었다. 죽은 뒤에 쓰러지거나 소멸되는 것은 인간뿐인 듯 싶었다. 죽은 뒤에도 꼿꼿하게 땅에 서 있는 나무는 신기한 종족이었다. 한참 엎드려 일을 했더니 등허리가 축축해졌다. 허리를 곧게 펴고 하늘을 쳐다보았다. 서녘 하늘에 길게 노을이 걸려 있었다. 휴대폰 시계에는 오후 5시 56분이라고 찍혀 있었다. 벌써 시간이 이렇게 흐르다니……. 태호는 항상 바쁜 것 같았다. 문자를 해도 제때 답장이 오거나 전화를 하는 법이 없었다. 그러면서도 끊어지지 않고 이어지는 관계가 신통했다. 전화를 할까 하다가 참았다. 누군가 그리울 때 그것이 여자 친구이거나 혹은 이성 친구일 때 나는 아랫입술을 지그시 깨물며 참는 버릇이 있었다. 운전을 하다가도 졸음이 오면 아랫입술을 꼭 깨물었다. 나름대로의 자기 단련이었다.

태호와는 밥때가 되어 주로 만났다. 태호가 사는 오피스텔 근처에는 작은 공원이 있었다. 태호는 나를 만나는 날에도 운동화를 꺼내 신고 공원에 가서 몇 바퀴를 돌았다. 멋모르고 따라 나섰다가 본의 아니게 걷기운동을 하게 되었다. 나무 의자에 앉아 태호는 지난 밤 마신 술기운이 남은 푸스스한 몰골로 담배를 꺼내 물며 살을 빼야겠다고 입버릇처럼 말했다.

"살을 빼려면 우선 술을 줄여야지."

"그게 맘대로 되나."

"아님, 밥을 제대로 해먹던가."

내 말에 태호는 씩 웃었다.

"다음에 내가 밥해줄게."

태호는 나를 보면 항상 그 말을 하면서도 아직 한 번도 밥을 해준 적은 없었다. 입버릇처럼 밥해준다는 말을 들은 지도 벌써 반 년이 지나 팔 개월로 접어들고 있었다. 태호와는 두 번인가 다퉜다. 그것을 꼭 싸웠다라고 표현하기에는 다소 무리가 따르지만 몇 번 참다가 결국 메일로 편지를 보냈다.

— 당신에게 저의 의미는 뭔가요. 저는 당신을 바라보는데 당신은 다른 곳을 보고 있다는 느낌이 드는 건 왜일까요. 당신이 늦은 밤 누군가와 문자를 주고받을 때 제 기분이 어땠는지 아세요? 아직도 옛사랑의 그림자에서 헤어나지 못하고 있나요?

내가 생각하기에도 다소 유치한 글이었다. 태호는 화가 많이 나 있었다. 그가 의외로 발끈해서 전화를 했다. 나보고 뭐 어쩌라는 거야. 사랑이 인간을 구원한다고 생각하나? 나는 당황했다. 무슨 남자가 이렇게도 매너없이 화부터 내고 난리야, 여자 마음 좀 풀어주면 어때서. 전화를 끊고 나서 마음이 허전했다. 태호는 사랑을 믿지 않았다.

…… 당신은 어떨지 모르지만 어떤 사람에게 사랑은 구원이 될 수 있어요.

나는 그 말을 입 속에서 중얼거렸다. 한 달 전에 있었던 일이었다. 어떤 의미에서 태호가 화를 내는 게 좋았다. 생동감이 있고 살아있다는 존재감을 가질 수 있어서 그랬다. 한편으로는 태호가 발끈했다는 사실이 우습고도 재미있었다. 남편은 한 번도 화를 낸 적이 없었다. 잉꼬부부라고 믿었던 날들이었다. 남편과 합의이혼을 하고 나서 그와 싸운 기억이 전혀 없다는 사실이 생경해서 나는 무엇이 문제였지, 곰곰 따져보기까지 했다. 굳이 싸워가며 살아야한다고 생각하지 않았기에 되도록이면 갈등관계로 진입하기 전에 미리 배려하고 서로를 이해한다고 믿었다. 그런데 남편은 안으로 화를 꾹꾹 눌러 담으며 긴 시간을 지나온 사람이었다.

— 태호 씨, 뭐해요? 나 지금 시골에 와있는데 퇴근하고 올 수 있어?

문자를 보내면서도 별 기대를 하지 않았다. 그런데 금방 소식이 왔다.

— 할 일도 다 끝났는데 어떻게 가는지 방법을 알려줘.

나는 기차에서 내려 택시를 타고 오는 방법을 알려줬다. 때로는 태호에게 기대어 인생을 열어가고 싶은 유혹을 강하게 느끼기도 했다. 하지만 태호는 내가 매달리면 도망갈 것처럼 말했다.

"전에 알던 여자가 있었어. 여자와 어느 정도 알고 지내자 이 여자가 나를 송두리째 감옥에 가두려 하는 거야. 하루에도 문자를 백 통씩 날리고. 그거 죽겠데. 그래서 그만뒀어."

"부담스러워서?"

"그렇지, 내 목을 옥죄는 데 좋아할 사람이 어디 있어. 숨을 쉴 여백을 줘야지."

"당신도 내가 집착하면 도망가겠네."

"그렇겠지."

"너무 이기적이다, 좋다고 할 때는 언제고 도망칠 궁리부터 하냐고."

"그게 남자야, 오래 지속되려면 서로 독해야 해."

"어렵다, 어려워, 무슨 남녀관계가 그렇게 계산적이야? 좋아하는 감정이 생기면 좋다고 하고 사랑한다고 하면 될 것을."

"당신은 아직 경험이 없어서 그래."

"그래, 태호 씨는 연애 경험 많아서 내공이 쌓였다 이거지. 차암 편리하네."

태호가 사랑한다는 말을 한 적이 한 번도 없음을 상기했다. 섹스가 끝나면 그는 담배부터 찾았다. 담배 연기를 길게 뿜어내고는 불을 붙여 나에게도 권했다. 그의 담배 피는 태도에서 관계 뒤의 허망함을 느꼈다. 어디에도 정착하지 못하고 떠도는 그의 영혼은 나에게 묵직한 괴로움을 안겨줬다. 그것은 고통이고 쓸쓸함이고 외로움이었다.

— 좀 외로워.

태호에게 외롭다고 문자를 날렸다가 모욕에 가까운 답을 받았다.

— 외로움의 본질은 말로 표현하는 게 아니야.

사랑은 상처를 하나씩 수선화 알뿌리처럼 가슴에 심는 거라고 생각했다. 겨울을 견뎌낸 알뿌리만이 봄에 노란 꽃을 피울 수 있었다. 시계를 들여다보자 태호가 올 시간이 가까워옴을 알고 찻물을 준비했다. 차 맛은 남편이 가르쳐줬다. 차 맛을 음미하는 것, 서예작품을 볼 줄 아는 것, 그림의 구도를 파악하는 것, 낚시와 분재에 이르기까지 인생 전반기를 차지한 습벽은 남편과의 생활공간에서 익힌 것들이었고, 인생 2막을 시작하면서 나는 그것을 자기화하고 있었다. 주전자에 물을 끓여 차를 울궈내는 과정을 보며 태호는 투덜댔다.

"인스턴트 커피에 길들여져서 전통차를 마시는 과정은 어떻게 보면 복잡하게 보여, 시간 낭비 같고."

"차 마시는 시간은 자기를 돌아보는 시간이야, 그래서 다도라 하지, 도를 닦고 자신을 수련하는 것, 현대인에게는 그게 필요해."

석 잔째 차를 미처 다 비워내지 못하고 태호는 배부르다며 손을 내저었는데 살 빼고 싶으면 차 맛에 길들여지라고 나는 기어이 한마디를 내뱉고 말았다. 왜 연인 사이에서는 끊임없이 잔소리를 하고, 구속하려 하고, 관계를 허물어뜨리는 것인지 스스로도 이해할 수 없었다.

모퉁이를 돌아나오는 차량의 바퀴 소리에 나는 벌떡 일어나 신발을 끌고 나갔다. 들판이 조금씩 어두움에 잠식되어 가고 노을은 보라색에서 짙은 코발트색으로 서서히 바뀌어갔다. 뜰의 수선화는 제

빛깔을 잃고 어둠 속에 검은 덩어리로 흔들렸다. 남편과 헤어지고 나서 거의 일 년여 잠을 못 잤다. 자다가도 몇 번씩 깨어났고 몸무게는 갑자기 10키로가 빠져버려 피부는 탄력을 잃었고 한꺼번에 건너 뛴 세월처럼 노화가 왔다. 시력이 제일 심각했다. 시력이 한번 떨어지기 시작하자 문자를 확인하는 데도 안경을 벗어야 했다. 안과에서는 노화라고 하고 안경점에서는 노안이 왔다고 다초점 안경을 권했다. 무엇보다도 얼굴의 주름살이 문제였다.

택시에서 내린 태호가 보였다. 후드 달린 구겨진 검정색 자켓이 후줄근하게 눈에 들어왔다. 언제나 같은 차림새였다. 나를 보자 미소지었다. 참으로 오랜만에 보는 웃음이었다. 웃음에 인색한 남자, 대화에 인색한 남자, 상대방의 기분이라곤 아랑곳 않는 남자가 태호였다.

"그 검은색 좀 벗어던질 수 없어?"

"왜 상복 같아서? 가톨릭 사제들은 늘 검은 옷을 입고 있잖아."

"검은 옷은 죽음을 상징한대. 세속에서의 죽음, 욕망으로부터의 죽음, 자기를 온전히 신에게 봉사한다는 의미에서의 죽음…… 뭐 그런 뜻이 있다던데 그렇다고 당신이 평생 그렇게 살 것도 아니잖아."

"못 살 것도 없지, 나에게 토끼 같은 자식이 있기를 하나 여우 같은 마누라가 있기를 하나, 세상에서 제일 자유로운 영혼인 걸."

"그래서 당신은 평생 혼자 방랑자처럼 살 거야?"

"걱정 돼? 성희 씨가 나를 책임져 준다면 또 모르지."

"글쎄, 난 자신없네요. 당신이라는 사람, 종잡을 수 없잖아."

태호의 손에 들린 흰 비닐 봉투를 받아들며 안을 살폈다. 맥주와 소주 마른오징어랑 땅콩이 들어 있었다. 술꾼은 어딜 가나 티를 낸다니까. 나는 혼자 구시렁대며 마루에 걸터앉았다. 어둠이 완전히 땅으로 내려와 있었다. 멀리 가로등이 보이고 면소재지 불빛들이 조금씩 알록달록 피어났다. 밥 생각없다며 태호는 묻지도 않았는데 미리 선수를 치더니 담배를 꺼내 나에게 건넸다. 나는 태호가 라이터를 붙여줄 때까지 가만히 있었다. 두 사람이 피는 담배 연기가 가늘게 솟아올랐다. 남빛 하늘에 별이 촘촘했다. 달이 동쪽 하늘에 걸려 있고, 소나무 가지 사이로 보이는 달이 교교한 정적을 낳았다. 상현달, 하현달, 보름달…… 무수히 많은 달을 보아왔다. 새벽에 잠 깨어 마당을 서성대거나 고속도로를 달려 시골집으로 내려올 때 달은 항상 따라다녔다. 어두운 하늘에 걸린 달을 쳐다보며 혼자라는 삶이 주는 무게를 실감하곤 했다. 바쁘게 일을 하는 중에도 꼭 하늘을 쳐다보는데 늦은 밤이나 새벽 하늘에 걸린 달은 내 가슴에 고즈넉하게 들어와 앉아 어둔 밤을 흘려보내고 있었다.

"사랑이란 수선화 알뿌리를 가슴에 묻고 겨울을 나는 거야."

"무슨 뚱딴지 같은 소리야."

"오늘낮에 뜰에 핀 노란 수선화를 보며 생각한 거야. 겨울 추위를 이기며 봄꽃을 피워낸다는 것, 그게 사랑이라구."

"오늘따라 성희 씨 이상하네, 왠 센티멘탈."

"사랑은 상처이기도 하고 영광이기도 해. 노란 수선화꽃 무더기가 내 마음을 흔들어 놓잖아."

그 말끝에 울음이 차올라 흐느껴 울었다. 태호가 내 어깨를 안고 쓰다듬어주었다. 그의 가슴에 비스듬히 머리를 기댔다. 언제나 도망가고자 하는 남자, 가깝게 다가서려다가도 도망갈 채비를 하는 태호를 보면서 나는 많은 외로움과 쓸쓸함에 빠져들었다.

태호를 의식하며 얼른 눈물을 그치고는 마당으로 내려섰다. 하현달이 나뭇가지 사이에 적요롭게 떠서 조금씩 몸피를 줄이고 있었다. 꽉 찼던 달이 서서히 사라지는 것을 보는 느낌은 언제나 마찬가지로 마음을 무참하게 만드는 뭔가가 있었다. 꽉 찼던 달, 온전했던 가정, 완벽하다고 믿었던 가족관계…… 나는 다시금 상실감에 빠져들었다. 상실감은 단순히 배신이나 분노, 미움의 차원이 아니라 살아온 삶이 뿌리째 흔들리는 것 같은, 실존에 대한 고통이었다.

"술이나 한 잔 하지. 아님 우리 찜질방 갈까."

"이 시간 찜질방 문 여는 데 있을까. 다 닫았을 걸."

그러고 보니 태호를 따라 찜질방에도 몇 번 갔다. 찜질방이라고는 생전 갈 엄두를 못 냈는데 태호를 따라 다니다보니 이제는 온천욕이나 불가마를 선호하게 되었다. 습관이란 무서운 것인지 가끔은 몸이 찜질방을 원하는 것 같았다. 태호가 찜질방에 가서 감기가 낫듯 나는 몸살기가 있거나 피곤하면 찜질방이 생각났다.

문화적 조건이란 우스운 것이다. 어느 사이 나는 태호의 페이스대로 자신의 삶이 조금씩 변화되고 있음을, 그리하여 익숙해져 있음을 알고 매우 놀랐다.

"손님을 언제까지 마당에 세워 두실라나. 술이나 마시고 밤새워 놀까."

"그래요, 둘 다 실컷 마시고 오늘 밤은 태호 씨에게 주정이나 할

까보다."

나는 앞서서 방문을 열고 안으로 들어가며 호기심어린 말투로 대
꾸했다. 태호가 뒤따라 들어오며 내 어깨를 가볍게 잡았다.

"당신이 주사를 부린다고? 기대되는데, 성희 씨는 내가 보기에
결벽증 환자같은데, 도덕적 결벽증, 그래서 처음에 당신에게 데이
트 신청하고 나서 첫 번째로 응답이 와 놀랐어. 두 번째로는 당신을
원했을 때 거부하지 않아서 놀랐지. 그래서 이 여자가 많이 외롭구
나, 싶더라구."

"그래서 너무 쉬운 상대라 실망 했나요?"

"그게 아니라 그럴 수도 있겠구나 했지. 별다른 뜻은 없어."

태호 앞에서 취하고 싶었다. 취해서 흐느적대고 싶었다. 그런데
술을 마시고 나서 이성을 잃은 적이 없었다. 아무리 그렇게 하고 싶
어도 선명한 이성은 나의 바람을 외면했다.

"나는 요즘 내가 살아 있는 게 고마워, 봄꽃을 볼 수 있어서."

"꼭 죽을 사람처럼 말하네."

"죽어버릴려고 했지, 다리 난간에서 푸른 강물로 뛰어내릴까, 산
꼭대기에서 계곡으로 몸을 던질까. 가장 쉬운 방법은 아파트 옥상
이었어. 선배 언니가 아파트 옥상 난간에 발을 내밀었다가 정말 뛰
어내릴 것 같아서 일층으로 이사했다는 말 들을 때 이해가 되더라
구."

"죽는 얘기 그만하고 술이나 받아."

태호가 두터운 도자기 컵에 맥주를 가득 따라주었다. 그러고는
오징어를 찢더니 땅콩을 오징어 살점에 말아 내밀었다. 나는 입으

로 받아먹었다.

"성희 씨 남편 죽은 게 아니라 이혼했다는 말 들었어. 거짓말을 해야 할 정도로 그를 사랑했나."

"남의 상처 들쑤셔내지 말고 태호 씨 이야기나 해봐. 부인과 왜 헤어졌는지, 혹시 바람 피다 들킨 것 아냐?"

"그건 아냐, 그 얘긴 묻어두자."

태호는 일어서더니 방문을 열고 마루로 나갔다. 법원에서 만난 남편은 윤기가 흐르고 건강해보였다. 일 년여를 혼자 산 남자의 궁핍함은 어디에도 찾아보기가 힘들었다. 직감적으로 여자와 함께한다는 느낌이 왔다. 일 년여 별거를 하면서 남편도 나도 서로 간에 대면한 적은 없었다. 그냥 잊고 살았다. 문득문득 남편이 생각날 때는 여자의 그림자도 함께 따라왔다. 법원 이층 로비에서 환하게 미소짓던 남편을 본 이후로 그에 대한 미움과 원망을 다 내려놓았다. 남편도 행복할 권리가 있다고 믿기 때문이었다. 그가 몹쓸 짓을 했다고 하더라도 그 역시 죽을 죄인은 아닌 것이다.

— 내가 당신에게 상처 준 것 있으면 용서해.

나는 복도 의자에 앉아 자판기에서 뽑은 율무차를 마시며 말했고 남편은 미안하다고만 되풀이했다. 그리고 끝이었다. 미안함으로 끝난 관계였다. 스무 해 가까이 이어온 관계가 단지 미안함으로 끝난 사실에 나는 우울했다. 그리고 집으로 돌아와 불도 켜지 않은 방에서 오래 웅크려 있었다. 전화기가 몇 번 요란스럽게 울려댔지만 받지 않았다. 남편을 사랑했던가. 단지 한 집에 함께 산다는 이유만으로 사랑한다고 말할 수 있을까. 언제부턴가 남편에게서 정인이 아닌 가족 같은 느낌을 받았다. 그냥 오빠나 동생, 혹은 친족 같은 느낌이 든 이후로 부부 생활도 뜸해졌다. 가족애와 사랑은 별게 아닌가. 그럴지도 모르겠다. 아니 내가 아니라 남편이 오래 전에 나로부터 마음이 떠났는지도 모르겠다. 방을 얻어나가면서 남편은 말했다. 오래 전 오륙 년 전부터 마음이 떠났다고. 맙소사. 그렇다면 사랑없이 의무적으로 살았다는 거야? 부부간에 꼭 사랑으로만 사나. 남편의 마지막 말은 날카로운 칼날이 되어 나의 마음을 베어버렸다. 단 한 순간도 사랑없이는 안 살아. 그러니 더 이상 당신과 함께할 이유가 없어, 당장 방 구해서 나가. 나는 그렇게 남편과 헤어졌다.

　시골집은 퇴락해서 흙덩이가 군데군데 떨어져 뒹굴고 마당에는 풀이 올라오고 있었다. 여름이 짙어갈 무렵 마당은 온통 풀들이 점령해서 풀들의 집 같았다. 한 해를 방치한 집은 처음 두 해 동안 남편과 가꿨던 흔적을 말끔히 지우고 야성으로 돌아가 있었다. 태호는 돌아오지 않았다. 무서움이 밀려들었다. 혼자 주말에 내려온 밤이 생각났다. 산비둘기 울음소리가 청승스럽게 들려 무서웠던 밤이었다. 누워 있는데 잠이 오지 않았다. 무섭기도 하고 바람에 풀이 스치는 소리에도 나의 귀는 예민하게 움직였다. 밤을 꼬박 새우고 다음날 오전 내내 늦잠을 자고는 그후 다시 혼자 내려오지 않았다. 꼭 티를 내야 하나. 여자 혼자 방에 두고 진짜 재미없네. 태호에 대한 원망을 쏟아내며 소주병을 열었다. 맥주와 소주가 뒤섞여 취기가 돌았지만 정신은 말짱했다. 휴대폰을 했다. 태호 휴대폰은 꺼져 있었다. 겉옷을 걸치고 밖으로 나갔다. 나뭇잎이 스산하게 몸을 떨자 내 몸도 서늘해졌다. 무서움이 왈칵 몰려들었다. 논두렁길을 따라 버스가 다니는 큰 길 쪽으로 걸었다. 개가 짖었고, 조금 후 여러 마리의 개들이 짖었고, 다시 얼마 후 동네 개들이 어둠을 물어뜯었다. 어둠이 소리에 묻혀 깊어가며 저 스스로의 상처를 핥느라 깊은 침묵 속으로 가라앉았다. 걷다 보니 멀리서 병원차의 경적 소리가 울려왔다. 주위를 살펴보니 어느 사이 저수지로 흘러드는 개울가 근처에 서 있었다. 몇몇 사람이 왔다갔다 했고, 119 구급차가 멈춰서더니 들것이 내려졌다. 문득 불안을 느꼈다. 태호의 휴대폰은 여전히 꺼진 채였다. 혹시, 나는 불안한 마음에 종종걸음으로 개울 근처로 가까이 다가갔다. 119 복장을 입은 남자 서너 명이 누군가를 등에 업고 들것에 싣고 있는 장면이 눈에 들어왔다. 어둠 속에서도 희미하게 보이는 사람의 실루엣이 차가운 느낌을 주었다. 들것 주위에 물이 흥건했다. 눕혀진 사람의 팔이 맥없이 쳐져 있고 검은 머리카락이 밖으로 흘러내렸다. 젖은 머리카락에서 물비린내가 났다. 동네 사람들 여럿이 나와 서 있었고, 누군가를 태운 119차는 요란한 소리를 내며 어둠 속으로 사라졌다.

"무슨 일이죠? 누가 다쳤나요?"

그중 나이가 꽤 들어 보이는 할머니에게 물어보았다. 노파가 힐끗 쳐다보더니 호기심 가득한 얼굴로 말했다.

"못 보던 얼굴이네, 색시는 어디 살우."

"할머니, 조오기 산자락 끝에 초록지붕 집 있죠, 거기 이사 온 사람이에요."

"어, 서울에서 왔다는 젊은 색시 말이우?"

"네."

"그럼 집들이를 하던가 해야지, 누가 왔다는 소리는 들었어. 지난 가을 과수원집에 사과를 몇 상자 팔아줬다지…… 마른고추나 뭐 참깨 같은 것 필요하면 말해, 장날 내다 팔기도 하니까."

"할머니 집이 어디예요?"

"색시 집에서 보면 안보여 마을 안짝에 있거든. 다음에 내 놀러갈게."

"그렇게 하세요. 그런데 누가 물에 빠졌나요?"

나는 궁금하던 것을 물어보았다.

"젊디나 젊은 것이 죽기는 왜 죽나, 죽을 힘이면 살겠네."

"죽으려면 아무도 모르는 곳에 가서 저 혼자나 죽지, 허벅지 높이밖에 안 되는 도랑물에 빠져죽겠다고 뛰어든 건 무슨 심보람, 알다가도 모를 일이야."

"죽을 팔자면 접시물에도 빠져죽는다는데, 다 귀신에 씌어 그런 거야, 에이, 오늘 밤 잠자기는 다 글렀네."

할머니 말에 육십 중반으로 보이는 남자가 대꾸를 했다. 나는 옆에 서서 그들의 말에 귀를 기울였다. 일단 태호가 아닌 것만은 확실했다. 태호는 오래 전 소주에 수면제를 30알이나 털어 넣었다가 토해낸 이야기를 담담하게 말한 적이 있었다. 스무 살 때 한 번, 서른살 때 한 번, 그렇게 수면제를 먹고 병원에서 깨어난 이야기를 아무렇지 않게 들려줬다.

사람들이 하나 둘 가버리고 낚시꾼으로 보이는 사람의 불빛만이 희미하게 떠 있었다. 나는 태호가 원망스러워졌다. 종종걸음으로 집으로 들어가니 태호가 마루에 걸터앉아 담배를 피우고 있었다.

"밤 마실 다녀오시나, 다 큰 처자가, 흐흐."

"놀랐잖아, 나 혼자 두고 어딜 갔다 왔어, 매너 꽝이네."

"여기 하늘 아래 요람, 집 뒤 무덤에 누워 있었어."

"무섭지 않아?"

"무섭긴, 어차피 삶과 죽음은 함께 가잖아."

"나원참, 도를 닦으셨네."

"그렇게 기가 약해서 혼자 어떻게 세상을 이겨나가나. 자꾸 나에게 연민을 불러일으키게 하지마."

"그래, 당신 잘났어, 누가 동정하래? 나를 무시해도 되는 거야, 평생 그렇게 잘난 맛에 살지 그래."

태호에게 마구 화를 냈다. 태호가 나를 물끄러미 쳐다보았다. 그러고는 말없이 담배에 불을 붙여 나에게 내밀었다. 담배를 받아 연기를 들이마셨다 내뿜으며 나에게 실망했지, 추해보이지, 물었으나 태호는 인간적인 데 뭘 그래, 너무 자학하지마, 하고 아무렇지 않게 대꾸해서 맥이 빠졌다.

태호가 나를 가만히 안았다.

"가끔 이렇게 누가 안아만 줘도 절망하지 않고 살 것 같아."

"성희 씨는 감성적인 데가 있어, 그 나이 되도록 낭만성을 유지하기란 쉽지 않은 법이야."

"낭만성? 그냥 우아하게 살고 싶었는데 인생이 나를 우아하도록 가만 놔두지 않네."

"묘지에 가볼래, 너무 무서워하지 말고 한 번 친하게 지내봐, 인간은 삶을 배신해도 영혼은 삶을 사랑하라고 가르치지."

"알았어, 어디 삶을 어떻게 사랑하라고 가르치는지 듣고 싶네."

태호 팔을 잡고 일어섰다. 태호가 큰걸음으로 앞장 섰다. 빠른 걸음으로 뒤쫓아가 태호 팔을 꽉 붙잡았다.

"무섭니?"

"무슨 걸음이 그리 빨라, 같이 보조를 맞춰 줘야지."

"서울년들 걸음걸이처럼 좀 걸어봐, 시골 영감 걸음 걷듯 하지 말고."

"서울년 걸음걸이가 어떤데, 나도 중학교 다닐 때 시오 리를 걸어다닌 내공이 있는 사람이야, 그래도 태호 씨 걸음은 너무 빨라. 나랑 보조를 맞추기 싫은 거지?"

"……."

집 뒤 묘지는 이씨 문중 땅이었다. 전에 이 집에 살던 여자와는 묘지 문제로 갈등관계가 있었다. 집 가까운 곳에 묏자리를 쓰려면 집주인의 허락을 받아야 하는데 여자가 강경하게 반대를 해서 이씨 문중과 사이가 좋지 않았다. 몇 가지 짐을 갖고 주말에 내려왔을 때 묘를 관리하는 이씨 문중 사내가 음료수를 들고 와 잘 지내보자고 한 적이 있었다. 그냥 묘지에 대해 너그러운 태도를 취하려다가 전에 살던 여자 흉을 봐서 인상이 구겨졌다. 그래서 묘지는 더 이상 안 된다고 딱 잘라 말했더니 그후 얼굴을 맞닥뜨려도 아는 체도 안 했다.

묘지는 다섯 기 정도 조성되어 있었다. 한 번도 집 뒤 묘지 정상에 와본 적이 없었다. 초입에 잠깐 산책 나왔다가 얼른 도망치듯이 돌아오곤 했다.

"여기 누워봐, 진짜 편안해."

태호가 양쪽에 봉분이 있고 그 가운데가 널찍하게 비어 있는 자리에 벌렁 드러누웠다. 태호 옆에 조심스럽게 누웠다. 인기척 때문인지 풀벌레 소리가 뚝 그쳤다. 묘지 주위는 산이고 묘지 뒤쪽은 과수원이었다. 지난 11월 과수원으로 산책을 갔다가 사과를 따고 있는 늙은 부부를 만나 사과 한 상자를 샀다. 할아버지가 직접 나무에 달린 사과를 골라 따주었다. 금방이라도 물이 뚝뚝 배어나올 것 같은 싱싱함이 붉은 사과에 가득해서 기분이 좋았다. 친구에게 이야기했더니 그 다음 주인가 당장 사과 사러 가자고 해서 친구 차로 내려와 세 상자나 사가지고 갔다. 금방 따낸 사과에서는 푸른 물이 뚝뚝 흘러내릴 것 같았다. 껍질은 탱탱했고 베어 물면 터져버릴 것처럼 신선했다. 나뭇가지가 흔들리며 바람 소리가 지나갔다. 움찔 몸을 떨었다. 태호가 팔을 뻗어 팔베개를 해줬다. 태호 팔을 베고 누워 사람이 사람을 의지한다는 것, 그것이 얼마나 든든한 버팀목인지 알 것 같은 기분이 들었다.

"난 섹스가 없어도 팔베개 해주는 사람만이라도 있으면 좋겠어."

"몸과 마음은 함께 가는 거야. 둘 다 중요해."

"그런 것 말고 남녀 간에 우정이 존재한다고 믿어?"

"힘들겠지."

"솔직해서 좋긴 한데 좀 섭섭하다."

"어디 갔었어? 무서움 타는 사람이."

"요 앞 방죽에."

"거긴 왜?"

"어떤 여자가 물에 빠졌대."

"죽었어?"

"물 깊이가 허벅지밖에 안된대. 보통은 무릎 깊이이고, 어쩌다 자갈을 채취한 곳만 그렇대."

"살고 싶은 강렬한 욕망이 느껴지는군."

"그렇지, 생목숨을 끊는다는 게 어디 쉬워, 자살하는 사람은 진짜 독한 사람이야."

"오죽하면 죽을까, 함부로 타인의 삶에 대해 재단하지마. 죽음이 삶보다 나은 사람도 있으니까."

"……."

태호와의 사이에 침묵이 흘렀다. 하현달이 천천히 흘러가고 있는 게 보였다. 아니 달은 그대로인데 구름이 흘러가는지도 몰랐다. 돌연 태호가 팔을 빼더니 구르기 시작했다.

"나처럼 굴러봐, 우리 마당까지 굴러가 보자구."

태호의 행동에 잠시 놀랐으나 곧 태호가 하는 대로 그를 따라 구르기 시작했다. 축축한 기운이 등허리에 스며들었다. 모래와 돌알갱이, 마른나뭇가지가 스칠 때는 아릿한 아픔이 왔다. 비스듬히 경사진 무덤 위에서 집 울타리께를 지나 여름 홍수 때 고랑이 깊게 패인, 지금은 없어진 옛 산길을 지나 올 때는 등이 배겼다.

묘지가 끝나는 지점과 마당의 경계선쯤 태호는 드러누워 꼼짝 안했다. 태호 옆으로 가서 누웠다. 고르지 못한 숨소리가 내 귀에도 들렸다. 주먹덩이 같은 별들이 금방이라도 덮칠 것처럼 푸른 하늘에 떠 있었다. 태호의 손이 허벅지를 더듬더니 입술이 덮쳐왔다. 나는 태호 얼굴을 어루만졌다. 까실한 느낌이 손바닥에 닿았다. 눈을 감았다. 바람이 멈추고 풀벌레 소리도 뚝 그치고 오직 외롭고 쓸쓸한 두 영혼이 내뿜는 거친 숨결만이 어둠 속에서 뒤채일 뿐이었다. 고통스럽던 기억이 저만치 물러나고 있었다. 나는 격랑에 휩쓸려 그대로 떠내려가도 좋다고 생각하며 태호에게 몰두했다. 두 사람의 그림자가 뿌연 어둠 속에서 몸부림쳤다. 그래, 이 순간에 충실할 거야. 뼛속까지 시린 슬픔과 모래알갱이를 씹는 것 같은 팍팍함을 견딘 날들이었다. 나는 최선을 다해 그를 받아들였다. 따뜻함을 갈망하는 시간만이 존재했다. 오래 홀로 마른강을 맨발로 걷던 밤, 휴대폰 스팸 문자에서도 반가움을 느끼고 온기를 느꼈던 순간이 뒤로 물러나고 있었다.

얼마나 시간이 흘렀을까. 태호가 먼저 일어나 담배에 불을 붙여 물었다. 그의 등이 어둠 속에서 거대한 벽이 되어 가로막는 것 같은 느낌에 나는 순간적으로 흡 하고 숨을 멈추었다. 담배 연기를 허공에 불어올리는 태호의 등이 너무나 낯설고 고독해보였다. 그의 등을 바라보는 내 가슴에 한 줄기 서늘한 바람이 지나갔다. 그것은 담배 한 개비만도 못한 순간의 허망함이기도 했다. 옷을 챙겨 입고 일어났다. 옆구리가 쓰리고 아팠다. 태호는 여전히 웅크리고 앉은 자세로 담배 연기만 뿜어대고 있었다.

"지난번 등산 갔을 때 산에서 굴렀어. 사는 게 심심하면 짐승처럼 굴러보고 싶었지."

"그래서 짐승이 된 기분이 어때?"

"뭐, 별 거 아니지. 사는 게 별거 아닌 것처럼…… 아, 갑자기 커피가 땡기네. 우리 커피 한 잔 할까?"

"잠은 언제 자고? 올빼미족 아니랄까봐."

"자고 싶을 때 자면 되는 거지, 졸리면 자든가."

태호의 그런 태도, 마치 남의 말 하듯 무심하게, 혹은 마지못한 듯 대답하는 태도에서 깊은 절망감을 느꼈다. 무슨 끌려가는 황소처럼 자신의 주관적인 의사표현이 아니라 항상 아니면 말고 식의 대답에 맥이 풀렸다. 다시 한 번 밤하늘을 쳐다보았다. 달의 위치가 바뀌어 서쪽으로 꽤 많이 기울어져 있었다. 가만히 있는 것 같아도 결국 서쪽으로 사라지는 달처럼 인간의 삶도 서서히, 자기도 모르는 사이에 어딘가로 흘러가고 있었다. 비둘기 울음소리가 고요한 어둠에 파장을 일으키며 들려왔다. 밤에 듣는 비둘기 울음소리는 청승맞았다. 저 들판 끝으로 맨발로 달려가고 싶은 충동을 느꼈다. 황토빛 땅은 언제나 심경을 어지럽게 하면서 야성의 본능으로 끌어당기는 힘이 있었다. 맨발로 논두렁 밭두렁을 지나 들판 끝에 다다르면 생의 목적지에 이를 수 있을까. 끝없이 걷고 또 걸어 세상 끝에 다다를 수 있을까. 나는 막연히 어딘가로 열려 있을 것만 같은 그 길 위에 서서 망연히 어둠에 잠긴 들녘을 바라보았다. 바람이 불어왔다. 바람은 땀에 젖은 내 머리카락을 흐트러뜨리며 과수원과 묘지 쪽을 향해 지나갔다. 멀리 들판 끝으로 부옇게 새벽이 열리고 있었다. 내일은 또 내일의 바람이 불테지. 신발을 벗고 흙바닥을 몇 걸음 내디뎠다. 눅눅한 밤이슬이 발바닥에 감겨왔다. 맨발로 어둠의 시간을 건넜던 밤, 그 두려움의 시간이 이제는 마디마디 굳은살이 되어 나를 지탱해주고 있었음을 그때는 왜 몰랐을까. 나는 차갑고 눅눅한 황토빛 흙덩이가 발바닥에 감겨옴을 온몸으로 받아들이며 푸른 새벽을 뚫어져라 응시했다.

우회로

처음에는 그녀를 몰라보았다. 중앙주차장에 차를 세우고 한옥이 즐비한 식당 골목으로 발길을 향하던 길이었다. 몇 발짝 걷다가 이상해서 뒤를 돌아다보았다. 그녀도 똑같이 돌아보았다. 굵은 파머머리에 귀고리를 한 그녀는 예전의 내가 알던 그녀가 아닐 수도 있었다.

"저, 혹시."

"저, 혹시."

공교롭게도 그녀와 내 입에서 같은 말이 튀어나왔다. 그녀가 두 손을 모아 쥐며 기억의 언저리를 거슬러 오르는 듯한 표정으로 잠시 내 쪽을 건너다보았다. 그녀 역시 확신이 서지 않는 눈치였다. 나는 그녀의 가지런히 모아 쥔 태도에서 아, 하고 짧은 음절을 내뱉었다. 그녀, 정희였다.

도예전시회를 열고 있는 친구를 찾아왔다가 못 만나고 그냥 가려다 국밥이나 한 술 뜨고 가려던 참이었다. '재 넘어 주막'이라는 현수막이 눈에 들어왔는데 내부수리 중이라는 표기가 되어 있어서 그 옆 수성궁이라는 한정식집으로 발길을 옮겼다. 수성궁이라는 음식점 간판을 보자 안평대군의 궁궐이 떠올랐다. 운영전에는 안평대군이 궁녀들에게 시와 예를 가르쳐서 더불어 살아가는 이야기가 있다. 운영이라는 갇혀 사는 궁녀의 사랑 이야기를 액자 소설 기법으로 표현한 슬픈 내용이다.

수성궁은 기와를 얹어 고풍스럽게 지어졌고, 주변의 건물 대부분이 기와 건물이었다. 통돼지구이를 마당에서 구워 파는 초가집도 있었다. 예배당이나 성당 건물도 모두 전통양식을 본뜬 기와로 지어졌다. 드라마 촬영장 같은 분위기였다. 수성궁 안으로 들어갔더니 자리가 없어서 한 명은 안 받는다며 거의 내쫓김을 당하다시피 나왔다. 식탁마다 방마다 사람들로 번잡했다.

그때쯤 그녀도 날 알아본 것 같았다. 그녀가 흰 이를 드러내며 환하게 웃었다.

"보내주신 잉어로 용봉탕 잘 해먹었어요."

잉어라니, 기억하기로는 오 년도 더 된 일이었다. 한창 낚시에 빠져들어 주말마다 밤낚시를 하러 먼 지방의 저수지를 돌아다닐 때였다. 손맛을 알아가던 그때 물고기를 낚아 올리는 족족 주위 사람들에게 나누어 주었다. 그들이 원하는지 아닌지 확인도 안하고 거의 강제로 떠안겼다. 두 번째로 아이스박스를 싣고 그녀 집을 찾아갔더니 난감한 표정으로 세숫대야에 붕어를 받아 안으며 보약이 되는지 모르겠네, 어쩌고 하며 남편 붕어탕 한 재 해먹이려고 받긴 받는데 다음부터는 가져오지 말아요, 라며 눈을 흘겼다. 그때 바라본 옆모습의 오뚝한 콧날 선이 화장을 한 지금의 모습에서 찾을 수 있었다.

"우리 그러지 말고 따뜻한 곳에서 밥 좀 먹고 가요."

"그러죠, 저기 할머니 손맛 두붓집 어때요?"

"좋아요."

정희와 두붓집으로 들어갔더니 그 집도 복잡하기는 매한가지였다. 좁은 골짜기에 웬 사람들이 이렇게 많으냐니까 천주교 성지라고 그녀가 말했다. 예전에는 광주부로서 용인 이천 수원 수지 서울의 일부 지역까지 관장하는 큰 고을이었다고 덧붙여 말했다.

"정희 씨는 성지순례 왔어요?"

"11월은 가톨릭에서 죽은 영혼을 위해 기도하는 달이거든요."

"죽은 영혼을 위해 기도하는 달? 그런 게 있나요."

"말하자면 죽음을 묵상하는 달이죠."

죽음을 묵상한다……하긴 삶도 죽음의 연장선상이라고 볼 수 있었다. 친구 민기는 늘 그렇게 말하며 이 다음에 너는 분명 잉어로 태어나 낚싯밥을 무는 생을 살게 될 거라고 비꼬았다. 늦잠을 자고 일어난 일요일 오후 민기가 전화해서 나갔더니 어딘가 같이 가자는 거였다. 민기의 낡은 지프에 올라타자 그는 고속도로에 진입해서 두 시간인가 달려 인터체인지를 나가더니 시골길로 접어들었다. 민기가 내린 곳은 강가 자갈밭이었다. 어리둥절해 있는 나에게 민기는 담배 두 대를 연거푸 피워댔다.

"이 여자 너무 착해서 내가 더 괴롭다."

처음에는 정희를 말하는 줄 몰랐다. 그런데 그게 아니었다. 민기는 오래 전부터 알고 지낸 여자가 있다고, 그 여자를 사랑한다고, 그 여자는 자기가 없으면 안된다고 어두운 얼굴로 낙담하듯 중얼거렸다.

"뭐야, 이 자식! 너 그걸 말이라고 해? 그럼 정희 씨는 어떡하고."

"이미 오래 전에 마음이 떠났어. 진작 얘기하려고 했는데 막상 정희를 쳐다보면 말이 안 나와."

"두 여자 모두에게 상처가 되는 거야. 지금이라도 정리해라."

"정희는 그냥 가족이야. 친구 같고, 남녀 간의 사랑 행위 같은 건 정희랑 잘 안 돼. 차라리 정희가 막돼먹은 여자처럼 굴었으면 더 홀가분하겠어. 어렵게 고백했는데 정희가 뭐라는 줄 알아?"

"……."

"다 덮어주겠대. 과거 일을 묻지 않겠대. 내 건강 챙기며 살겠대. 그런 바보 같은 말이 어딨어."

"앞으로 어쩔 작정이야."

"글쎄, 모르겠어. 어쩌다 이 지경까지 왔는지."

정희는 손님이 오면 꼭 밥을 해서 내왔다. 끼니 때가 되었건, 지났건 상관하지 않았다. 정희는 뚝배기에 먹을 만큼 쌀을 안쳐서 밥을 하고는 누룽지와 숭늉까지 챙겨주었다. 어릴 적 부친이 사업 실패하면서 배를 곯은 기억 때문이라고, 손님이 오면 무조건 밥을 해주자라고 마음먹었다나.

"정희가 해준 밥이 생각날 거야."

민기가 혼잣말로 중얼거릴 때 이미 그는 마음 정리를 한 것 같았다. 그날 밤 민기와 맥주집에 들러 새벽까지 취하도록 마셨다.

낚시에 대한 화제로 이야기가 옮겨갈 즈음 공기밥과 순두부찌개와 반찬이 나왔다. 깍두기와 가지볶음, 배추김치와 조개젓갈 그리고 묵은 나물이었다. 작은 옹기에 표주박을 띄워 놓았는데 방금 전 숯불 통돼지구이집 초가에 얹혀 있던 표주박들이 떠올랐다. 수확을 하지 않아 그대로 둔 표주박은 서리를 맞아 시들거나 얼어 있었다.

막걸리를 마신 정희의 볼이 발그레해졌다. 예전에 그녀는 수수한 차림새에 단아했었다. 그런데 세월은 그녀를 조금은 변모시켰다. 눈화장이며 귀고리며 머리 모양까지 바뀐 그녀는 의외로 담담한 태도로 창 밖에 눈길을 주고 있었는데 그 모습이 꼭 바위벽에 그려진 천 년 전 보살처럼 비춰졌다.

"정희 씨는 많이 변했네요. 예전에는 화장 안했었잖아요."

"그가 떠나고 나서 심경에 변화가 많았어요. 이래 살면 뭐하나 싶어서 안하던 화장도 하고, 귀도 뚫어서 귀고리를 했는데 의외로 만족감이 커요."

예전에 그녀는 맑은 인상이었다. 서른 중반에서 후반으로 넘어가는 그녀는 인생을 다 산 듯한 태도였고 어딘가 멍한 표정이었다. 누군가에게 예쁘게 보이려고 화장을 짙게 한 것 같지는 않았다.

"민기 소식은 듣나요? 그 친구 한창 마애불을 찾아 떠돌더니."

잠시 그녀의 표정에 스쳐가는 어두운 그림자를 나는 놓치지 않았다. 민기를 본 지도 삼 년이 지났다. 그러니까 잉어를 낚아다 정희에게 준 지 석 달이 지났을 무렵이었다. 정희가 울먹이며 전화를 했었다. 집 나간 지 꽤 되었는데 이유를 모르겠다고, 자기 생각에는 아마 여자 때문인 것 같다고 절망스러운 목소리로 전화를 해서 그녀 집으로 찾아갔었다. 산자락에 위치한 그녀 집 근처에 도착했을 때는 어둑어둑했다. 산기슭에 운동기구와 놀이터가 있어서 등산복 차림의 사람들이 모여 잡담을 나누거나 운동을 하고 있었다. 환하게 켜진 여러 개의 가로등은 워낙 밝아서 동물들이 밤낮을 착각할 것만 같았다. 다세대주택 3층 건물이 그녀 집이었다. 그녀가 굳이 들어와 차 한 잔 하라는 것을 공원에서 기다리겠다고 말하고는 담배 한 개비를 꺼내 물었다. 민기가 있었으면 염치불고하고 저녁밥이라도 달라고 했을 것이다. 서른 초반의 여자답지 않게 고전적인 데가 있었다. 민기를 대하는 태도가 조심스러웠다. 그렇다고 평등 부부가 아니라는 뜻은 아니다. 환절기에는 민기를 위해 대추 인삼차를 달여놓거나 아침에는 과일 주스를 갈아준다거나 청국장 가루나 환약을 준비해두고 있었다. 소화가 안 되거나 체했을 때도 정희는 손가락을 따거나 청국장 환약을 한 움큼 건네준다고 했다.

그리고 며칠 후 민기 전화를 받고 그의 지프에 실려 강가 자갈밭까지 가서 사연을 들었다. 다음날 여관에서 깨어났을 때 민기는 어디론가 사라지고 없었다. 식당에서 콩나물 국밥을 먹고 터덜거리며 버스 정류장을 향해 걸어가며 녀석의 욕을 해댔다.

정희는 밥을 반이나 남겼다. 나는 정희가 먹던 밥을 가져와 순두부 국물을 넣어 마저 먹었다. 그런 나를 물끄러미 바라보던 정희가 왜 아직도 혼자 사냐고 물었다. 나는 할 말이 없었다.

"어쩌다 보니 그렇게 됐네요. 정희 씨는 그동안 뭘 했어요?"

"아이를 시댁에 맡기고 개인과외를 시작했는데 그냥저냥 먹고 살아요. 전세금 빼내어 동남아 지역으로 가서 한 일 년쯤 살다 올까 생각도 해봤어요."

"동남아는 왜? 치안이 문제일 텐데요."

"그곳에서 돌아올 때 장편소설 하나 들고 올까 해서죠."

"아."

그녀가 문예창작을 전공했다는 말을 민기에게 들은 적이 있었다. 문학 동아리에서 만나 동거하다가 결혼했는데 아이가 생기는 바람에 꿈을 접은 터였다. 그녀가 약간의 흥분된 말투로 소설에 대해 말할 때 어쩌면 못다 이룬 꿈을 이룰 지도 모르겠다는 생각이 들었다.

"내가 죽일 놈이지? 이불 홑청을 사다가 솜을 넣어 내 이불을 꿰매 놓았더라고. 가져가라고. 그러고는 입던 옷을 세탁해서 다림질을 해놓는데 팬티까지 다리더라니까. 그걸 보고 소리쳤지, 나는 너의 그런 모습이 싫다고, 답답해서 싫다고."

"너는 얼마나 잘났냐."

나는 민기를 쥐어박고 싶었다. 민기의 여자는 아무것도 할 줄 모른다고, 자기가 없으면 혼자 살 수도 없다고 말하는 놈의 변명에 후려갈기고 싶은 것을 참았다. 사람은 인연 따라 사는 법, 세상의 인연은 뜻대로 되는 게 없다고 믿기 때문이었다. 오래 전 남도 여행길에 들른 절에서 큰스님의 법문을 들을 기회가 있었다.

좋은 인연도 맺지 마라.

나쁜 인연도 맺지 마라.

청중 중의 한 여행객이 나중에 질문을 던졌다. 인연을 맺지 말라고 하면 스님의 법문을 들은 것도 인연인데, 그렇다면 사랑도 하지 말고, 친구도 맺지 말고 혼자 고립되어 살라는 말이냐고 물었던 기억이 났다. 큰스님의 말이 어렴풋이 다가왔다. 인연의 괴로움을 말한 터일 것이다.

막걸리 항아리가 동이 나서 더 주문하려니까 정희가 좀 걷자고, 단풍이 곱더라고 말해서 일어났다. 그녀가 약간 비틀거리며 벽을 짚고 걸어 나왔다. 계산을 치르고 자판기에서 밀크 커피를 빼들고 두붓집 마당으로 나왔다. 두붓집 마당에서 좀 더 지나면 넓은 주차장이 있고 개울과 주차장 사이에 성당 건물이 있었다. 개울에는 작은 다리가 놓였는데 사람 혼자 지나갈 정도로 좁았다. 다리를 지나 성당 마당에 들어서는데 성모상 앞에 촛불 여러 개가 켜져 있었다. 정희가 촛불 두 개에 불을 붙여 투명 유리상자 안으로 집어넣으며 소원을 말하라고 했다. 성모님께 기도를 부탁하는 거예요.

"직접 하느님께 기도하지 왜 부탁하는 거죠?"

"왜냐하면, 성모님이 부탁하면 예수님이 거절 못할 것 같아서요."

"나 대신 정희 씨가 소원 말하세요."

마당을 지나 십자가의 길이 있고 그 길 끝은 산등성이로 향하고 있었다. 낙엽이 흩날렸다. 축축하게 젖은 낙엽이 산자락에 가득 깔려서 저녁 햇살을 받아 노랗고 붉게 빛났다. 정희의 걸음이 느려지며 잠깐 멈춰 섰다.

"지난 주에는 속리산에 갔다 왔어요. 길을 몰라 엉뚱한 마을을 지나가느라 시간이 많이 걸렸어요. 추수가 한창이라 들깨 냄새가 코를 찔렀는데 너무 지독해서 머리가 아플 지경이었죠. 일요일 오후라 인파에 휩쓸려 죽는 줄 알았어요. 법주사에서 레지나 수녀님을 만났는데 휴가 나와 친정 조카 부부랑 여행을 왔대요. 조카 부부는 등산을 한다고 골짜기로 올라갔고 그 수녀님만 무화과나무 앞 의자에 앉아 있더라구요. 두어 시간 얘기했는데 헤어질 때 꼭 껴안아주더라구요. 왜 그리 눈물이 나던지."

정희는 그 말을 하며 목이 메이는지 잠시 먼 곳을 바라보았다. 일주문에서 대웅전까지는 십여 분 남짓 걸어가야 하는 거리이다. 오래 전 잠깐 만났다 헤어진 희주와 법주사를 간 적이 있었다. 하도 오래돼서 전생에 다녀온 듯한 느낌이 들었다. 계곡물에는 노란 나뭇잎들이 수면을 가득 덮어서 저러다 물고기가 숨막혀 죽지, 하는 엉뚱한 상상을 하기도 했다. 명부전 뒤쪽 벽면에는 지옥도가 그려져 있었다. 살아생전에 죄를 지은 사람들이 윗도리를 벗은 채 줄줄이 무릎 꿇고 앉아 눈물을 흘리고 있었는데 불덩이가 이글거리는 쇠가마에 던져지는 사람, 혀를 길게 잡아 뽑아 그 위에 굵은 송곳 같은 대못을 박는 장면, 촘촘이 못이 박힌 널빤지 위에 사람을 엎어 놓고 무거운 쇠가마로 내리누르는 장면은 보기에도 끔찍했다. 그 옆 건물 벽에는 천상도가 있었는데 소를 타고 뿔피리를 부는 목동과 비천녀, 흰 수염을 기른 노인, 천도복숭아 등이 그곳이 무릉도원임을 말해주었다. 사람들은 사진찍느라 부산했고, 삼성각이 있는 건물에는 들여다보는 사람이 드물었다. 한적한 산길로 향하면서 희주가 왜 이상한 그림만 찾아다니며 보느냐고 눈을 흘겼다. 팔장을 낀 채 콧노래를 흥얼거리는 희주와의 한때는 벽화 속의 무릉도원처럼 평화롭고 한적했다. 그렇지만 이차 시험을 끝내고 발표를 앞둔 시점이라 조금은 초조했다. 희주는 합격을 믿는 눈치였다. 희주와 헤어진 후에는 어느 한 곳에 정착할 수 없었고, 주로 혼자 돌아다녔다. 법주사에서 본 목조탑 팔상전의 유적에서 시간이 흘리고 간 흔적을 발견하면서 생의 유한함이 주는 허무를 느꼈다면 지나친 감상일까. 지금은 사라진 목조 탑파의 흔적을 황룡사에서도 찾을 수 있었다. 경주에 위치한 황룡사 절터는 주춧돌만 남아 있었지만 그 규모의 방대함은 찾는 이의 발길을 잡아끌었다. 유적을 찾아다니면서 생에 대해 너그러워졌다. 바람과 세월에 마모된 유적의 잔흔에서 나는 인연의 고리에 초연해지려 애썼다.

"왜 혼자 다녀요. 놈팽이 한 놈 꿰차고 다니시지."

"눈 씻고 찾아봐도 없는 걸요. 주말마다 무작정 차를 끌고 시골길을 달리면서 기도하곤 했어요. 하느님, 좋은 놈 하나 보내주세요, 라고 말이에요."

"하하하."

"사실은 친구도 만나고 모임에도 나가고 해서 외로울 시간이 없어요. 그런데 주말만 되면 모두들 가정으로 들어가 아무도 연락하지 않아요. 혼자 사는 어려움은 주말에 함께 고기를 사 먹으러 갈 수 없다는 거죠. 외식을 안하게 되니 건강이 좋아져야 되는데 오히려 살이 더 빠졌어요."

그러고 보니 정희는 볼살이 홀쭉했고 몸집이 더 작아 보였다. 통통한 편이었는데 살이 빠져 얼굴에 주름이 많았다.

"민기 씨랑 함께 있을 때는 여행할 염두를 못 냈는데 혼자 되니 자유롭게 어디든 갈 수 있었어요. 관광호텔에 들어가 가격을 물어보니 할인이 된다기에 예약을 하고 하룻밤 묵어왔어요. 친구에게 전화했더니 대뜸 호사스러운 가을 여행이라고 은근히 부러워하는 문자를 보내더군요. 나를 존중해주고 싶었고, 대접해주고 싶었는데 남들은 안됐다 하면서도 그런 혼자만의 여행을 질투하더라고요."

"남의 눈을 왜 의식합니까. 그냥 하고 싶은 대로 하고 살면 돼요."

"주위에서 다들 부러워 죽겠다고 말하지만 그들은 결코 자기네 삶을 떠나지 않을 사람들이죠."

"남자도 좀 만나고 그러지 그래요."

"저도 그러고 싶어요. 몇 사람 소개받았는데 필이 안 꽂히지 뭐예요."

"아직 이십 대의 연애를 꿈꾸는 거 아닌가요."

"왜요, 그러면 안되나요? 저는 지금도 연애를 꿈꿔요. 아니 열정이나 불꽃 같은 사랑을 할 수 있다고 믿어요."

"수컷들은 그저 어떻게 하면 저 여자와 한 번 자볼까 그런 생각 안한다면 거짓말이죠. 남자의 속성은 다 똑같아요. 사회적으로 번듯해보이는 직장을 가졌건 안 가졌건 똑같다고 보면 돼요. 이거 너무 겁주는 건 아닌가."

"제가 편한가 보죠. 그런 말을 아무렇지도 않게 막하시는데 섭섭하면서도 기분이 나쁘지 않네요…… 한동안 잠을 잘 못 잤어요. 한밤중에 자다가 깨어나 시계를 보면 새벽 1시일 때도 있고, 대부분 두세 시에 깨고 나면 그때부터는 아침까지 꼬박 새워요. 어느 날은 새벽 3시에 일어나 고속도로로 차를 몰고 나갔죠. 무작정 달렸어요. 가다가 보니 안면도 어쩌고, 하길래 그쪽으로 길을 틀었는데 안개에 갇혀 길을 잃어버렸지 뭐예요."

"네비게이션 안 달았어요?"

"그거요? 별로 달고 싶지 않아요. 길을 잃어버리는 것도 괜찮더라구요. 인생은 어차피 길을 잃으며 사는 존재잖아요. 물어물어 길을 찾아가는 것, 그게 사람 사는 법이죠."

"그럼 계속 길을 잃으세요."

그렇게 말해놓고 나니 썰렁했다. 상처 입은 여인네한테 덕을 베풀지 못할망정 대꾸한다는 게 옹졸한 티를 보이다니, 나는 아주 잠깐 곤혹스러움을 벗어나려 앞서서 빨리 걸었다. 저녁 해가 나뭇가지 사이로 굴절되어 퍼져나갔다. 태양빛은 온기라고는 없었고, 목덜미를 스치는 바람이 차가웠다. 뒤돌아보니 그녀의 머리카락이 날리며 목덜미에 불그죽죽한 상처가 보였다. 그녀가 내 시선을 의식하고는 희미하게 웃었다. 그러더니 돌연 그녀가 경사진 내리막을 달리기 시작했다. 경사면이 급박하지는 않으나 순간적으로 당황스러웠다. 그녀는 계속 아래로 달리며 내려갔다. 왜 그러느냐고 물으려는데 그녀가 소리쳤다.

"제 집 와보셨죠? 민기 씨는 그 집을 싫어했어요. 어둡고 좁다고. 산자락에 잇대어 있어서 조용하고 좋잖아요. 제 마음에는 쏙 들었는데 그이는 싫어했어요."

"정희 씨, 괜찮아요?"

"걱정말아요, 버릇이에요. 저녁에 산에 올랐다가 돌아올 때는 뛰어서 집으로 오곤 해요. 그럴 땐 꼭 내가 한 마리 짐승 같아요. 우리는 모두 짐승이죠, 슬픈 짐승."

언덕 쪽에서 그녀를 내려다보며 어찌할 바를 모르고 있는데 어느 시점에선가 그녀가 숨을 헐떡이며 뒤돌아섰다. 그녀에게 빠른 걸음으로 다가갔다. 그녀의 옷자락에는 검불과 도깨비바늘이 무수히 꽂혀 있었다. 도깨비바늘을 하나하나 떼어내며 그래도 나에게라도 들러붙어 씨앗을 퍼트리려는 식물이 대견해서 눈물겹다고, 정성스럽게 떼어내서 여기저기 뿌려주곤 한다고, 나같은 사람에게도 필요한 부분이 있나 싶어서 귀찮지 않다고 말하는 그녀의 내면으로부터 겨울 초입으로 향하는 서늘한 바람이 불어오는 것 같았다. 그녀의 손목과 목 언저리에는 생채기가 생겨났다.

"짐승이라니, 어감이 이상하네."

"왜요? 기분 나쁜가요. 우리는 모두 지구라는 울타리 안에 갇힌 짐승이죠."

정희는 아직도 민기를 잊지 못하는 걸까. 차마 민기 얘기를 묻지 못하고 그녀에게 전통차 한 잔 하고 가자고 말했다. 그녀는 따라오면서도 도깨비바늘을 떼어 내었다. 저녁 해가 기울기 시작하더니 골짜기에는 금세 어둠이 밀려내려 올 기세였다. 산촌의 어둠은 금방 닥쳐오는 법이었다. 찻집에 도착했을 때 주차장의 그 많던 차량은 다 빠져나가고 서너 대 남아 있었다.

찻집에는 현대식으로 개량한 호롱에 촛불이 켜져 있었는데 아늑해보였다. 오십 중반의 여주인은 도예전시회에서 작가에게 직접 구입했다며 파라핀유를 사러 인사동까지 갔다왔노라고 묻지도 않은 말을 주절거렸다. 난로 위에는 큰 주전자에 대추차가 끓고 있었고 대추 향내가 실내 가득 퍼졌다. 구석 자리에 스무 살 초반의 남자와 여자 애 두 명이 키득거리며 앉아 있을 뿐 손님은 없었다. 정희는 찻잔의 온기를 받아들이려는 듯 두 손으로 꼭 감싸쥐고는 좋다를 연발했다. 추위에 푸릇푸릇했던 그녀의 볼이 발그레해졌다.

이 년 전, 그러니까 마지막으로 시골 강 자갈밭에서 헤어지고 난 지 일 년이 지난 후 민기를 만났다. 낚시터에서 나오는 길목 삼거리에 허름한 포장마차가 있었는데 민기는 그곳 주인이 되어 있었다. 낚시에서 잡은 붕어를 도로 호수에 풀어주고 일어서려는데 옆에 앉았던 사내가 애써서 잡은 물고기를 살려준다고, 그러려면 자기를 달라고, 갖다가 팔아 기름값이라도 해야겠다고 투덜거렸다. 사내는 식당에 내다팔기 위해 붕어를 잡아간다고 말했는데 그의 말에 대꾸를 안하고 많이 잡으라고 말하고는 도구를 거둬 철수를 했다. 강바람이 불어와 목덜미를 사정없이 후려쳤다. 추웠다. 따뜻한 라면 국물이나 먹고 가려고 포장마차에 들렀는데 뒷모습이 낯익은 사내가 연탄 화덕에 오징어를 굽고 있었다. 어디서 보았을까. 잠시 생각에 잠겨 있는데 사내가 뒤돌아보았다. 그 순간 사내와 눈이 마주쳤다. 아무리 세월이 흘러도 눈은 변하지 않는 게 사람인 모양이었다. 수염을 길러 덥수룩한 몰골은 산도적처럼 변해 있었고, 머리는 뒤로 묶어 꽁지머리를 하고 있었다. 민기가 먼저 알아보았다.

"아직도 강태공이냐? 토종붕어 씨말리겠다."

"이게 누구야. 살아 있었네."

악수를 하는 민기의 손아귀에 힘이 잔뜩 들어가 있었다. 낚시 가방을 한쪽에 내려놓고 민기의 포장마차에서 소주를 마셨다.

"정희는 잘 있겠지."

"정희 씨 안부가 궁금하면 직접 만나지 그래, 찾아보든가. 그래도 미련은 있나보네."

"사랑은 아니더라도 청춘을 함께 보낸 사이 아니냐. 그게 묘하더라구. 자꾸 신경이 쓰이는 거야. 애정은 식었다쳐도 말이지."

"그 여자랑은 어떻게 되었어?"

내 질문에 민기는 담배를 꺼내 불을 붙여 물고는 휴우, 길게 연기를 내뿜으며 그간의 사정을 털어놓았다. 민기보다 일곱 살이 어린 여자였다. 남편과는 서류정리가 안 끝난 상황에서 관계를 들켜버렸다고 했다. 원래 헤어지기로 돼있던 여자 남편이 그 사실을 알고는 협박을 했고, 상황이 꼬여버렸다. 일이 이렇게 되자 여자는 민기에게 돈을 요구했다. 민기는 직장을 그만두고 퇴직금과 있는 돈 없는 돈 긁어모아 여자에게 주고는 무작정 지프를 몰고 남쪽 지방으로 내려가 시골 과수원에서 거름을 져나르는 일을 하며 농사일을 거들었다고, 그 일도 이골이 나고 얼마간의 돈이 생기자 저수지 근처에 포장마차를 열었다. 낚시꾼을 대상으로 하는 포장마차는 쉽지 않았다. 저수지에 식당이 있을 뿐더러 요즘에는 낚시꾼이 라면이며 커피며 싣고 다니기 때문에 수입이 형편없다고 했다.

장소를 잘못 고른 것 같아, 차라리 대학로나 지하철 입구 같은 곳에 자리를 잡지 그랬어 말하려다 입을 다물었다. 권리금이나 돈이 만만치 않았기 때문이다. 트럭이 지나가며 먼지를 날렸다. 갈대가 성인 키 높이 보다 자라서 한꺼번에 우우우 몰려다니며 흔들렸다. 멀리 저수지의 수면이 은빛으로 반짝였다. 어린 새들이 물 위에 떼를 지어 웅크리고 있고 왜가리가 긴 다리와 날개를 천천히 느리게 움직이며 날아다녔다. 바람이 포장마차의 지붕을 연신 때렸고, 비닐 천막이 금방이라도 날아갈 듯 아슬아슬하게 펄럭였다. 물떼새가 시끄럽게 우는 소리가 애달프게 들려왔다.

"그 뒤 여자에게서 전화가 왔더군. 일방적으로 남편에게 이혼당하고는 자기도 그렇게까지 할 생각이 아니었다고, 남편이 협박해서 어쩔수 없었노라고, 용서해 달라고. 울먹이는데 사람의 감정이라는 게 머리와 따로 놀더라고. 내가 있는 곳을 찾아오겠다기에 암 말 안 했더니 정말로 트렁크 하나 끌고 왔길래 받아들였지. 일주일을 못 버티고 가버리더군."

"정희 씨에게는 왜 안 돌아갔어?"

"돌아갈 수 없었어. 자존심이랄까. 염치랄까. 하여간 그 이유를 모르겠어. 정희 잘있지?"

민기는 대화 중간중간 정희 안부를 자꾸 물어왔다. 혹시 내가 알면서도 모르는 체, 혹은 남자가 생겨서 살림이라도 차렸는데 말을 안 해 주나 싶어서였는지, 확실히는 모르겠다.

"야, 니가 모르는데 내가 어떻게 아냐. 그래도 관심은 가나 보네. 망할 자식."

"인생이 어쩌다 이렇게 꼬였는지 모르겠어, 운명이라는 게 있긴 있나봐. 인간의 의지로는 도저히 어찌할 도리가 없는."

"운명은 무슨 얼어죽을."

민기는 까칠해진 몰골로 소주잔을 한 입에 털어 넣었다. 저물녘의 호수는 적막하기 그지 없었다. 어린 새들이 수런대는 소리가 내내 들려왔다.

"낚시 다니는 심정을 이해하겠더라구, 잡념을 잊기 위해서지."

민기는 두 개비째 담배에 불을 붙여 물고는 먼 호수를 바라보았다. 군데군데 웅크려 낚싯대를 드리운 사람들이 보였다. 수면에는 붉은 해가 길게 드러누워 밝은 빛으로 타올랐다.

"앞으로 어쩔 셈이야."

"한 세상 떠돌다 가는 거지 별 거 있냐."

민기는 담배 연기와 함께 냉소적으로 내뱉었다. 그 목소리에는 체념이 가득했다. 어두워지는 호수에는 검게 웅크린 낚시꾼의 그림자만이 떠있었다. 그날 밤 여관에서 맥주잔을 기울이다가 새벽녘에 잠이 들었다. 누가 먼저 쓰러졌는지는 기억나지 않았다. 다만 잠결에 누군가의 이름을 부르는 민기의 목소리를 들은 듯했다. 그 이름이 정희였는지, 민기의 여자였는지는 알 수 없었다. 화장실에 다녀온 후 나는 조용히 여관을 빠져나왔다.

밖은 어느새 캄캄한 어둠으로 덮여 있었다. 우리는 어둠에 완전히 포위당한 짐승들처럼 웅크려서 촛불을 중심으로 그 어둠이 걷히길 기다리는 심정이 되어 앉아 있었다. 민기를 만났다는 말은 차마 꺼낼 수가 없었다.

"만약, 민기가 돌아온다면 아무 말 말고 받아주세요."

그녀를 흘끔 쳐다보며 말을 꺼냈다. 그녀는 찻잔을 내려놓고 어둠의 밖을 멀거니 바라보았다.

"그 생각을 안 해 본 건 아니에요. 그렇지만 겁이 나요. 그가 돌아온다고 말할까 봐, 다시 시작하자고 말할까 봐."

"하룻밤 악몽을 꾸었다고 생각하세요."

"그렇죠, 지독한 악몽이죠. 이제는 제 마음을 모르겠어요. 한 번 신뢰에 금이 가니까 사람을 믿을 수가 없는 거죠. 끊임없이 그를 의심하고 의혹의 눈길을 보내며 미워하게 되겠죠. 다시 시작한다는 건 진창에 발을 들여 넣고 다시 빠져나오기 위해 서로를 밀쳐내는 것과 같아요. 그 지옥 같은 생활을 왜 선택해야 하죠? 아아, 저도 모르겠어요."

그녀가 아직도 민기로 인해 혼란을 느낀다면 미약하나마 사랑의 감정이 남아 있다는 증거일 터였다. 아니면 애증이라도. 일차 고시에 붙고 나서 희주는 금방이라도 결혼식을 올리자며 양가 상견례까지 주선했다. 그러나 이차에 실패하자 희주는 냉정하게 돌아섰다. 희주의 싸늘한 태도에 세상이 끝나는 줄만 알았다. 고시 실패에 대한 힘듦을 털어내기도 전에 희주의 배신은 세상살이에 대한 환멸, 인간에 대한 환멸을 가져왔고 그후 어떤 여성을 만나도 감정이 움직이지 않았다. 희주에 대한 정리를 하기까지 몇 년이 걸렸다. 그 몇 년은 터널 안에 갇혀 빛을 볼 수 없는 짐승의 나날이었다. 이제는 마냥 기다려야만 했던 희주의 마음을 이해할 수 있었다. 혼기에 처한 희주와 그 부모님의 마음을 이해하고 나자 비로소 세상이 보였다. 그래도 결혼할 마음은 없었다. 결혼이란 성숙한 남녀가 만나 상대의 결점까지도 감싸 안아줄 수 있는 고도의 기술이 필요했다. 아니 지혜라고 해야겠다. 상대의 결점이 나타날 때마다 못 견뎌서 싸움을 하다가 그것을 극복하면 그래도 나은 편이다. 극복 못하면 결별의 수순을 밟고는 다시 같은 시행착오를 되풀이하는 것이다. 싸움으로 젊음을 소진한 어느 부부가 함께 한 지 사십 년이 넘자 그때서야 상대방이 소중하게 다가오더라는 이야기는 인생의 아이러니다.

리필을 부탁하려는데 여주인이 고개를 떨구고 졸고 있었다. 가스 난로 위 주전자를 가져다 뜨거운 물을 그녀에게 부어줬다. 그 작은 행위에도 그녀의 표정은 고마워하는 기색이 역력했다. 시계를 들여다보니 오후 다섯 시 사십 분을 지나고 있었다. 겨울의 산촌은 금방 어둠이 깊어졌다.

"이제 가봐야죠. 오늘 승준 씨 만나 반가웠어요."

그녀가 휴대폰을 확인하며 일어섰다. 골짜기에 어둠이 내려 건물들이 우중충하게 엎드려 있어서 더욱 춥게 느껴졌다. 그녀가 흰색 아토스에 올라타고 출발하자 그 뒤를 따라 주차장을 빠져나왔다. 구부러진 산길에 차량의 행렬이 길게 꼬리를 물고 이어졌다. 꽁무니에 붉은 등을 매단 승용차들은 가다 서다를 반복했다. 한참 서 있을 때 차창 문을 내렸으나 매캐한 매연이 들어와 목이 따가웠다. 희주가 떠나고 나서 3개월 간 후두염이 낫지 않아 고생했는데 조금 피곤하거나 몸에 무리가 오면 후두염이 도지곤 했다. 차량은 계속 느리게 움직였다. 숫제 몇 분 동안 서있기도 했다. 좁은 산길에서 차량의 꽁무니에 달린 불빛만이 길게 꼬리를 끌며 어둠의 미로를 헤치고 이어져 있었다. 지체되는 게 지겨웠는지 어떤 차는 용케도 돌려서 왔던 길로 도로 가버리기도 했다. 골짜기는 길고도 지루하게 이어져 있었다. 길 위에서 서성이는 차량들로 가끔 놀란 청설모나 야생 고양이가 빠르게 풀숲으로 숨어들었다.

돌아보면 민기나 정희나 우리 모두 길 위를 헤매다 길을 잃어버린 나날을 보냈다. 한 번 잘못 접어든 길은 돌고 돌아 빠져나오기까지 긴 시간을 필요로 했고, 어떤 경우에는 생의 끝에 다다라 있기도 했다. 군대에서 제대한 후 복학하기 전, 민기는 부도밭을 찾아 헤맨 적이 있었다. 부도밭에 서면 살아 있는 자신이 대견하다나 어쩐다 나 궤변을 늘어놓았다. 민기 자취방 벽에 가득한 사진들. 냉장고와 책장, 현관문에도 붙여진 부도 사진에는 몇 겹의 생을 통과한 시간 이 풍화되어 고스란히 드러나 있었다. 무엇을 확인하고 싶었던 것 일까. 실존, 아님 살아있음에 대한 예찬? 죽은 자 앞에서 살아 있는 자는 겸손해지기 마련이다. 민기는 힘을 얻고 싶어했을 것이다. 최 종심에서 몇 번이나 떨어져 끝끝내 열 수 없었던 문학의 성문城門. 작가로서의 입문에 실패하고 평범한 샐러리맨으로 살아가기를 작 정한 민기에게 생은 얼마나 막막한 절망이었을 지 짐작이 갔다. 그 것은 법률 지식에 매달려 십 년 세월을 보낸 내 경우가 그랬기 때문 이다. 고급 독자로 남기로 했다는 민기의 말에서 쓸쓸한 여운이 감 돌았다. 가지 못한 길에 대한 회한은 남은 생에 대한 결핍감으로 살 아가게 마련이다.

잠시 서 있는 동안 차창을 내리고 담배에 불을 붙여 물었다. 담뱃 재를 털어내며 무심코 산기슭 쪽을 바라보던 내 눈에 커다란 짐승 이 우두커니 서서 이쪽을 바라보는 게 들어왔다. 그 짐승은 산양 같 기도 하고 사슴 같기도 했는데 정확히 알 수 없었다. 멀리서 범종 소리가 들려왔다. 저녁예불을 알리는 타종소리였다. 담배를 던지고 눈을 끔벅거린 다음 다시 한 번 산 쪽을 바라보았다. 짐승은 사라지 고 없었다. 길을 잃은 걸까. 아니면 농장 우리를 탈출한 짐승일지 도. 혼잣소리로 중얼거리며 차창을 올렸다.

멀리 광주 서울 우회로라 쓰인 표지판이 보였다.

시간의 저편

중앙수술실 복도에는 침묵이 흐릅니다. 복도 끝 아홉 발자국 거리에는 엘리베이터가 있습니다. 엘리베이터 문이 열리고 사람들이 나올 때마다 기계음이 침묵을 흐트러뜨립니다. 그 문에는 노랑과 초록색 색깔이 칠해져 있습니다. 유치원 건물을 연상하게 하는 그림입니다. 노랑과 초록색 바탕 위에는 ―위험한 수술 잘하는 병원―이라고 씌어져 있습니다. 참 쉽고 간명하게 표현한 구절입니다. 당신과 나의 관계도 명쾌하고 간명하게 정리할 수 있다면 하고 생각해봅니다.

당신에 대한 소식을 들은 건 지난 밤 자정 무렵이었지요. 경찰서에서 온 전화였습니다. 김영진 씨 부인이냐는 상대방 물음에 아니라고 대답을 했더니 그쪽에서는 다시 한 번 확인을 하더군요. 그러고는 실례했다며 한수진 씨를 바꾸어달라는 겁니다. 제가 한수진이라고 말했더니 그쪽에서는 다시 김영진 씨 부인 아니냐고, 조회했더니 그렇게 나왔더라고 말하는 순간, 잠시 말문이 막혔습니다. 어디서 많이 듣던 이름이다 했지요. 그래요 십여 년을 한 집에서 한솥 밥을 먹고 산 이름인데 이제는 그 이름조차 아득해진 세월입니다. 경찰의 설명을 듣고 나서야 서류정리를 안한 채 십여 년이라는 시간을 흘려보낸 사실을 기억해내었습니다. 이사 갈 준비를 하느라 책이며 잡다한 물건을 미리 싸던 참이었습니다. 낡은 앨범을 끈으로 묶으려는데 사진 한 장이 튀어나왔습니다. 당신과 나 그리고 아이와 함께 찍은 사진이었습니다. 사진 속 아이는 초등학교 이학년, 당신은 머리가 검고 숱이 많은 사십 초반의 풋풋한 젊음을 지닌 남자로 보입니다. 그 옆에서 선글라스를 쓴 채 양팔을 깍지 낀 여자는 활짝 웃고 있습니다. 아주 행복한 웃음입니다. 어느 단란한 한 가족의 일상을 엿보는 심경으로 사진을 들여다보다가 한 가지 중요한 사실을 발견했습니다. 검고 숱 많은 당신의 표정에 어린 시름을 발견한 것입니다. 활짝 웃는 여자와 대조적인 그 표정은 어둠과 밝음처럼 대조를 이루었습니다. 당신의 그늘진 얼굴에서 나는 행복하지 않습니다, 라는 표정을 읽고 잠시 멍해졌습니다. 그렇습니다. 당신은 십 년 전 그때 드러내지 않았지만 행복하지 않았습니다. 그 사실을 이제야 깨닫습니다. 진즉 그때 알았더라면 우리 관계가 달라졌을까요. 사진을 내려놓고 아들에게서 온 답장을 읽어봅니다. 내가 보낸 글에 대한 답입니다.

일요일마다 수녀원에서 운영하는 양로원으로 봉사 활동 나간 애기며 신병이 들어와서 좋다는 얘기며 그 옛날 방황하던 시절에는 상상도 못하게 변한 아들의 편지를 보며 감회에 젖습니다. 어미를 걱정해서 밥을 꼭 챙겨먹으라고 내가 할 말을 다하는 아들에게 괜히 미안하고 죄를 짓는 기분입니다. 부모로서 충분히 뒷받침이 되어줘야 하는데 오히려 부모를 걱정하게 만들다니 말입니다. 〈비커밍 제인〉이라는 영화를 본 소감을 적어 보냈더니 아들은 그 시간에 외출을 나와 〈카핑 베토벤〉 영화를 보았다고 했습니다. 〈비커밍 제인〉은 《오만과 편견》을 쓴 여성소설가 오스틴 제인의 자전적 요소를 그린 영화입니다. 사랑을 포기한 대신 소설에 전념해서 결국 그녀는 6권의 책을 냈지만 요절하지요. 여류소설가로서의 정체성과 인간적인 고민에 대해 공감하는 부분이 많았습니다. 영화를 본 소감은 내가 인생을 허비했다는 생각이 들었습니다. 무엇을 위해 살았나 싶었습니다. 〈카핑 베토벤〉에서는 청각을 잃어가면서 혼신을 다해 작곡한 교향곡 9번 합창 전곡이 나왔으며 영국의 심포니 오케스트라가 연주했지요. 엄마가 보면 좋아할 거라면서 영화 감상평을 마친 아들이 권했습니다. 일요일에 양로원에서 할머니들 식사 수발을 들거나 어깨를 주물러 주는 아들이 눈에 선합니다. 내가 한 일은 아무것도 없는데 저 스스로 자라는 식물처럼 혼자 커버린 아이입니다. 당신이 책임과 의무를 회피하고 도망가버린 후에 저 스스로 커버린 아이는 하늘에서 뚝 떨어진 선물입니다. 훈련소로 떠나던 날 내 어깨를 감싸주던 아들에게서 불현듯 당신을 느끼고 놀라 긴장했던 기억이 납니다. 입소를 앞두고 어두운 표정을 짓던 아들을 보며 가슴이 답답하게 짓눌리는 기분이었습니다. 일 년 전 일임에도 선명하게 기억나는 것은 사진 속 당신에게서 군 입대 날 본 아들의 표정을 발견했기 때문입니다. 십 년 전 당신과 일 년 전 아들. 둘 사이에서 본 어두운 그늘은 어쩌면 끊어낼 수 없는 짙은 인연의 고리 때문인가요.

복도 앞을 실습중인 학생들이 우르르 바쁘게 지나갑니다. 흰색 가운에 명찰을 달고 주머니에는 볼펜이 꽂혀 있습니다. 막 세상을 배우려는 병아리의 날갯짓 같은 그들의 표정에는 피곤하지만 삶에 대한 기대가 서려 있습니다. 그들의 표정은 미래에 대한 꿈으로 가득 덮여 있어서 이까짓 피곤쯤이야 충분히 감내해내리라는 결기가 있습니다. 우리가 사랑했을까요. 사랑이라면 어떤 어려움쯤 이겨낼 수 있는 내공이 있지 않았을까요. 삶의 비루함에 맞서 어려움을 극복할 의지가 부족했다면 분명 그건 사랑이 아닐지 모릅니다. 벽의 디지털 시계가 깜박입니다. 수술 중이라는 붉은 글씨와 나란히 이어진 이름표. 당신은 그중 중간쯤에 위치해 있습니다. 갓길에 차를 세우고 졸음에 빠진 당신을 경찰이 깨웠을 때 반응이 없었다고, 반쯤 열린 유리문으로 팔을 넣어 당신을 흔들어도 미동을 안 하길래 급하게 병원으로 옮겼다는 설명을 들으며 아직도 길 위에서 서성이는 당신을 이해할 수 없었습니다. 놓아달라고 자유롭고 싶다고 당신이 애원할 때 그 간절한 눈빛을 본 후 더 이상 우리 관계가 지속될 수 없음을 알았습니다. 당신을 놓아주면 홀가분하게 그 직장동료 여성과 새롭게 삶을 시작할 줄 알았습니다. 당신 말에 의하면 그 여성의 남편은 언제나 출장 중이었으니까요. 이유는 모르지만 당신이 그 직장동료 여성과 아직도 불륜의 관계인지 내연녀 관계로 남아 있는지는 관심 없습니다. 인생의 중년에서 누구나 한 번쯤은 생의 어두운 뒷면을 거닐고 싶어하는 유혹에 흔들리기 마련이니까요. 내가 바란 건 아들에 대해, 당신 자신에 대해 떳떳하라고 보내준 것입니다. 그런데 당신은 자신에게도 그녀, 직장동료 여성에게도 떳떳하지 못했습니다. 그렇다면 왜 나를 떠난 것인지 묻고 싶습니다. 아버지 일 때문에, 아님, 지쳐서. 막연히 짐작해 볼 뿐입니다.

당신은 좋은 여자야.

나를 떠나면서 당신이 한 말을 되짚어 봅니다. 아니 당신은 좋은 아내야. 그렇게 말한 듯 합니다. 우리가 헤어지면서 남긴 마지막 말도 헷갈릴 정도이니 시간이 무섭긴 한가 봅니다. 세월 앞에 장사 없다지요. 우리 나이가 이제는 병원과 친해질 나이가 되었다는 것을 잘 압니다. 경찰에서 당신의 차 키를 넘겨받으며 트렁크 속 아이스박스에 담긴 물고기를 떠올렸습니다. 붕어는 희박해진 공기를 참느라 가쁜 숨을 몰아쉬겠지요. 아이스박스에 갇힌 물고기는 깊고 넓은 호수를 그리며 마지막 호흡을 가다듬을 지도 모릅니다. 오래 전, 그러니까 당신과 헤어지고 몇 년이 지났을 무렵 동창 정숙에게서 당신의 소식을 들었습니다. 주말마다 차를 끌고 혼자 낚시를 다녀서 직장동료들은 어부라고 부른다는 사실을 말입니다. 물고기와 씨름하는 당신의 인생이나 세상에 뿌리를 내리려 용을 쓰는 내 인생이나 무엇이 다를까요. ─뭐하고 있소─ 문자가 왔습니다. 내 남자친구에게서 온 문자입니다. 그렇습니다. 당신이 떠난 후 나에게 남자 친구가 생겼습니다. 밥을 같이 먹고 어쩌다 함께 여행을 떠나고 영화를 같이 보는 사람입니다. 한 마디로 말해서 몸과 마음이 건강한 남자입니다. 낚시를 가면 밤을 새는 당신이 가끔 드라이브를 나가자고 하면 피곤하다고 쉬고 싶다고 말을 하였지요. 나에게 당신은 언제나 피곤한 사람이었습니다. 여행 한 번 제대로 간 적 없는 우리 관계는 철저하게 타인으로 살아온 사이였습니다. 출근을 안하는 주말이나 휴일에는 텔레비전의 낚시 채널을 보거나 잠만 자는 당신에게 나는 그저 있어도 그만 없어도 그만인 존재였지요. 지난 십 년의 시간은 어떤 의미일까요. 정착하고 뿌리내리려 애쓰는 사이에 우리는 실타래처럼 헝클어져 버렸습니다. 가난한 집 안의 장남으로서 여동생과 남동생을 책임지고 생활 능력 없는 부모를 봉양해야 하는 당신의 인생도 곤고하기는 마찬가지였습니다. 그런 당신의 인생에 뛰어들어 함께 견딘 그 시간이 나에게는 나를 돌아보고 챙길 여유가 없는 경주마 같은 시간이었습니다. 앞뒤 돌아볼 사이도 없이 질주해야만 하는 경주마의 운명은 바람같이 지나가버렸습니다. 두 동생을 결혼시키고 병석에 누운 모친 병 간호로 삼 년을 보내기까지 참으로 핍진한 세월이었습니다. 숨을 헐떡이며 달려와 주저앉아 쉬고 싶을 때 먼저 포기한 건 당신이었습니다. 그건 반칙입니다. 내가 힘들어 숨이 넘어갈 때 손을 잡아줘야 할 당신이 두 손을 들고 항복해버린 일은 용서할 수 없는 비겁함입니다. 모친의 사십구재가 끝나고 홀연히 집을 나간 당신은 일주일 동안 연락이 없었습니다. 허탈한 심경으로 친구 정숙을 만났더니 물고기와 씨름하고 있을 거라더군요. 정숙 남편과 당신은 초등학교 동창이지요. 당신에 관한 모든 정보는 정숙을 통해 듣습니다.

당신은 지금 수술대 위에서 생명을 담보 잡힌 채 누워 있습니다.

삶과 죽음의 경계에 서 있는 당신을 생각합니다. 당신과 아직 할 얘기가 남아 있습니다. 나를 떠났으면서 정작 나를 놓아주지 않는 이유를 묻고 싶습니다. 피곤한 가운데서도 밝은 표정의 학생들이 미래에 대한 꿈에 사로잡혀 있듯이 힘겹고 고된 나날을 보낼 때 나는 당신과 함께 열어갈 미래가 있었기에 그 모든 어려움을 참을 수 있었습니다. 그런데 시련의 시간을 지나 이제 두 다리 뻗고 한숨 돌리려 할 때 당신은 저만치 도망가버렸습니다. 나쁜 자식. 마음속으로 수도 없이 당신을 향해 주먹질을 하고 욕설을 내뱉었습니다. 이제 세월이 흘러 도망가버린 당신의 심정을 어렴풋이 짐작할 것도 같습니다. 삶이 지긋지긋했던 거지요. 그렇다면 나는 무어란 말입니까.

거리마다 봄꽃이 화사하던 봄날이었습니다. 햇살이 고와 공원이라도 산책하려는데 당신은 옷을 주워 입더니 실내낚시를 하러 도심지 건물을 찾아갔더랬지요. 그리고 그날 밤 자정 무렵 돌아왔습니다. 봄날의 밤은 꽃향기로 가득차서 신비하고 묘한 분위기를 자아냈지요. 창 밖으로는 라일락 향기가 짙어져오고 새들은 목청껏 노래를 불렀습니다. 달빛이 환한 밤, 여기저기에서 날아오는 꽃향기는 잠을 못 이루게 하였습니다. 그날 밤 걸려온 한 통의 전화는 직장에서의 당신 역할을 짐작하게 하였습니다. 손가락을 다쳤다는 다급한 여자의 목소리. 그 목소리에는 울음이 차있었습니다. 당신은 차 키를 들고 급하게 나가더니 두 시간 만에 돌아왔습니다. 직장동료 여성인데 무를 썰다가 손가락을 베어 여덟 바늘이나 꿰맸다는 말을 했습니다. 미혼이냐 물었더니 당신은 남편이 있는 여자라고 대답했지요. 남편이 있는 여자가 왜 당신을, 그러며 쳐다보는데 그 남편이 출장을 갔다고 아무렇지 않게 대답했지요. 그녀는 당신보다 일곱 살이나 더 어린 여자였고 같은 사무실이라 친하게 지낸다는 말에 그냥 넘어갔지만 의문은 남았습니다. 다급하면 119를 부르면 될텐데 왜 굳이 결혼한 유부남을 불렀을까, 하는 의혹은 지워지지 않았습니다. 더구나 그때는 자정 무렵이라 밤이 꽤 깊었으니까요. 집들이 때 왔던 여직원들의 면모를 떠올렸습니다. 그들은 한결같이 풋풋하고 밝았습니다. 일하는 여성으로서의 긴장이 팽팽하게 묻어나는 모습을 보여주었습니다. 그녀들의 입에서 나온 말들은 당신에 대한 무조건적인 헌사였습니다. 여성에 대한 친절함과 매너가 엑설런트라고 말입니다. 부탁하면 거절할 줄 모르며 여성을 배려한다는 그녀들의 말에 갑자기 정신이 아득해지는 경험을 하였습니다. 내가 커피 한 잔 타 달라고 말했다가 일주일이나 삐쳐서 말을 안 하더라는 말을 농담처럼 흘리자 그녀들이 의아한 표정으로 쳐다보았지요. 겉으로 드러난 것만 가지고 판단하지 말라고, 부부 사이는 아무도 모른다고 웃으며 말하자 그중 누군가가 고개를 끄덕였습니다. 나에게 커피 한 잔 타 주는 것에 인색한 당신이 밖에서 여성들에게 매너 짱인 남자로 각인된 사실은 조금 충격이었습니다. 그리고 실망스러웠습니다. 좋은 남자로 평가받고 싶은 당신의 이중적인 태도는 인정받고 싶어 하는 어린 아들과 닮아 있었습니다.

남자 친구에게서 다시 문자가 왔습니다. 저녁 같이 할 수 있느냐는 질문에 아직 모르겠다고 나중에 연락하겠다고 답장을 보냈습니다. 남자 친구는 전형적인 오형 기질의 남자입니다. 당신과는 반대 성격입니다. 당신이 말다툼 끝에 삐쳐서 보름씩 혹은 한 달씩 말을

안하는 것과 대조적으로 그는 하루를 못 넘깁니다. 그 스스로 못 견
뎌서 어떻게든 말을 트고 화해를 하고 그날 밤을 넘기는 사람입니
다. 그런 면에서 나는 남자 친구가 편안합니다. 속을 끓이거나 뒤로
계산을 하거나 이중구조를 갖지 않아서 편안합니다. 전형적인 에이
형인 당신과 나는 서로의 문제를 지혜롭게 풀어가질 못했습니다.
당신은 한 번도 미안하다거나 잘못했다는 말을 하지 않았습니다.
당신의 잘못이건 나의 실수이건 간에 한 번도 미안하다는 말을 할
줄 모르는 남자가 당신이었습니다. 언제나 화해를 주도한 건 나였
습니다. 와인과 과일 안주를 준비하거나 맥주를 준비해서 당신에게
잔을 권하면 마지못한 듯 술잔을 부딪치곤 했지요. 돌아보면 나의
불찰도 큽니다. 언제나 어머니처럼 잘못을 눈감아주고 화해할 준비
를 갖추고 있었으니 말입니다. 당신은 한 번 틀어지면 다시 관계회
복을 시도하는 게 아니라 평생 안 보고 사는 남자라는 걸 당신 친구
를 통해 알았습니다. 어릴 적 성당 주일학교 때부터 중고교를 함께
다닌 당신 친구와 인연을 끊고 두 번 다시 만나지 않는 당신을 보며
우리 관계에 대한 어두운 전망을 했었습니다. 대기업에 다니던 당
신 친구가 중국 지사로 발령이 나면서 친구들 몇몇이 모여 전별금
을 주고 송별연을 열어주었다지요. 몇 년 후 당신 친구가 진급이 되
어 돌아와 밥 한 번 사지 않고 연락 안 한 채로 몇 달이 흘렀다고 평
생 안 보겠다고 인연을 끊은 당신입니다. 당신 친구 부인을 백화점
에서 우연히 만났다가 당신이 그 친구 전화도 안 받고 연락도 없어
궁금해 하더라는 말을 전해 들었습니다. 당신은 그런 사람입니다.
한 번 서운하거나 마음에 안 차면 예전의 모든 인연을 칼로 무 베듯

이 잘라버리는 성미라는 걸 그때 알았습니다. 나에게도 그런 이유입니까. 돌아 올 수 없다고 일방적으로 선언하고 십 년의 세월을 단절한 이유가 그런 건가요. 물론 아버지가 당신에게 섭섭하게 한 건 압니다. 그렇지만 내 아버지가 당신에 대해 싫은 소리를 한 것과 당신 어머니가 나에 대해 싫은 소리를 한 것과는 천지 차이가 있습니다. 적어도 내 아버지는 욕설을 내뱉거나 당신 자존심을 건드리지는 않았습니다. 내 아버지에게 돈을 빌려 쓰고 꼬박꼬박 갚게 했다는 것도 이유가 되지 않습니다. 결혼 후 경제적으로 너무 힘들어서 가게라도 해볼까 하고 아버지에게 보증금을 꾸어 쓴 이후 수도 없이 돈을 빌려 썼지요. 이자는 갚지 않았지만 결과적으로는 당신과 나 그리고 아이가 살아가는데 많은 도움이 된 것은 사실입니다. 아마도 당신은 장인한테 돈을 꾸어 썼다는 그 사실만으로도 자존심에 상처를 입었을지 모릅니다. 비쩍 말라 해골이 다된 딸을 보며 당신을 향해 섭섭한 소리를 했을 아버지의 마음을 헤아려봅니다. 당신은 아버지에게 쓴소리를 들은 이후 두 번 다시 전화를 하거나 처가 행사에 얼굴을 비치지 않았습니다. 심지어 아버지가 쓰러져 중환자실에 입원해 있을 때도 당신은 얼굴을 비치지 않았습니다. 그러면서 당신은 나에게 당신 어머니의 병 간호를 맡겼습니다. 내가 당신 어머니의 병 간호를 하는 그 시간 당신이 직장동료인 그 여자를 만난다는 사실을 알았을 때 나는 허둥거렸습니다. 아무것도 눈에 들어오지 않았습니다. 까마득한 절벽에 서 있는 것만 같았습니다. 그런데 당신은 아무것도 아닌 사이라고 변명을 했습니다.

당신이 수술실에 들어간 지 삼십여 분이 지났습니다. 수술실 밖 복도에 앉아 서류상 아내인 나는 십 년 전의 시간으로 돌아가 그때를 돌아봅니다. 내가 왜 여기 있지. 무엇 때문에? 수도 없이 자신에게 질문을 하고 또 합니다. 경찰은 군대 간 아들에게 연락이 안 돼 나에게 연락했다고 말했습니다. 아들에게 폐가 될까 봐? 영문도 모르고 아들이 달려올까 봐? 그것도 이유가 부족합니다. 그래서 그 이유를 찾으려고 이 자리에 앉아 있는지도 모릅니다. 한때 나는 당신이 차라리 이 세상에서 없어져버렸으면 하고 바란 적이 있습니다. 결혼 후 막막한 사막을 혼자 걸어가는 심경. 그렇습니다. 당신을 알게 된 이후 내 삶은 사막으로 채워졌습니다. 사막에는 가시나무가 자라고 있지요. 먹을 게 없어서 낙타는 가시나무를 뜯어먹습니다. 한때 문학소녀였던 나는 서양의 고전문학을 만나며 성장했습니다. 레이스 달린 커튼과 기다란 타원형 식탁에서의 우아한 식사를 꿈꾸며 소녀시절을 보냈습니다. 결혼이란 나만의 공간을 당신과 가꾸며 흰색 커튼도 달고 아침에는 원두커피 향내와 토스트로 간단히 시작을 하고 저물녘이면 지는 해를 보며 당신과 손잡고 공원을 산책하는 그런 꿈을 꾸었습니다. 내가 꾼 꿈은 아주 평범하고 누구나 향유하는 일상적인 것이었습니다. 그럼에도 나에게는 그저 꿈으로만 남아 있습니다. 가난이 문제가 아니라 그 가난으로 인해 뒤틀린 영혼이 문제라는 걸 알았을 때는 너무 많은 시간이 지나가버리고 말았습니다. 이제 와서 그걸 깨달았다 한들 무슨 소용이겠습니까. 인생은 짧고 육신은 늙어 가는데 말입니다.

그러고보니 수술실에 실려 간 당신 때문에 병원 복도에 앉아 있는 시간이 처음은 아닙니다. 결혼 후 오 년이 지났을 무렵 당신은 소화가 안 돼 병원에 왔다가 담석증 진단을 받았지요. 담석증 수술을 위해 중앙수술실로 들어가는 당신 손을 잡고 걱정 말라고 마음 편히 가지라고 당부하던 일이 기억납니다. 그때 정말이지 당신을 위해 간절히, 간절히 기도했습니다. 신에게 당신을 살려 달라고 간절히 기도하던 그때 수술중이라는 액정화면의 빨간 글자를 보고 또 보며 그 자리를 떠나지 못하던 순간이 있었습니다. 가족을 위해 늘 파김치가 되어 들어오던 당신이 안 돼 보여서 혹시 인간의 실수로 그대로 죽어버리면 어쩌나 하는 걱정에 목이 타들어가던 그 순간을 떠올립니다. 신에게 기도하던 그 시간을 떠올리며 나는 지금 덤덤하게 앉아 있습니다. 당신을 살려 달라거나 그런 염원조차도 아득한 시간 밖으로 밀려나 지금은 다만 어서 빨리 수술이 끝나 집으로 돌아갔으면 하는 바람뿐입니다. 그래요. 수술이 끝났다는 표시가 나타나면 조용히 자리를 뜰 작정입니다. 아들아이에게는 나중에 편지로 전하면 되겠지요.

이삿짐을 싸면서 작은 플라스틱 병에 든 돌알갱이를 발견한 건 며칠 전입니다. 처음에는 그게 무슨 물건인지 어떤 용도인지 몰라 한참 들여다보았습니다. 팥알만한 크기의 갈색빛이 나는 돌알갱이를 들여다보다가 비로소 담석증 수술을 하고 나서 의사로부터 전해 받은 당신 몸 속의 이물질이라는 것을 알았습니다. 그게 왜 나에게 있는지 의아해하며 쓰레기통에 던져버렸습니다. 아무것도 가져가지 않고 옷가지 몇 개 챙겨 가버린 당신으로 인해 한동안 당신이 남긴 흔적들을 치우느라 번잡했습니다. 심지어 입던 속옷이나 양말, 츄리닝 바지에 이르기까지 당신의 흔적은 이 구석 저 구석에서 돌아다녔습니다. 당신이 떠나고 한동안 아팠습니다. 삶이 쓸쓸하고 어둡고 회색빛이었습니다. 온통 어둡고 고통스러운 나날이었습니다. 그러나 언제까지나 고통 속에 잠겨 있을 여유가 없었습니다. 아이를 외갓집에 맡기고 지하상가에 옷가게를 열었을 때 절망이 틈입할 틈이 없었습니다. 먹고 살아야했으니까요. 워낙 가난한 당신 집안이었기에 어느 누구도 나에게 도움을 줄 수 있는 것은 아무것도 없었습니다. 당신 봉급이 거의 통째로 당신 동생들과 부모 생활비며 학비로 들어갈 동안 마이너스 통장과 대출금액은 늘어만 갔습니다. 전세를 빼내어 빚을 갚고 원룸형 오피스텔로 이사를 가며 아들을 친정에 맡길 때는 오직 살아야겠다는 일념밖에 없었습니다. 며칠 앓아누웠던 몸을 훌훌 털고 일어나 일을 시작했습니다. 개인과외에서부터 양품점을 열기까지 우여곡절이 있었습니다. 지나간 십년은 번개보다도 빠르고 바람보다도 빠르게 가버렸습니다. 당신 소식은 들으려하지 않아도 정숙 남편을 통해 간간이 들려왔습니다. 그것도 몇 년 전 일이긴 합니다. 최근에는 거의 잊고 살았습니다. 그런데 담석 수술 열매와 오래 전 사진 한 장이 옛 기억을 환기시켰습니다. 당신이 몸 속에 못된 병을 키울 동안 우리 사이에도 못된 병이 자라고 있었습니다. 불신과 미움의 병 말입니다. 이제 당신도 나도 서서히 인생의 저녁을 보내는 시기에 이르렀습니다. 저 세상에 닿기 전에 당신과 나는 해결해야 할 과제가 남아 있나 봅니다. 그래서 깊은 밤 경찰이 연락을 하고 엉겁결에 중환자실 복도에 앉아 복잡한 생각에 빠져 있는지도 모릅니다. 너무 이른 나이에 고통의 신비를 엿본 느낌입니다. 불교경전 중에 기쁜 일이 생겼다고 해서 기뻐하지 말며 슬픈 일이 있다고 해서 슬퍼하지 말라는 가르침이 있습니다. 인생은 새옹지마와 같다는 뜻이겠지요.

주말에 함께 일박 이일로 여행을 떠나거나 드라이브를 하는 게 그렇게 힘들었을까요. 언제나 당신은 피곤하다며 소파에 길게 누워 텔레비전 리모컨 조작으로 휴일을 소모했습니다. 힘겹게 강을 건너가는 동반자에 대한 배려라고는 눈꼽만큼도 없었습니다. 시간의 강에 물살이 세게 쳐서 배가 흔들린 때 당신은 중심을 잡아주지 못하고 멀리 서 있었습니다. 깊고 너른 강을 건너는 동안 혼자 노를 저어야 했던 나는 외로움과 고독 속에 결핍된 욕망을 키워갔습니다. 당신이 나에게 따뜻한 손을 잡아준 게 언제였던가요. 아이가 태어나면서 어린 아기를 키우던 때였을까요. 지금 선명히 기억나는 것은 어느 새벽, 아이가 몹시 보채고 울었던 적이 있었습니다. 당신은 잠을 못 자 피곤하다고 벌떡 일어나더니 아이를 덜렁 집어 던져버렸습니다. 그때 세 살이던 아이는 울음을 내뱉지도 못하고 시퍼렇게 질려 있었지요. 놀란 내가 아이를 가슴에 안고 당신을 노려보았습니다. 어떻게 아이를 던져버릴 수가 있을까요. 지금 스무 살이 된 아이는 기억이 없습니다. 아이에게 상처가 될까 싶어서 한 번도 그 이야기를 한 적이 없습니다.

당신이 직장동료들과 팀워을 위한 여행을 떠났을 때 긴 시간 운전했다는 말을 들었습니다. 이곳에서 남쪽 끝에 있는 지역까지는 네댓 시간이 걸리는 곳입니다. 여성들이 대부분인 사무실 구성원 중에서 남자는 두 명. 그중 한 명은 일이 있어서 동참을 못했고, 당신만이 유일한 남자로서 무박 여행을 떠났다고 들었습니다. 동네 공원조차 기피하던 당신이 긴 시간 운전을 하며 동료애를 다졌으니 더욱 액설런트한 매너남이 되었겠습니다. 그렇게 칭찬을 듣고 찬사를 듣는 당신. 이혼 서류에 도장을 찍지 않은 이유가 그것입니까. 겉으로 보이는 온전한 가정. 흠이 없는 사람으로 보이고 싶어한 것입니까. 긴 시간 가족을 방임하고도 겉으로는 드러나지 않으니 완벽하게 세상을 속이기 위함인가요. 아님 당신의 상대 여성 가정을 지켜주기 위한 순애보인가요. 그것뿐만이 아니지요. 제주도로 직장 동료끼리 이박 삼일 여행을 떠났을 때도 렌트한 차를 당신 혼자 운전했지요. 당신은 충실한 기사가 되어 여성 동료들을 모시고 다녔고요. 당신은 한 가지 사실을 간과하고 있습니다. 그녀들은 아주 쉽고도 가벼운 혀 놀림으로 한 남자의 감성을 자극하여 충실한 하인으로 부렸다는 사실을요. 아니 중세 기사처럼 충성을 했던지요. 얄팍한 봉급을 쪼개 쓰며 당신 가족에게 생활비를 보내는 동안 당신은 몰래 마이너스 통장을 개설하고 은행 대출을 받았으며 이메일 고지서를 인터넷으로 받아 숨겼습니다. 퇴근시간이 늦어져 자정 무렵이나 혹은 새벽 한 시쯤 전화를 하면 어김없이 당구알 굴러가는 소리가 납니다. 안심시키는 수법이었지요. 일찍 퇴근하고 그녀와 도시의 외곽지대로 고급 음식점으로 나돌아다닐 줄 꿈에라도 상상했겠습니까. 나중에 어찌어찌해서 당신 이메일을 보며 하룻저녁에 두 번씩 식대를 계산한 것이며 이삼 일에 한 번씩 주유소를 들러 기름을 채운 나날들을 확인하며 남보다 못한 타인임을 알았습니다. 정말이지 정나미가 떨어졌습니다.

복도 끝 자판기에서 믹스커피를 한 잔 뽑았습니다. 커피를 마실 때마다 한 잔 타주기 싫어서 일주일을 삐친 당신을 생각합니다. 한 번이 두 번 되고 두 번이 세 번 되면 버릇 된다고 커피 부탁을 거절했다는 당신 변명에 할 말을 잊었습니다. 직장동료들과 유럽여행을 간다고 매달 이십만 원씩 저축하는 당신을 보며 무슨 생각을 한지 아십니까. 도대체 그 직장은 가족이 없는 건가요. 당신의 행태는 불신과 전망없음이었습니다. 함께 했던 지난 시간은 아무런 의미를 가지지 못한 건가요. 그러나 굳이 한 가지 의미를 찾으라면 아들아이를 얻었다는 것입니다. 지금도 저는 이해할 수 없는 부분이 있습니다. 당신이 집을 나가고 얼마 후 서류를 들고 찾아간 나에게 한 말 때문입니다. 어떻게 지내냐는 내 말에 당신이 그랬지요. 내 얼굴 안 봐서 홀가분하다고, 편안하다고. 그래서 그렇게 내가 싫었느냐고 물었을 때 당신이 대답했지요.

"그건…… 아니고…… 당신을 보고 있으면 나의 어두운 면이 보여서 싫어. 마치 내가 죄인 같아. 온통 잘못한 것만 보이는 것 같아 괴로워."

그랬었나요. 열정은 사라졌더라도 당신과 나 사이에 무덤덤한 관계인 채로라도 최소한의 의무와 책임이라도 남아 있기를 바랐습니다. 당신이 나에게 따로 적은 금액이지만 연금을 들라고 했을 때도 나는 다만 의아한 시선으로 쳐다보았지 결별수순을 밟는다는 생각은 꿈에라도 하지 못했습니다. 아니 왜? 이렇게 물었었나요. 당신 연금으로 같이 살아갈 수 있잖아. 이렇게 물었었나요. 아무래도 연금만으로는 부족한 듯하니 따로 하나 더 들면 나을 것같아서. 이렇게 대답했나요. 그때는 그 말이 그럴듯하게 들렸고 소액 연금에 가

입하려고 연금관리공단을 찾아갔었지요. 결국 지금은 나만을 위한 연금이 되었지만 말입니다. 뒤돌아보면 한 발 한 발 지나온 발자국이 보입니다. 아무것도 모른 채 남편이라 믿고 살았던 그 시간의 갈피에 흔들렸던 그림자와 움푹움푹 파인 함정과 무미건조했던 일상의 나날들이 보입니다. 당신이 고급 식당을 순례하며 그녀와 기름진 음식을 사 먹을 동안 내핍생활을 해야 했던 고단한 날들이 보입니다. 다정다감하지는 않더라도 다들 이렇게 사는건가보다 체념하며 무덤덤하게 세월에 몸을 맡기고 늙어 갈 줄 알았습니다. 그런데 내가 그런 덤덤한 일상에서 뺨 맞은 것처럼 놀라 깨어난 건 당신이 떠난 후였습니다. 십 년의 시간이 출렁이며 흘러갈 동안 뭐했나 하는 자책감보다도 속았다는 마음에 우울했습니다. 당신에게 속았다는 것보다도 세월에 속았다는 느낌이 든 것도 사실입니다. 인생이 나를 속였다는 우울한 상념은 견딜 수 없는 고통으로 나를 괴롭혔습니다. 문득 착한 남자 만나 알콩달콩 살고 싶은 꿈을 꾼 적이 있었음을 상기했습니다. 비록 무뚝뚝하기는 하지만 등대처럼 내 인생의 먼 바다를 비춰주던 당신이라는 남자를 떠나보내며 한순간에 결핍감이 몰려왔습니다. 그것은 공허했습니다. 그리고 당신 여동생으로부터 전화가 걸려왔지요. 지금까지 살아온 내 모습이 온통 가짜 같아서 다시 진짜인 예전의 모습을 찾고 싶다고 그러며 다시 결혼하겠다고, 혼자 살지는 않겠다고, 여보란 듯이 잘 살아보겠다고, 그리고 마지막으로 남편 사랑 받으며 살 거라고 못을 박았습니다. 여동생은 할 말이 없는지 당신과 나 모두 이해할 수 없다며 전화를 끊었지요.

수술실 문이 열립니다. 간이 침대에 실린 환자가 일반병실로 옮겨지고 있습니다. 수술이 무사히 끝난 환자입니다. 복도 의자에 대기하고 있던 보호자가 벌떡 일어나더니 침대 모서리를 붙잡고 따라갑니다. 링거액이 담긴 투명 비닐팩이 달랑거립니다. 침대 바퀴 구르는 소리와 의료진의 발소리가 고요한 복도에 파장을 일으킵니다. 달랑거리는 투명 비닐팩에서 수액이 한 방울 느리게 떨어집니다. 천천히 환자의 몸 속으로 투항하는 액체는 삶의 찬가처럼 빛나고 있습니다. 복도에 흩어지는 소리의 파장은 살아있음의 확실한 표징입니다.

당신은 지금 삶과 죽음의 경계에서 수술대에 누워 있습니다. 문득 이대로 못 깨어나는 건 아닌가 하는 기우가 잠깐 듭니다. 당신에 대한 연민이나 미련 때문이 아닙니다. 당신에 대한 감정은 오래오래 삶아 빤 낡은 이불 홑청 같은 것입니다. 이미 바래질대로 바래져 조금만 잘못 건드리면 북 찢어질 만큼 삭아버렸습니다. 그런데 왜 지금 이 자리를 떠나지 못하냐구요? 그건……저도 모르겠습니다. 한 가지 확실한 건 압니다. 지나온 삶에 대한 확실한 마감이랄까. 이제는 마침표를 찍고 싶습니다. 그깟 서류가 뭐길래 별로 염두에 두고 살지는 않았습니다. 그러나 당신과는 어떤 계기로라도 어떤 작은 것으로라도 얽혀있기가 싫습니다. 종이 한 장이 아무것도 아닐 수 있겠지요. 남자는 언젠가는 조강지처에게 돌아온다고 주위에서는 말들을 합니다. 그 말이 주는 희극적인 의미 때문에 허탈합니다. 청춘을 다 보내고 죽음 직전에 조강지처에게 돌아와 눈을 감았다는 전설은 지금도 산재합니다. 그 잔인한 세월을 조강지처라고 받아들였겠습니까. 다만 조강지처는 확인하고 싶었을 것입니다. 자신을 배신한 세월을 두 눈 똑바로 뜨고 보고 싶었을 것입니다. 그리하여 비참한 종말을 곁에서 지켜보며 조소를 날리지 않았을까요. 지금 내 심경이 그렇습니다. 이제 나는 일어서야 할 때가 온 것 같습니다. 붉은 글씨로 씌어진 당신 이름이 마지막이니까요. 김영진이라는 이름이 깜박거리기 전에 일어나야겠습니다. 그러면서도 한편으로는 발이 떼어지지 않습니다. 남은 세월을 옆에서 볼 것 못 볼 것 미움과 증오의 날을 세우며 치열하게 죽어가는 것을 지켜보아야겠다는 오기가 발동하기도 합니다. 병원을 들락거려야 할 나이에 이르른 당신과 나. 서로 치열하게 미워하다 보면 그 지옥 같은 삶을 악귀가 되어 헐뜯는 세월, 얼마나 멋진 상상입니까. 그래서 나를 배신한 세월에게 되갚아주는 것입니다. 아이를 친정에 맡기고 살기 위해 새벽시장 물건을 떼러 동대문과 남대문을 오고갈 때 고단한 나는 시간개념이 없었습니다. 연체료가 붙은 각종 고지서들이 날아오고 전기가 끊기고 가스가 끊기는 일이 다반사였습니다. 어린 아들은 툭 하면 동네 아이들과 주먹질을 해서 아버지의 애를 태우게 했지요. 여름 휴가를 얻어 친정에 갔을 때 새까매진 아들 몰골을 보고 가슴이 무너지는 듯했습니다. 꼬질꼬질 땟자국이 나있는 아들의 얼굴과 손톱에 낀 때며 그야말로 억장이 무너진다는 표현이 그런 것일까요. 거동이 불편한 아버지는 지팡이를 겨우 짚고 다닐 정도여서 외손자를 돌볼 겨를이 없었습니다. 가끔 이웃 할머니가 아들을 불러 찐 옥수수며 먹을 것을 주면 게눈 감추듯 뚝딱 해치우더라는 이야기는 내 애간장을 끊어놓는 듯했습니다. 먹어도 먹어도 허기가 지는 게 하숙밥이듯이 할아버지에게 얹혀 있는 아들아이가 그러한 모양이었습니다. 그 해를 넘기고 다음 해 나는 아들을 데려왔습니다. 데려온 후에도 학원을 보낼 형편이 안 돼 아이는 빈집에서 혼자 놀았습니다. 그때 컴퓨터 게임에 빠져든 아이는 한동안 내 속을 뒤집어놓았습니다. 공부를 안해서 아이는 결국 먼 지방에 있는 대학으로 갔고, 혼자 놀던 습성으로 얻은 게임 실력은 진로를 결정하는데 결정적인 역할을 하였습니다.

당신은 지금 삶과 죽음의 경계에 서 있습니다. 오래 전 서류상에만 남아 있는 아내가 수술실 밖 복도에서 과거를 회상하며 복잡한 심경에 젖어 있으리라고는 생각 못 하겠지요. 사방 벽으로 꽉 막힌 복도는 미로처럼 연결돼 있어서 어디가 어딘지 분간이 잘 안됩니다. 이십사 시간 형광등이 켜져 있는 실내는 온통 급박한 발소리와 어두운 표정의 얼굴들과 소독약 냄새와 흰가운을 입은 사람들이 분주하게 오가는 풍경뿐입니다. 살아 움직이던 시장 바닥의 활기찬 모습과는 너무나 대조적인 풍경입니다. 시장 바닥이 꿈틀거리는 생명체라면 병원 복도는 그야말로 죄수들이 죽음을 기다리는 것 같은 분위기입니다. 간간이 엘리베이터 문이 열렸다 닫혔다를 반복합니다. 사람들이 우르르 쏟아져 나오거나 아가리를 벌린 통 안으로 들어갑니다. ―위험한 수술 잘하는 병원―이라는 간판이 지워졌다 살아났다 반복합니다.

정숙의 남편에 의하면 당신은 어부가 되었다지요. 직장 일 빼고는 거의 호숫가 주변에서 어정거린다는 소식을 접했습니다. 당신이 낚아 올린 수많은 물고기와 전생에 어떤 인연이었을까요. 불교의 가르침에는 살아 있는 모든 생명은 인연법에 따라 소멸과 생성을 되풀이 한다지요. 당신과 나도 저 어느 먼 생에서 물고기와 어부의 관계로 서로 얽혔을지 모릅니다. 떡밥을 주거나 지렁이 미끼로 유혹하여 생명을 낚아올리는 행위가 꼭 먹이를 물어다 주는 수컷의 행동처럼 보여지기도 하니 말입니다. 과거 십여 년 동안 당신은 나에게 먹이를 물어다 주는 역할을 하였지요. 나는 받아먹으며 당신이 던진 미끼를 물고 바늘이 조여드는 아픔에 상처를 입으면서도 미끼를 놓지 못하고 살았지요.

당신께 묻고 싶습니다. 직장동료 여성과의 만남을 들키면서 당신은 태도가 돌변했습니다. 물론 그 전에도 살뜰함은 없었지만 덤덤한 채로 우리는 자기 자리를 지키며 지내왔지요. 직장동료 여성과의 일을 들키지 않았더라면 아직도 부부인 채로 지냈을까요. 아니면 그 여성과 상관없이 나로부터 도망쳤을까요. 정말이지 긴 시간이 흘렀어도 꼭 묻고 싶은 말입니다. 함께 사는 동안 한 번도 미안하다는 말을 한 적이 없는 당신입니다. 한 번 삐치면 말을 안하는 당신입니다. 먼저 말을 걸기 전에는 결코 입을 여는 법이 없는 당신입니다. 무엇이 당신의 가슴을 꼭꼭 밀폐시켰는지, 무엇이 당신을 자기 안에 갇혀 문을 꽉 닫아걸고 웅크리게 하였는지 나는 알지 못합니다. 당신은 자신이 혹여 상처입을까 봐 둥그렇게 성을 쌓고는 아무도 그 성 안에 발을 디밀지 못하게 철책을 두르고 살았지요. 철책 안에서 밖으로 나오려면 가시덤불을 헤쳐야 합니다. 내가 폭풍우 속을 우산도 없이 혼자 걸어갈 때도 물 한 모금 못 마시고 사막을 걸어갈 때도 달 없는 밤을 무거운 가방을 메고 갈 때도 당신은 도와주지 않았습니다. 도와줄 수 없었습니다. 견고한 철책과 무성한 가시덤불을 헤치고 나오려면 당신이 상처를 입기 때문이지요. 한 번도 울타리가 되어주지 못한 당신, 한 번도 방패가 되어주지 못한 당신을 가장이라고 믿고 그래도 오래오래 더불어 늙어갈 날을 기다리며 살았습니다. 당신 직장동료 여성을 한 번인가 만났습니다. 그녀는 모친의 장례식에도 왔다는군요. 처음에는 거짓 이름을 댔습니다. 당황했던 거지요. 공현분. 다소 소박한 이름의 그녀는 최윤정이라는 가명으로 자신을 소개했습니다. 금방 탄로 날 이름을 급박한 마음에 거짓으로 둘러댔습니다. 나중에는 정말로 정색을 하고 말했습니다.

"김 부장님 보다 제 남편이 더 젊고 재산도 더 많아요. 무엇 때문에 제가 김 부장님을 만나겠어요. 그리고 저는 우리 아이들과 남편을 사랑해요."

그녀의 말에 조용히 돌아섰습니다. 그녀가 당신을 버릴 거라는 느낌이 순간적으로 들었습니다. 그녀는 결코 당신을 선택하지 않을 거라는 확신이 들었습니다. 또 모르지요. 내가 모르는 당신과 그녀만의 은밀함이 아직도 지속되고 있는지. 답답해서 점집을 찾아가기도 하였지요. 그녀 사주가 기생사주로 나와서 첩이 될 운세라고 하더니 나와 당신은 이별수가 있다고, 잘하면 그냥 넘어가지만 잘못하면 헤어지겠다는 말을 들었습니다. 행여나 하는 마음으로 한 가닥 지푸라기라도 잡고 싶은 심정에 철학관이나 점집을 찾아다니던 절망의 시간이 아득한 기억 너머로 가물거립니다. 그 시기 나는 점집을 순례하며 마음의 위안을 얻었습니다. 꼭 믿어서라기보다 사람의 마음을 위로하고 보듬어줄 줄 아는 분들을 만날 수 있었기 때문입니다. 그동안 당신은 수염을 길렀다지요. 주말이면 장발에 덥수룩한 수염을 기른 모습으로 점퍼와 청바지를 입고 먼 지방의 호수를 찾아다니곤 한다는 소식을 들었습니다. 그럼에도 불구하고 당신과 내가 속한 이 도시가 넓기는 한가 봅니다. 한 번도 스친 적이 없으니까요. 웬만하면 마트나 백화점이나 혹은 신호대기 앞에서 한번쯤 마주칠 만 한데 말입니다.

내 남자 친구는 따뜻한 사람입니다. 적어도 미안하다는 말을 할 줄 아는 사람입니다. 남자 친구로부터 미안하다는 말을 들었을 때 나도 모르게 감정이 북받쳐 울음이 나왔습니다. 오랜 시간 맺혔다 터진 둑처럼 눈물이 그치질 않았습니다. 그 말 한 마디가 그렇게 어려웠나요. 당신 수술이 성공적으로 끝나기를 기다리는 이유는 서류 정리 때문입니다. 이제는 온전히 당신으로부터 벗어나 당신을 만나기 이전의 나를 찾고 싶습니다. 당신과 비슷한 수술을 한 사람이 주변에 있습니다. 그는 수술실에 들어가 일 년이 넘도록 나오지 않고 있습니다. 혹여 당신이 그 사람과 같은 전철을 밟을까 염려한다면 그 이유 때문입니다. 이제는 내가 당신을 정리할 시간입니다. 당신과 헤어진 지 햇수로 꼭 십 년이 되었습니다. 그간 돌아오지 않기를 바라지 않았다면 거짓말이겠지요. 그렇습니다. 아들을 생각해서라도 당신이 돌아오기를 기다렸습니다. 삼 년여를 그렇게 기다린 후 당신은 제 기억에서 잊혀진 사람이 되었습니다.

당신은 지금 삶과 죽음의 경계에서 싸우고 있습니다. 오래 전 당신이 떠나고 나서 이런 날이 오리라는 것을 알았다면 그런 기도를 하였을까요. 불면의 밤을 보내며 신과 거래를 했습니다. 하느님, 저 인간 버리지 않겠으니 다리몽댕이라도 부러뜨려 주십시오. 그래만 주신다면 절대로 그를 버리지 않겠습니다. 죽을 때까지 옆에 남아 보살피겠습니다. 악에 받쳐서 퍼붓던 저주의 말로 나는 스스로 황폐화되어 갔습니다. 승용차를 끌고 가다가 다리 위에 주차를 하고는 강물을 하염없이 내려다보기도 하고 밤의 고속도로를 과속하며 자신을 어둠 속으로 팽개치기를 반복하였습니다. 십 년 전 이야기입니다. 이제 나는 무모한 감정의 격랑에서 벗어나 고요히 지는 해를 바라봅니다. 저물녘을 산책하며 인생의 허망함을 받아들입니다. 누군가 각본을 짜서 한 치 오차도 없이 예정된 수순을 밟으며 살아온 것 같다는 생각을 하며 당신과의 인연도 꼭 거기까지라고 단정 짓습니다. 돌아보면 살아있음이 고마울 뿐입니다. 허망하게 흘러간 시간일지언정 지금 시간의 저 먼 지평을 바라보며 현재 이 순간이 고마울 뿐입니다. 그러니 편안히 수술을 마치십시오. 안녕이라고 작별을 고해야 할까요. 아님 잘 가요, 라고 말해야 할까요. 마지막 인사가 마땅히 떠오르지 않습니다. 이만 일어서야겠습니다. 이 생에서 헝클어졌던 실타래를 풀지 못하고 말았지만 굳이 풀어내려고 하지 않겠습니다. 그게 인생이라는 것을 어렴풋이 알만한 나이니까요. 조금 피곤합니다. 집에 가서 뜨거운 욕조에 몸을 담그고 목욕을 한 뒤 한숨 자야겠습니다.

폐허에서 길을 묻다
— 유시연의 소설

나소정 | 문학박사, 문학평론가

　유시연의 세 번째 창작집이라 할 수 있는 『오후 4시의 기억』에는 총 11편의 단편소설이 실려 있다. 2008년 첫 소설집 『알래스카에는 눈이 내리지 않는다』를 선보인 이래 작가의 행보는 부지런했다. 지난 해 첫 장편소설 『부용꽃 여름』을 상재한 이후로 꼭 1년 만에 묶이는 이번 소설집에는 그동안 각종 문예지를 통해 꾸준히 발표한 단편소설들이 모두 수록되어 있다. 첫 소설집 이후로 4년 만의 결실이라 할 이번 소설집은 그의 작가생활에서 아주 중요한 의미를 가질 것으로 보인다. 주로 남녀 간의 사랑과 이별, 내면적 상처의 문제를 핍진하게 다루어 온 그의 작품세계가 한층 완숙해진 기량으로 심화되어 가는 과정을 엿볼 수 있기 때문이다. 특유의 섬세한 감성과 노련한 관찰력, 개성적이고 날렵한 문체로 독자적인 작품세계를 구축해 온 유시연의 소설세계를 이해하는 중요한 단서들을 제공하는 문제작들이 대거 포진된 이번 소설집은 특히 그의 소설을 관통하는 일관된 주제— '인간으로서 감내해야 할 숙명적 고독'을 어루만지는 손길이 보다 치밀하고 정교해졌고, 여기에 진중하고 깊이있는 사유와 통찰력이 더해지고 있어 주목을 요한다.

「들판의 적막」으로부터 「시간의 저편」에 이르기까지, 유시연 소설의 기조를 이루는 것은 '외로움'의 정서라 할 수 있다. 그의 인물들은 무엇으로도 채워지지 않는 허기와 공허감, 쓸쓸함의 정조에 사로잡혀 있는데, 이는 삶과 죽음, 존재와 부재, 이상과 현실, 진실과 허위 사이의 경계를 가로지르며 인간 존재가 숙명적으로 맞닥뜨리는 본질적 고독의 극한을 탐색해 온 작가의 문제의식과 맞닿아 있다. 실존의 절대적 근거로서의 시간과 공간의 문제가 그의 작품 전편에 걸쳐 다양하게 변주되는 것은 이 때문이라 할 수 있다.

유시연의 소설들은 사건이 종료된 이후, 많은 시간이 흐른 뒤에도 여전히 지속되는 시간들을 이야기한다. 그의 소설 속에서 인물들은 사건을 통과한 시점으로부터 멀리 흘러나와 낯설고 외딴 공간에 머물며 어떠한 화학 작용도 없이 다만 풍화된 상태로 남은 흔적들과 기억들을 마주한 채 서 있다. 어긋난 인연과 실패한 관계, 그로인해 좌절된 욕망의 상처와 흉터가 거기 있다. 긴 시간이 흐른 뒤에도 고통스러웠던 기억은 조금도 흐려지지 않고 선명하며, 흔적들은 과거 그 시절의 소란스러웠던 이야기들을 생채기 그대로 간직하고 있다. 그 가운데 먼지에 덮인 채 지난 세월의 인물들이 오래된 동상처럼 서 있는 것이다. 그들은 대개 주인공에게 깊은 상처를 준 인물들로 생활의 의무를 저버렸거나 책임을 방기했으며 강요된 고독을 남기고 떠난 존재들이다. 소설 속에서 이들은 발화의 권리를 상실한 존재들로 그려지며 침묵 속에서 주인공이 들려주는 말을 들어야 하는 위치에 놓이게 된다.

그리고 그들이 폐허처럼 버려둔 공간 한 편에는 견디기 어려운 우울에 갇혀 독백 같은 말을 건네는 화자들이 서 있다. 유시연의 소설 전체에서 울리는 것은 긴 시간의 유속에도 환멸의 체험을 고스란히 간직한 채 자신을 버리고 떠난 그들과 자기 자신에게 못다한 말을 건네고자 하는 이들의 쓸쓸한 목소리라고 할 수 있다. 결핍과 균열이 시작된 지점을 끊임없이 탐색하는 목소리가 빚어내는 단성적 서사는 유시연 소설의 큰 특징이라 할 수 있다. 이 글에서 우리가 중점적으로 살펴볼 것은 부재하는 사건이 이 목소리의 주인공들에게 의미하는 것이 무엇이며, 이들은 왜 사건의 파장으로부터 벗어나지 못하고 있는가 하는 점이다.

이 소설집의 표제작 「오후 4시의 기억」에서 주인공은 스키장에서의 사고로 하반신 마비의 상황에 빠져 있으며 휠체어에 앉아 과거의 기억을 더듬고 있다. 그는 쌍둥이 형과 자신이 형과 아우로 나뉜 그 순간부터 자신의 삶은 잘못되었다고 믿고 있다. 그래서 형의 여자 친구인 지나를 사랑하지만 다가갈 수 없으며 그녀에게 과시하고 싶은 마음에 상급자 코스에서 스키를 타다가 사고를 당한 것이다. 마비된 절반의 육체처럼 그의 삶은 "왕성했던 정오의 기운이 차츰 쇠잔하여 영광의 기억을 싸안고 스러져가는" 오후 4시쯤에 멈춰 서 있다. "하루하루 태양이 지는 시간을 기다리"며 인생의 내리막길에 들어선 자신의 삶이 위태롭게 저무는 것을 보고 있는 것이다.

우리는 모두 그곳을 향해 가거나 어느 부분은 그 도정에 있다. 달이 서서히 자기 몸을 감추고 소멸해 가듯 그리하여 그믐밤의 어둠이 세상을 통째로 틀어쥐듯 우리들 생기 돋는 삶도 어느 순간 세상과 단절을 하고 캄캄한 어둠 속에 놓이게 될 운명을 살고 있는 것이다.

햇볕이 조금 엷어졌다. 오후 4시의 태양은 상처의 흔적을 간직하는 시간이다. 왕성했던 정오의 기운이 차츰 쇠잔하여 영광의 기억을 싸안고 스러져 가는 시각이기도 하다. 삶이 서서히 쓰리고 아픈 기억을 간직하듯이. 나는 두 다리로 걸었던 추억을 회상하며 서서히 몸이 굳어짐을 느낀다. 물리치료를 정기적으로 하고, 한방 침술과 약을 먹는다한들 이년째 막혀버린 혈맥은 복구가 불가능할 것이다. 나는 남아 있는 희미한 욕망을 지그시 누르며 오후 4시의 기우는 태양을 쳐다본다.

'오후 4시'는 삶의 목표에 다다르지 못한 실패 속에 머물며 희미하게 남은 욕망과 삶의 열정이 사위어 가는 것을 바라보아야 하는 시간이다. 호의적이지 않은 세계와 불행한 운명, 그리고 돌이킬 수 없이 훼손된 관계가 남긴 "상처의 흔적"을 들여다보며 지나온 생을 반추하고 추체험하기, 그의 인물들이 목소리를 얻는 것은 언제나 이러한 과거로부터 반향을 얻을 때이다. 「달의 눈물」, 「여름의 미행」, 「바람 속으로」 등을 비롯한 유시연 소설 전편에 걸쳐 등장하는 파노라마적 기법은 회상의 과정을 반복적인 양식으로 채택한 결과라 할 수 있다. 그의 소설에서 이야기가 지니고 있는 의미가 해명되거나 그 의미가 함축적으로 제시되는 순간은 언제나 과거의 사건을 사후적으로 재구성하는 화자의 회고로부터 출발하기 때문이다.

「들판의 적막」에서 주인공은 여자 친구와 자신 사이에서 결단을 내리

지 못하는 우유부단한 남편 동수를 떠나 캄보디아의 앙코르 유적지에
와 있다. 남편에게 그녀는, 또는 그녀에게 남편은 "자꾸 닳아서 헤진 낡
은 의복 같은" 존재로, 계절이 지나가면 낡은 의복을 갈아입거나 버리
듯이 예정된 결별의 수순을 밟고 있는 것으로 보인다. "확신이 서지 않
는 관계는 얼마나 불안정한가." 그녀의 독백이 말해주듯, 진척도 퇴행
도 아닌 같은 자리를 맴도는 위태로운 관계에 지친 그녀는 홀연히 남국
행을 택한 것이다.

　우리가 여기서 눈여겨 볼 것은 '확신'을 주지 못하는 사회적 관계 외
부에서 형성되는 주인공의 의식이 무엇을 욕망하고자 하는가 하는 점이
다. 그녀를 비롯해 이 소설집에 등장하는 인물들은 한결같이 사회적 관
계의 외부, 지금 여기와는 '다른 곳'을 향해 길을 떠난다. 소설 속 주인
공들에게 가족이나 결혼은 이미 지나온 곳, 주인공들이 폐허처럼 여기
는 황량한 공동체의 영역에 해당한다. 그들은 "남녀의 관계뿐만 아니라
친구들, 가족들 모든 관계의 허망함을 잘 알고 있다." 때문에 그들은 스
스로 고립을 자처하며 지금 여기와는 다른 장소, '제 3의 공간'으로 향
하는 것이다.

　「들판의 적막」에서 '내'가 현실의 모든 관계를 뒤로 하고 도착한 곳은
밀림 깊숙한 곳에 자리한 거대한 사원이다. 4백 년간이나 잊혀졌다 드
러난 유적지에는 사라진 문명의 흔적들이 뜨거운 햇볕과 모래바람 속에
서 긴 침묵의 시간을 견뎌내고 있다. 영화롭던 왕조의 역사가 돌덩이로
무너져 내린 자리, 그 퇴락한 유적이 남긴 흔적은 "개인의 생이 얼마나
작고 허망한 일인가" 하는 상념으로 '나'를 이끈다. 이곳에서 '나'는 돌
연 "일행을 벗어나 폐허의 유적에 감금당하고픈 유혹"에 빠져들면서 뜻

밖의 "아늑한 위안"을 느끼게 되는데, 이와 관련하여 '나'에게 있어 앙코르 유적이 '카타콤베'를 떠올리게 한다는 점은 매우 심장한 대목이라 할 수 있다. 카타콤베가 현실의 박해를 피해 삶을 영위할 수 있는 지하의 공간이라 한다면 작가가 이 폐허의 유적과 지하도시를 함께 연상하는 것은 유의미한 내적 관계를 구성한다. 카타콤베는 지상에서 실패한 삶으로부터 도피할 수 있는 지하의 장소인 동시에 생존의 욕망이 살아있는 곳으로, 폐허 속에서 이 카타콤베를 떠올린다는 것은 주인공이 삶을 완전히 떠날 수 없고 고통스러운 현실 속에서도 삶의 욕망을 느끼고 있다는 것을 보여준다. 이 가운데 삶으로부터 박해를 받고 있다는 피해의식이 희생이나 자기 연민과 같은 이미지로 결부되어 나타나는 것이다. 말하자면 주인공이 폐허의 유적지에 매혹당하는 것은 완전한 소멸의 꿈이라기보다는 사회적 관계가 폐허로 변한 곳에서도 살아 움직이는 은밀한 삶의 욕망을 그 스스로도 무의식적으로 느낀다는 것을 보여주는 것이다. 주인공인 '내'가 동수와의 관계에서 느낀 절망과 허망함이 여기에 이르러서야 안온한 회상을 통해 재구될 수 있는 것은 이러한 까닭이다. 지난 세월의 부피가 주는 무게에 무너지고 있는 제 자신에 대한 자기 연민과 함께 비로소 자기 안의 욕망을 들여다 볼 수 있는 심적 거리를 확보할 수 있었기 때문이다. 이 소설의 결말이 오랜 내전의 상흔을 앓고 있는 캄보디아의 일상을 살아가는 사람들의 모습에 관한 묘사로 채워지고 있는 것도 이러한 맥락에서 이해해 볼 수 있을 것이다.

　　고민이 없는 것 같은 사람들의 얼굴은 다른 문화권에서 살아온 나에게 답답하게 비쳐졌다. 그것은 바나나와 코코넛, 삶은 옥수수를 좌판에 내다놓고

파는 사람들의 무표정한 표정처럼 변함없이 지루하고 낯설다. 이국의 도시 뒷골목에는 인사동이나 종로에서 보았음직한 식당 간판이 있다. 한국 교민이 운영하는 식당은 반찬이나 음식맛도 똑같다. 기후와 토양이 다른 남의 나라에서 한국인을 상대로 식당을 운영하는 그들을 만나 나는 잠시 착각에 빠져들었다. 한국의 어느 지방 소도시쯤에 와있다고.

"영은이를 좀 업어야겠어요."

영은이 허리를 뒤에서 안아 쏙의 등에 업혀주었다. 쏙이 달구지에 영은을 내려놓았다. 영은이 취해서 횡설수설했다. 이념이 쇠퇴하고 자본주의라는 새로운 이념이 이 땅을 덮고, 다시 신자유주의라는 이념이 그 위를 구름떼처럼 덮어버리면 이들의 얼굴에도 그때까지 행복이 남아 있을까. 넘쳐날까. 쏙이 눈빛을 빛내며 그들 위대한 조상의 찬란한 유적을 설명할 때 역사와 개인의 상관관계를 생각했다. 밤 바람이 머리카락을 헤집었다. 어두운 길에는 부연 가로등이 군데군데 떠 있다. 불확실한 미래를 내딛는 기분이다. 밤의 도로는 한적하다. 멀리 닭 울음소리가 들렸다.

「들판의 적막」의 이 종결부분은 어떻게 주인공이 자신의 현실적 고통을 캄보디아의 현실 문제로 치환하고 있는가 하는 점을 보여준다. '내'가 동수와의 결혼 생활에서 느낀 피곤과 파국의 예감을 피해 도피하듯 온 이곳에도 문제는 그대로 남아 있다. 현지인과 결혼한 선배는 아내의 눈을 피해 주인공과 밀애를 나누려 하는데 이는 동수가 '나' 몰래 여자 친구와의 관계를 지속하는 것과 등가의 의미를 가지는 것이다. 한국이든 캄보디아든 현실은 언제나 비루하고 통속적인 것으로 주인공을 둘러싸고 있다. '내'가 간신히 상념만으로 휴식을 얻을 수 있었던 곳은 앙코르와트 유적이었지만 그곳에서도 역시 나는 역사의 일화 속에서 그리고 영은의 철없는 행동 속에서 피로감을 느낀다.

이 피로감의 실체가 무엇인가 하는 점은 흥미롭다. 「들판의 적막」은 그것을 점차 자본주의화되는 캄보디아의 도시 풍경에서 찾으려 하고 그것을 '역사와 개인의 상관관계'라는 말로 표현해 낸다. 그들의 표정 없는 얼굴과 한국의 소도시를 연상시키는 도시 풍경은 선진국 자본에 의해 침식되어 가는 그들의 상황이 더 나아질 가능성 없는 미래를 떠올리게 만든다. 그것이 곧 '나'의 미래이기도 할 것이라는 부정적 뉘앙스가 독자에게 분명하게 전달되고 있다면 작가가 그러한 대응관계를 통해 무엇을 의미하고자 하는 것인가 하는 점은 중요하다. 이 소설에서 그 관계는 다분히 피상적인 것이어서 사회에 대한 비판으로도, 주인공이 가진 고민의 해소방식으로도 적절하게 기능하지 못한 것이지만 문제의식은 분명히 전해지고 있다. 그것은 허위와 위선으로 짜여진 공동체와의 관계를 벗어나고자 하는 주체의 욕망이 이 소설집 전체를 관통해 나갈 것이라는 점이다. 주인공이 실패하고 이제야 돌이켜 회상하는 방식을 통해 바라보는 그곳은 현실의 통속적인 인간관계가 구성되는 곳이며 주인공들은 그곳을 벗어나는 방법을 '다른 장소들'에서 찾는다. 그런 의미에서 주인공이 현재 서 있는 공간은 대단히 상징적인 의미를 부여받은 곳이라 할 수 있다. 그렇다면 「들판의 적막」이 먼 이국의 유적지에서의 일이라고 할 때 다른 소설들에서는 어떠한가 하는 점을 살펴보아야 할 것이다.

「우회로」는 천주교의 성지로 알려진 한 골짜기에서의 오후 한 때를 그리고 있다. 이 소설에 등장하는 인물들은 모두 인연맺기에 실패한 경험을 공유하고 있다. 고전적인 현모양처였던 정희, 그런 아내에게 싫증을 느끼고 새로운 사랑을 위해 야반도주했던 민기, 애인의 배신으로 세상살이와 인간에 대한 환멸 속에 자신을 유배시켜왔던 승준, 소설은 어긋난 인연과 결별, 그리고 지나간 청춘과 이루지 못한 꿈에 대한 뼈저린 회한으로 얼룩진 세 인물의 초상을 모자이크한다. 시간의 풍화 속에서도 인연의 고리에 얽매인 채 홀로 떠돌고 있는 이들은 제각각 실패한 인연과 결별의 의미를 곱씹으며 "터널 안에 갇혀 빛을 볼 수 없는 짐승의 나날"을 보내고 있다.

주목할 것은 이들 역시 과거의 불행했던 기억과 그것이 남긴 흔적으로부터 벗어나기 위하여 일상의 공간을 떠나 "유적지를 찾아다니"고 있다는 사실이다. 정희에게 일상의 공간은 "결코 자기네 삶을 떠나지 않을 것이면서" 홀로된 삶을 부럽다고 쉽게 말하는 위선적인 사람들을 의미하고, 민기에게 그것은 가정을 깨고도 결국 일주일을 못 버티고 떠난 여자와 같이 "인간의 의지로는 도저히 어찌할 도리가 없는" 운명의 굴레를 상징한다. 10여 년의 긴 시간을 바쳐 법률가가 되었지만 세속적인 이유로 자신을 떠난 애인의 변심을 막을 수 없었던 승준 역시 일상의 공간에서 발견할 수 없었던 깨달음을 '유적지'에서 찾고자 한다. 그렇다면 이들이 유적지에서 발견한 것은 과연 무엇인가. 그것은 삶으로의 복귀를 위한 길 찾기라고 할 수 있다.

불우했던 유년의 기억에 붙박혀 본연의 자신을 찾지 못한 채 부유하는 정희는 세월에 마모된 유적지에서 죽음을 묵상하고 있다. 그녀의 성지순례는 "죽은 영혼을 위해 기도"하기 위한 것이면서, 살아가야 할 이유를 찾기 위한 것으로 보여진다. 집으로 돌아오는 길이면 그녀는 늘 언덕을 굴러 내려오곤 하는데, 산비탈을 '짐승'처럼 굴러내려오는 이미지는 「수선화」와 「우회로」에서 반복적으로 다루어진다. 짐승이 의미하는 것과 굴러내림이 의미하는 것은 아마도 인간의 굴레에서 벗어나고 싶다는 욕망을 표현하는 것으로 이해할 수 있을 듯하다. 또한 이 독특한 습관은 그녀에게 특별한 의미를 부가하고 있다. 그것은 바로 옷자락에 붙은 검불과 도깨비바늘로 표상되는데, 자신에게라도 들러붙어 씨앗을 퍼트리려는 이 작은 식물들은 결코 그녀가 저버릴 수 없는 생존의 욕망을 상징하고 있다. 생활을 위해 작가의 꿈을 접어둔 채 샐러리맨으로 살아온 민기 역시 "살아 있는 자신을 확인하기 위해" 부도(浮圖)를 찾아 전국을 떠돈다. 부도는 "몇 겹의 생을 통과한 시간이 풍화되어 고스란히 드러난" 자리로, 못 다 이른 길에의 미련과 상실감을 안고도 여전히 흘러가는 자신의 시간을 돌아보는 장소라 할 수 있다. 이 소설의 화자 승준이 유적지를 찾는 이유도 이와 다르지 않다. "시간이 흘리고 간 흔적을 발견하면서 생의 유한함이 주는 허무"를 깨닫고 "좋은 인연도, 나쁜 인연도 부질없다"는 법문의 가르침처럼 인연의 괴로움에서 초연해지기 위해서이다. 그 깨달음이야말로 지난날의 과오와 시행착오를 복습하며 결핍감에 시달리는 자신을 구원해 줄 것이라 그는 믿고 있는 것이다. 그렇다면 이들이 폐허와 같은 유적을 찾는 이유가 좀 더 분명해진다. 그것은 세속의 번뇌와 고통으로부터 벗어나기 위한 하나의 방편이면서 그 모든 것이 소멸한 자리에서 생의 의미를 구하는 수행의 의미를 지니는 것이다. 그것은 시작도 끝도 없는 미궁 같은 현실 속에서 돌아갈 길도, 나아갈 길도 가로막힌 상황에 놓인 이들의 유일한 선택인 것이다.

「사월의 전설」은 유시연 소설의 공간적 특성을 좀 더 입체적으로 그려내는 작품이다. 잡지사 다큐멘터리 작가인 여주인공은 취재여행 도중

한겨울의 숲속에서 길을 잃고 헤매다 어느 산골 오지 마을에 들어선다. 그곳은 오랜 옛날 죄수들이 도망쳐 와서 만들어진 마을이란 이야기가 전해 내려오는 곳으로, "외부 세계로 나갈 수 없는 운명"을 지닌 자들이 모여 사는 곳이다. 폭설이 내린 골짜기에 둘러싸인 채 무거운 정적만이 감도는 이 마을은 사실 '감옥'과도 같은 곳인데, 그것은 이 마을의 사내들이 공동체를 유지하기 위해 길 잃은 처녀들을 감금하고 그네들을 유린함으로써 대를 이어오고 있었기 때문이다. 이 마을에 한 번 발을 들여놓은 여자는 다시는 바깥세상으로 되돌아갈 수 없는 운명에 처하게 되는데, 이러한 정황은 「들판의 적막」에서 "폐허의 유적에 감금당하고픈 유혹"을 느끼는 장면이 보다 구체화된 것으로 보여진다. 「사월의 전설」에서 주인공은 자신이 처한 운명을 순순히 받아들이며 오히려 이러한 상황에서 안정을 되찾고 있기 때문이다.

　지난 일들이 모두 번잡하고 골치 아픈 유물처럼 인식되며 여자의 기억 속에서 차츰 밀려나기 시작했다. 종종거리며 바쁘게 뛰어다니던 일들이 먼 세상에서 오래 전에 일어났던 일처럼 아득해졌다. 몇 날 며칠이 지났는지 몰랐다. 여자는 날짜를 세고 싶지 않았다. 더디게 가는 하루, 적요로움, 고요 속의 시간이 느긋하면서도 안정감을 가져다주었다. 아무도 여자의 존재에 대해 찾지 않을 것이다. 아쉬워하거나 미련두지 않을 것이다. 그런 의문이 들자 이상하게도 후련했다.

마을에 감금당한 여자들이 오랜 세월을 분노와 절망감을 삭이며 자신들의 삶을 체념했던 것과 달리 그녀는 이 기괴한 마을에 아무런 거부감

없이 동화되며 선명한 대조를 보여준다. 그녀는 마을 청년들의 눈에 일렁이는 욕망과 마을을 휩싸고 도는 묘한 흥분과 열기에 쉽게 전염되고 모종의 '희열'마저 느낀다. 그것은 마을이 "지난 일들"—존재감 없이 살아왔던 시간과 "흔적 없는 나날들"의 상처를 아물려주는 곳이면서, 그녀의 "내부에 숨겨진 욕망의 근원"을 자극하는 공간이기 때문이다. 어쩌면 이 마을은 그녀가 오래 전부터 꿈꾸어왔던 곳인지도 모른다. 그녀는 이 마을에 닿기 전, 이미 "아무도 찾아내지 못하도록, 스스로 자물쇠를 따고 나올 때까지 몇 백년 혹은 몇 천 년 동안 자신만의 방에 스스로를 유폐시키고 싶었다"고 고백한 바 있다. 그녀에게 있어 "모든 소통과 관계가 막혀버린" 마을은 이러한 환상을 완벽하게 충족시켜주는 공간인 셈이다.

　세상 밖으로 나가는 길을 스스로 차단하고 유폐된 공간 속에 머무는 인물들은 이처럼 유시연의 소설 속에 반복적으로 등장한다.「수선화」도 같은 궤적을 그리는 작품이라 할 수 있다.「수선화」의 주인공 성희가 거주하고 있는 곳은 남편이 정성을 들여 가꾸었던 별장이다. 이 별장에 관한 묘사는 죽음에 관한 메타포들로 가득 채워져 있다. 집 뒤편의 묘지와 무덤들, 묘비처럼 마당의 한 구석에 서서 죽어 있는 나무, 퇴락한 집과 어둠에 잠식되어 가는 들판의 노을의 정경, 그리고 저수지에 빠져 죽은 여자와 늘 검은 옷만을 고집하며 그녀의 주변을 맴도는 남자 친구 태호에 이르기까지, 이들은 소멸의 이미지를 공유하며 전작들에서의 폐허 또는 유적지와 그 궤를 같이하는 것이라 할 수 있다. 남편은 다른 여자의 사랑을 구해 그곳을 떠났지만 그녀는 그곳에서 과거에 있었던 일들을 하나하나 돌이켜 보고 있다. 그녀는 왜 그곳에 있는 것일까. 답은 명확한데 그곳에 주인공이 대화할 과거가 존재하기 때문이다. 그녀는 남편이 돌아오기를 기다리며 그곳에 있는 것이 아니며 새로운 남자 친구인 태호에게 희망을 구하는 것도 아니다. 그녀에게는 회상할 수 있는 공간이 필요할 뿐이다. 그렇기 때문에 주인공은 떠남을 상상하지만 멀리 떠날 수 없다.

우리가 작가와 더불어 풀어야 하는 문제는 이 과거의 의미일 것이다. 그녀의 회상은 지극히 평범한 삶을 꿈꾸었던 소박한 시절로부터 남편의 배신과 이후 혼자라는 삶이 주는 무게를 실감하며 세상에서 살아남기 위해 고군분투했던 시간들을 거쳐, 이제 세월의 흔적처럼 남은 몇 가지 소소한 습관들을 떠올린다. 예컨대 차 맛을 음미하거나 서예, 그림, 낚시와 분재 따위가 그것들인데, 이는 남편과 함께 길들인 습관이지만 이제는 그녀의 습관이 되어있는 것이기도 하다. 남편과 가꿨던 흔적을 말끔히 지우고 야성으로 돌아간 집에서 유일하게 텃밭 귀퉁이에서 그 생명을 이어가는 한 무더기의 수선화 알뿌리처럼, 그것들은 혹독한 시련을 거치고도 그녀 깊숙이 뿌리를 박은 채 그녀의 일부가 되어 있다. 그녀는 남편이 떠난 자리로 돌아와 남편과 함께 했던 시간을 복기하고 있는 것이다.

소설집의 마지막에 실린 「시간의 저편」을 여기서 참조해 보자. 이 소설의 주인공 한수진은 「수선화」의 성희와 많은 부분을 공유한다. 그녀는 10여 년의 결혼생활 끝에 남편의 외도에 깊이 상처를 받고 10여 년의 세월을 별거 생활 중이다. 오래 전 서류상의 아내로만 남아 있는 그녀는 지금 수술실 복도에 앉아 있다. 수술실 안에는 불의의 사고를 당한 남편이 "삶과 죽음의 경계"에서 생명을 담보 잡힌 채 누워 있다. 부부는 철저하게 타인으로 살아온 사이이지만 남편의 보호자로서 그녀는 수술실을 지키고 앉아 있는 것이다. 소설은 이 적막한 복도에서 남편에게 편지를 쓰듯 독백을 이어가는 아내의 시점에서 진술되고 있다. 남편은 그 어떤 말도 건넬 수가 없고 그녀의 독백이 끝나기 전까지 생사의 경계에서 그 운명을 아내에게 맡긴 채 꼼짝없이 누워있어야 하는 운명이다. 아내는 자신의 인생의 절정기를 앗아간 남편을 용서할 수 없고, 무엇보다 이해할 수 없어 괴로운 시간을 보내왔기에 주검처럼 누워 있는 남편을 향해 매우 곡진한 질문들을 쉴새없이 던지고 있기 때문이다. 그녀는 묻는다. 갑작스레 일방적으로 결별을 선언하고 떠나버린 이유가 무엇이었는지, 새로운 사랑이 불발로 끝났음에도 돌아올 수 없었던 이유가 무엇이었는지, 무엇이 남편의 마음을 굳게 닫히게 했는지, 무엇이 남편을 자기 안에 갇혀 문을 닫아걸고 웅크리게 만들었는지, 그리고 긴 시간 가족을 방임하고도 이혼서류에 도장을 찍지 않은 이유는 무엇인지를. 그녀가 이 수술이 끝나기를 기다리며 복도에 앉아 있는 이유는 이 물음들에 답을 구하기 위해서라고 할 수 있다. 그녀가 숙제를 풀기까지 남편은 자리에서 일어날 수가 없는 것이다. 그것은 흡사 "죄수들이 죽음을 기다리는 것 같은" 형국이다. 유시연의 소설에서 화자들이 이처럼 모든 것이 파탄에 이른 공간에서야 말문이 열린다는 점은 아이러니하다. 그러나 그것은 또한 진실이 말을 건네는 곳이라는 점에서 고통스럽게 현실을 직시해야 하는 곳이기도 하다.

1) 당신은 지금 수술대 위에서 생명을 담보 잡힌 채 누워 있습니다. 삶과 죽음의 경계에 서 있는 당신을 생각합니다. 당신과 아직 할 얘기가 남아 있

습니다. 나를 떠났으면서 정작 나를 놓아주지 않는 이유를 묻고 싶습니다. 피곤한 가운데서도 밝은 표정의 학생들이 미래에 대한 꿈에 사로잡혀 있듯이 힘겹고 고된 나날을 보낼 때 나는 당신과 함께 열어갈 미래가 있었기에 그 모든 어려움을 참을 수 있었습니다. 그런데 시련의 시간을 지나 이제 두 다리 뻗고 한숨 돌리려 할 때 당신은 저만치 도망가 버렸습니다. 나쁜 자식. 마음속으로 수도 없이 당신을 향해 주먹질을 하고 욕설을 내뱉었습니다. 이제 세월이 흘러 도망가버린 당신의 심정을 어렴풋이 짐작할 것도 같습니다. 삶이 지긋지긋했던 거지요. 그렇다면 나는 무어란 말입니까.

2) 내가 꾼 꿈은 아주 평범하고 누구나 향유하는 일상적인 것이었습니다. 그럼에도 나에게는 그저 꿈으로만 남아 있습니다. 가난이 문제가 아니라 그 가난으로 인해 뒤틀린 영혼이 문제라는 걸 알았을 때는 너무 많은 시간이 지나가버리고 말았습니다. 이제 와서 그걸 깨달았다한들 무슨 소용이겠습니까. 인생은 짧고 육신은 늙어가는데 말입니다.

3) 뒤돌아보면 한 발 한 발 지나온 발자국이 보입니다. 아무것도 모른 채 남편이라고 믿고 살았던 그 시간의 갈피에 흔들렸던 그림자와 움푹 움푹 파인 함정과 무미건조했던 일상의 나날들이 보입니다. …… 당신에게 속았다는 것보다도 세월에 속았다는 느낌이 든 것도 사실입니다. 인생이 나를 속였다는 우울한 상념은 견딜 수 없는 고통으로 나를 괴롭혔습니다.

4) 당신은 지금 삶과 죽음의 경계에서 수술대에 누워 있습니다. 문득 이대로 못 깨어나는 건 아닌가 하는 기우가 잠깐 듭니다. 당신에 대한 연민이나

미련 때문이 아닙니다. 당신에 대한 감정은 오래오래 삶아 빤 낡은 이불홑청 같은 것입니다. 이미 바래질대로 바래져 조금만 잘못 건드리면 북 찢어질 만큼 삭아버렸습니다. 그런데 왜 지금 이 자리를 떠나지 못하냐구요? 그건…… 저도 모르겠습니다. 한 가지 확실한 건 압니다. 지나온 삶에 대한 확실한 마감이랄까. 이제는 마침표를 찍고 싶습니다. 그깟 서류가 뭐길래 별로 염두에 두고 살지는 않았습니다. 그러나 당신과는 어떤 계기로라도 어떤 작은 것으로라도 얽혀있기가 싫습니다.

한수진은 남편의 인생에 뛰어들어 인고의 시간을 함께 보내며 경주마와 같이 달려온 지난날의 자신의 모습과 과거 남편이 저지른 과오들을 차례차례 호출하고 퍼즐을 맞추듯 조각을 이어 결핍감과 상실감에 고통받아야 했던 자신의 우울적 위치를 복원해 낸다. 이 과정은 매우 세부적이고 사실적이어서 읽는 이의 가슴을 서늘하게 만들며 그녀의 복기력에 감탄하게 하는데, 그것은 그만큼 그녀가 핍진한 세월을 지나왔다는 것을 반증하는 것이라 할 수 있다.

복기란 무엇인가. 바둑에서 그것은 한 번 두고 난 바둑의 판국을 비평하기 위하여 두었던 대로 다시 처음부터 놓아 보는 것을 말한다. 유시연의 인물들이 황량한 죽음의 공간으로 스스로 걸어 들어가 빗장을 건 채 진공과도 같은 시간 속에서 과거를 복기하는 것은 지난날의 자신에 대한 정리, 말하자면 실패의 요인을 되짚어 나가며 같은 실수를 되풀이 하지 않기 위한 해답을 찾는 과정이라 할 수 있다. 「시간의 저편」에서 한수진은 비루했던 과거의 기억을 거슬러 올라가 "시간의 저편"에 자리한 상처의 흔적들과 마주한다. 그것은 그녀 자신의 고백과 같이 "온전히 당신으로부터 벗어나 당신을 만나기 이전의 나"의 모습에 다가가기 위한 여정인 것이다.

한편 「수선화」에서 성희는 그 해답의 실마리를 남편이 심었던 '수선화'로부터 찾고 있다. 텅 빈 집 한 켠에서 겨울 추위를 이기며 봄꽃을 피우는 수선화의 알뿌리는 "삶이 뿌리채 흔들리는 것 같은, 실존에 대한 고통"을 감내하며 상실감을 다스려온 지난날의 자신의 모습과 꼭 닮아 있다. 그녀는 남편과의 결혼생활에 실패했지만 그가 남기고 간 습관들을 제 삶의 일부로 받아들이고 인생의 겨울을 나고 있는 것이다. 마침내 그녀는 "사랑은 상처를 하나씩 수선화 알뿌리처럼 가슴에 심는 것"이며, "수선화 알뿌리를 가슴에 묻고 겨울을 나는" 것이야말로 이 세계를 견디는 방식이라는 결론에 도달한다. 겨울을 견뎌낸 알뿌리만이 다시금 봄을 맞이하고 꽃을 피울 수 있을 것이기 때문이다. 이러한 인식은 「비, 쏟아지다」에서 가장 튼실한 중심뿌리를 잘라내야만 오래 싱싱하게 살아남을 수 있는 분재의 이미지나 「바람 속으로」에서 낭떠러지 바위벽과 같은 척박한 땅에 뿌리를 박고 가지를 길게 늘어뜨린 채 생장하는 소나무에서도 발견할 수 있다. 「수선화」의 마지막 장면에서 주인공이 비로소 긴 과거의 터널을 빠져나와 새롭게 떠오르는 내일을 맞이하며 "황토빛 땅"에 우뚝 서는 모습은 이러한 '뿌리의 상상력'에 기대고 있는 것이라 할 수 있는 것이다.

가만히 있는 것 같아도 결국 서쪽으로 사라지는 달처럼 인간의 삶도 서서히, 자기도 모르는 사이에 어딘가로 흘러가고 있었다. 비둘기 울음소리가 고요한 어둠에 파장을 일으키며 들려왔다. 밤에 듣는 비둘기 울음소리는 청승

맞았다. 저 들판 끝으로 맨발로 달려가고 싶은 충동을 느꼈다. 황토빛 땅은 언제나 심경을 어지럽게 하면서 야성의 본능으로 끌어당기는 힘이 있었다. 맨발로 논두렁 밭두렁을 지나 들판 끝에 다다르면 생의 목적지에 이를 수 있을까. 끝없이 걷고 또 걸어 세상 끝에 다다를 수 있을까. 나는 막연히 어딘가로 열려 있을 것만 같은 그 길 위에 서서 망연히 어둠에 잠긴 들녘을 바라보았다. 바람이 불어왔다. 바람은 땀에 젖은 내 머리카락을 흐트러뜨리며 과수원과 묘지 쪽을 향해 지나갔다. 멀리 들판 끝으로 부옇게 새벽이 열리고 있었다. 내일은 또 내일의 바람이 불테지. 신발을 벗고 흙바닥을 몇 발자국 밟았다. 눅눅한 밤이슬이 발바닥에 감겨왔다. 맨발로 어둠의 시간을 건넜던 밤, 그 두려움의 시간이 이제는 마디마디 굳은살이 되어 나를 지탱해주고 있었음을 그때는 왜 몰랐을까. 나는 차갑고 눅눅한 황토빛 흙덩이가 발바닥에 감겨옴을 온몸으로 받아들이며 푸른 새벽을 뚫어져라 응시했다.

폐허와 유적으로 표상되는 현실의 불모지를 경유하면서 은폐되고 망각된 존재의 해명을 시도해 왔던 유시연의 소설은 이제 새로운 "생의 목적지"로 향하는 단단한 현실의 땅 위에 뿌리를 내리고 있다. 그의 소설이 시작과 끝을 알 수 없고 무수히 나뉘는 갈래 길의 연속인 삶의 미로를 지나며 "어딘가로 열려 있을 것만 같은 그 길"을 찾아 먼 길을 의지적으로 걸어가는 자들의 기록이었다면, 이제 작가는 "세상 끝에 다다르"기까지 그 길을 멈추지 않을 것임을 분명히 하고 있다. 인간과 존재에 대해, 인간 존재가 운명적으로 맞닥뜨리는 숙명적 고독에 대해 사유하며 우리들을 참존재에 접하게 하는 진정한 '길'을 탐색해온 그의 소설쓰기는 이 황토빛 땅 위에서 다시 출발할 것이다.